KB007597

소현세자 독살사건

소현세자 독살사건

더스토리

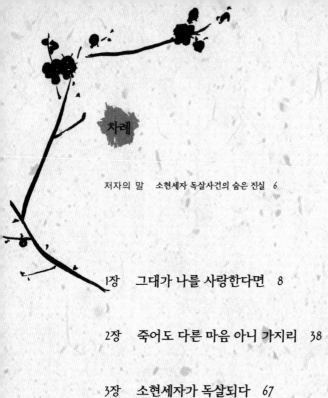

차례

소현세자 독살사건의 숨은 진실

조선 시대는 무(武)가 아닌 문(文)의 시대였다. 그리하여 천하를 종횡하고 협의와 의기를 행한 무인들이 거의 눈에 띄지 않았다. 실존 인물 중에 검선으로 불리는 김체건은 일본까지 가서 왜검을 배워왔고, 정조 때 이덕무와 박제가 등이 《무예도보통지》를 편찬할 때 무예를 실연했던 장용영, 장관 백동수는 조선의 무인으로 불렸다. 더불어 경회루 위를 날아다닌 장생 같은 이들은 무술이 입신의 경지에 이르렀다. 그러나 그들이 검객으로 활약한 이야기는 거의 드러나 있지 않다.

그래서 무예나 무인을 다룬 문학작품도 거의 없다. 태종 이방원 때까지만 해도 대신들이 칼을 차고 다니고 국가의 의전에도 사용되었으나 세종 때에 이르면 무인조차 칼을 들지 않고 종복들에게 들고 다니게 한다고 세종이 개탄한 일이 실록에 기록되어 있다.

이 소설은 조선 시대 두 여자 검객의 이야기다. 조선 시대 무예에 대한 기록은 거의 없는 편이지만 임매의 〈잡기고담(雜記古談)〉과 안석경의 〈삽교만록(橋橋漫錄)〉에는 부모의 원수를 갚는 두 여자 검객 검녀의 이야기가 다소 다른 내용으로 수록되어 있다. 이를 보아 18세기를 전후하여 두 여자 검객이 실제로 존재했던 것으로 보인다.

조선 여 검객이 등장하므로 얼핏 중국 무협 소설이 아닌가 생각하는 독자도 있을 것이다. 그러나 《소현세자 독살사건》의 배경인 강호(江湖)는 은자(隱者)나 시인(詩人), 묵객(墨客) 등이 현실에서 도피하여 생활하던 세상을 말한다. 다시 말하면 비주류의 인물들이 살아가는 세상이고 보통 사람들이 사는 세상을 비유적으로 말하는 것이기도 하다. 다만 조선 여 검객의 이야기를 다루었으니 무술 장면이 자주 등장할 수밖에 없다.

이 소설은 두 검녀의 사랑 이야기를 다루면서 소현세자 독살사건의 미스터리를 풀어간다. 권력 때문에 아들과 손자까지 죽이는 비정한 국왕 인조, 남편과 자식을 잃고 통곡하는 세자빈 강씨, 권력의 화신 조소용과 김자점 등 실존 인물들이 등장하여 소설을 다채롭게 장식한다.

주요 인물은 사랑에 목숨을 거는 검녀 이요환, 가문의 복수에 목숨을 거는 검녀 이진이다. 두 인물의 이야기가 진행되는 과정에 주옥처럼 아름다운 한시가 독자들의 감성을 적신다. 그 가운데 펼쳐지는 현란한 무예 장면은 마치 눈앞에서 벌어지는 일인 듯 생생하다. 조선의 18세기, 인조 시대의 강호, 낭만적인 조선의 뒷골목으로 독자들을 초대한다.

1장

그대가 나를 사랑한다면

인조 23년(1645년) 음력 4월 26일의 일이었다. 소현세자의 거처인 창경궁의 환경당(歡慶堂)은 숨이 막힐 듯한 긴장과 기이한 적막에 둘러싸여 있었다. 늦은 봄인데도 날씨는 청량한 기운이 느껴질 정도로 서늘했다.

고르지 않은 날씨였다. 요 며칠 서리가 내리고 지진으로 땅이 흔들리는 등 불길한 징조가 잇따랐다. 관서(關西, 평안도)지방에서는 학질이 창궐하여 가을바람에 낙엽이 지듯이 사람들의 목숨을 앗아갔다. 집집마다 곡성이 그치지 않았고 시체를 실어 나르는 수레가 길을 메웠다.

평안도에서 창궐한 학질이 구중궁궐까지 침투한 것인가. 사헌부(司憲府, 지금의 검찰청과 유사한 조선의 사법기관) 감찰인 이장길은 잔뜩 긴장한 눈으로 환경당을 응시했다.

환경당은 동궁전인 수정전의 부속 건물이다. 지금 그곳에서 조선의 왕세자가 학질을 앓고 있었다. 환경당은 궁녀와 환관들이 부지런히 오가고 내의원들이 탕약을 끓이느라고 몹시 부산했다. 그러나 어느 한순간 사방이 정지된 듯 조용해진 것이다.

'왜 이렇게 조용하지?'

이장길은 마치 꿈을 꾸고 있는 듯한 기분이었다. 꿈속에서라면 사방이 이렇게 조용할 때가 있다 그러나 지금은 생시가 아닌가. 환경당 앞의 후박나무 잎사귀도 바람에 몸을 떨다가 멎어 있다. 이상도 하구나. 이장길은 꿈속을 걷듯이 주위를 살피며 걷다가 멈춰 섰다.

"대감."

이장길이 넋을 놓고 있을 때 등 뒤에서 굵은 남자의 목소리가 들렸다. 고개를 돌려 보니 내의원 이형익이었다.

"내의원이시군. 전하의 학질은 어떻소?"

이장길은 건성으로 물었다. 그는 내의녀들이 달이고 있는 탕약을 들여다보기도 하고 일일이 약재를 코에 가져다 대고 킁킁거리면서 냄새를 맡기도 했다.

"열이 좀처럼 내리지 않습니다."

이형익이 이장길을 쳐다보면서 대답했다. 어디선가 《시경(詩經)》을 읽는 소리가 들렸다. 그 소리가 환경당의 적막한 기운을 사정없이 흔들어대고 있었다.

그대가 나를 사랑한다면

나는 치마 걷고 진수(溱水)라도 건너가리라.

그대가 나를 사랑하지 않는다면

세상에 남자가 너뿐이랴.

이 바보같이 어리석은 놈아.

子惠思我

褰裳涉溱

子不我思

豈無他人

狂童之狂也且

《시경》〈정풍(鄭風)〉편에 나오는 건상(褰裳. 치마 걷고)이라는 제목의 시다. 원래는 남녀 정인들이 사랑하는 시에 지나지 않았으나 공자(孔子)는 임금이 백성을 사랑하면 백성은 목숨을 바칠 것이라는 뜻으로 주석을 달았다. 그런데 누가 동궁전에서 이 시를 읊고 있는 것일까.

이장길은 훤칠한 키에 풍채가 당당하다. 눈은 부리부리하고 검은 수염이 아름답다. 성품도 강직하여 장차 대사헌이 될 것이라는 소문이 파다했다. 부인은 장안에서 소문난 미인으로 유명한 강씨. 소현세자의 부인 세자빈 강씨의 형부가 되는 사람이니 가문도 좋고, 인물도 좋고, 부인도 미인이어서 사람들이 그를 일컬어 복이라는 복은 모두 누린다고 했다. 그에게 유일한 근심거리가 있다면 대를 이을 아들이 없다는 것이고 딸 하나 있는 것은 망종이라고 불릴 정도로 사고뭉치라는 사실이다. 딸이 사고를 치는 바람에 이장길은 번번이 벼슬에서 파직되었다가 다시 임명되고는 했다.

"어찌 웃소? 내 얼굴에 뭐가 묻었소?"

이형익이 웃자 이장길이 퉁명스럽게 물었다.

"아닙니다. 따님을 생각하다가 저도 모르게 웃음이 나왔습니다. 용서하십시오."

이형익은 억지로 웃음을 참았다.

"그놈 이야기는 꺼내지도 마시오. 어쩌다가 그런 망종이 태어났는지……."

이장길이 고개를 절레절레 흔들었다. 그 아이의 이름이 이진이었던가. 장안이 떠들썩하도록 기행을 일삼는 아이였다.

몇 년 전의 일이었다. 그들이 사는 마을에 꼬장꼬장한 선비와 질투심이 많은 여인이 살고 있었다. 남편이 몇 번 야단을 쳤으나 고쳐지지 않자 그는 아내의 손목을 잘라서 마을 사람들에게 보여 경계를 삼도록 했다. 마을이 그 일로 발칵 뒤집혔다. 부인의 손목을 자른 사내는 조정의 논란 끝에 귀양을 갔다. 그러나 그가 귀양을 간 뒤에도 손목 절단 사건은 한동안 세간의 화제가 되었다.

"투기하는 계집의 손목을 자른 것은 통쾌한 일이다. 장부의 기상이 있다."

남자들은 투기하는 부인의 손목을 자른 남자에게 혀를 내두르면서도 그의 행동을 칭송했다.

"장부의 기상이 여자를 괴롭히는 것인가? 사내들이라는 족속이 누구에게서 태어났는가? 여자의 자궁을 빌려서 태어났으면서 여자를 업신여겨?"

이진은 그 이야기를 전해 듣고 분개하여 몸을 떨었다. 그녀는 여종을 시켜 잘린 손목을 가져오게 한 뒤에 상에 올려놓고 제사를 지냈다.

"그대는 여자이기 때문에 손목이 잘렸으니 어찌 애통하지 않겠는가? 삼가 향을 피워 제를 올리노니 흠향하소서."

이진이 술을 따르고 손목에 조문을 하자 해괴한 짓을 한다고

12

집안이 발칵 뒤집혔다. 그 소문은 장안에 널리 퍼지더니 임금의 귀에까지 들어갔다.

"고약한 계집이다. 자식을 제대로 가르치지 못했으니 그 아비에게 책임이 있다. 이장길을 파직하라."

임금이 대로하여 이장길을 파직했다. 그때 열 살이 채 못 된 이진에게는 죄를 묻지 않았다. 열 살 이하의 어린이에게는 대역죄가 아니면 죄를 묻지 않는 것이 조선의 법이었다.

이진에 대한 소문은 순식간에 장안에 파다하게 퍼졌다. 남자들은 사나운 계집이라고 비난했으나 여자들은 모두 통쾌하게 생각했다. 그러나 이진의 기행은 그것으로 그치지 않았다.

남대문에 심술이 사나운 장사꾼이 있었다. 그는 걸인들이 동냥을 하러 오면 바가지를 발로 차서 부수기 일쑤고 손님이 흥정을 하다가 사지 않으려고 하면 멱살을 잡고 흔들어 억지로 물건을 사게 만들곤 했다. 이진이 장사꾼을 살피자 심술이 여간 사나운 자가 아니었다. 이진은 그를 골탕먹일 기회만을 노렸다. 하루는 장사꾼이 사과를 나귀에 싣고 가다가 이진을 만났다. 이진은 남장을 하고 있었다.

"이보시오. 사과가 먹음직스러운데 맛이나 좀 봅시다."

이진이 건들거리며 장사꾼에게 수작을 건넸다.

"돈이 있느냐?"

"돈이 있으면 맛을 보자고 하겠소? 사자고 하겠지. 맛이나 보게 하나만 공짜로 줄 수 없소?"

"이놈이 미쳤나? 장사하는 물건을 아침부터 그냥 달래?"

장사꾼이 눈을 부릅뜨고 소리를 질렀다.

"싫으면 그만이지 왜 화를 내시오?"

이진은 싱글벙글 웃으면서 앞서 갔다. 그녀가 한참 길을 가는데 논에서 벼 베기를 하는 농부들이 보였다. 이진은 그 가운데 가장 젊은 여인을 불러서 희롱했다.

"이보시오. 그대는 젖통이 크고 엉덩이가 펑퍼짐하니 암만 보아도 아이를 잘 낳을 것 같소. 저기 나귀 끌고 오는 분이 우리 삼촌인데 나를 보내 만나자고 합디다. 우리 삼촌도 양물 크기로는 누구에게도 지지 않으니 호합 한 번 하는 것이 어떻소? 잘은 몰라도 극락을 오락가락할게요."

이진의 말에 여인의 얼굴이 새빨개지고 논에서 같이 일하던 농부들이 펄펄 뛰었다.

"저, 저런 싸가지 없는 놈……."

"마빡에 피도 안 마른 미친놈이 감히 여염의 아낙네를 희롱해? 이놈, 오늘이 네놈 제삿날이다."

농부들이 화를 내면서 논에서 우르르 뛰어나오자 이진은 냅다 줄행랑을 쳤다.

"삼촌, 빨리 오시오. 촌놈들이 우리를 때리려고 하오."

이진은 달아나면서 농부들을 촌놈이라고 약까지 올렸다. 장사꾼은 나귀를 끌고 느릿느릿 걸어오다가 이진이 삼촌이라고 부르자 실성한 놈이라고 생각했으나 농부들은 달랐다. 이진은 이미 저만치 달아나 쫓아갈 수가 없었다.

"네가 저놈의 삼촌인 모양인데 조카를 잘못 가르친 죄가 있으니 네가 대신 매를 맞아야 한다."

농부들은 이진을 잡을 수가 없자 장사꾼에게 주먹과 발길질을 우박처럼 쏟아 부어 분풀이를 했다. 장사꾼은 농부들에게 죽도록 얻어맞은 뒤에 간신히 항변했다.

"여러분, 저놈은 내 조카가 아니오. 사과를 공짜로 달라고 해서 주지 않았더니 꾀를 부려 나를 골탕먹이려는 것이오. 나는 억울하오."

장사꾼이 사정을 말한 뒤에야 농부들은 미안하다면서 풀어주었다.

*

장사꾼은 몰매를 맞아서 사흘 동안이나 끙끙 앓아야 했다. 그 생각을 하자 이형익은 자꾸 웃음이 나왔다.

"헌데 여기는 무슨 일로 오셨습니까?"

이형익이 억지로 웃음을 깨물면서 이장길에게 물었다.

"학질이 창궐했으니 대비를 해야 하지 않소? 의원이니 예방책이 있겠지."

이장길은 여전히 약재를 살피고 있었다.

"대감께서 대비하시게요?"

"내가 무어 대비를 하겠소? 나야 살 만치 산 늙은이라오."

이장길이 공허하게 웃는 체했다. 마흔아홉 살에 살 만치 살았다고? 구렁이 같은 놈이다. 하기야 조선의 사대부들은 사십 대가 되면 이미 손자를 얻어서 스스로 늙은이라고 자처한다.

"허면 부인께서?"

"허허. 그것도 자식이라고 망종 때문에 이러는 것이 아니요? 눈치가 있으면 쉬이 알아듣지."

이장길이 답답하다는 듯이 혀를 찼다.

"따님 때문이라는 말씀이십니까?"

"그렇소. 그 녀석이 집에는 붙어 있지 않고 나돌아다니기만 하니 학질이 옮기가 쉬울 것이오. 무슨 처방이 없겠소?"

"없습니다. 그저 손발 꽁꽁 묶어서 가두어두는 것이 상책이지요."

이형익은 웃으면서 고개를 흔들었다.

"의원도 별수 없구먼. 학질 하나 다스리지 못하니……. 버드나무 껍질이나 삶아서 대비해야겠네."

이장길이 몸을 돌리더니 휘적휘적 걸어 동궁전을 나가기 시작했다. 벌써 초여름 햇살이 설핏 기울고 있었다. 환경당 옆의 수정전 전각이 길게 그림자를 드리우기 시작했다.

이형익은 이장길이 점점 멀어지는 모습을 보면서 빙그레 웃었다. 이장길이 딸의 학질을 예방하러 왔다고? 이장길은 소현세자에게 독을 쓰는지 살피러 온 것이다. 보나 마나 세자빈 강씨의 청탁을 받았을 것이다. 그러나 이장길이 독약에 대해서 무엇을 알겠는가. 이장길은 글이나 읽는 선비에 지나지 않다. 버드나무 껍질을 삶아서 대비한다는 것은 이형익에게 들으라고 하는 말이다. 소현세자가 학질을 앓고 있으니 열을 내리는 성분이 있는 버드나무 껍질을 삶은 물을 복용하게 하여 열을 내리게 하라는 것이다. 학질은 사흘거리라고도 부르는데 오한과 발열이 번갈아 일어난다. 그때 또다시 노랫소리가 들리기 시작했다. 이형익은 환경당 밖에서 들리는 노랫소리에 귀를 기울였다.

그 누가 임금을 섬기지 않겠는가?
임금을 잘 섬기기가 어려울 뿐

17

옳고 그름과 증오와 사랑을 서로 다투니
티끌을 씻어 환부를 도려내고 싶네.

人誰不欲事君
事君良獨難
是非憎愛互奪
洗垢更索瘢

　누가 노래를 부르는 것일까, 처음에는 《시경》을 읊고 이번에는 〈한요가(漢謠歌)〉를 부르고 있다. 〈한요가〉는 중국 한나라의 노래로 전쟁 때 군인들이 말을 타고 징을 치면서 행군을 할 때 부르는 노래다. 낭랑한 목소리로 미루어보면 여자가 읊는 것이다.

　이형익은 등을 돌렸다. 노랫소리와 함께 첩지머리가 먼저 환경당의 정문인 환경문의 계단을 올라오기 시작했다. 화려한 첩지머리를 한 세자빈 강씨가 남장 소녀와 나란히 올라오고 있었다.

　소녀의 얼굴을 본 이형익은 얼굴이 흙빛으로 변했다. 이장길의 딸 이진이다. 세자빈 강씨와 그녀가 환경문으로 함께 들어오는 것은 강씨가 이진의 이모이기 때문이었다.

어린 복숭아꽃 요염한 오얏꽃이 경쟁적으로 아첨하니
소나무와 잣나무가 무안하여 괴로워하네.
북풍에 차가운 눈보라 몰아치니
무엇을 붙잡고 하늘에 오를 것인가.

桃夭李艶競媚
松柏苦無顏
北風其涼雨雪
天路何可攀

이형익의 얼굴이 어두워졌다. 가슴이 뛰고 얼굴이 화끈거렸
다. 복숭아꽃과 오얏꽃은 후궁을 말하는 것이고 소나무와 잣나
무는 세자빈 강씨를 말하는 것이다. 후궁은 인조가 총애하는 조
소용을 비유한 것이 틀림없다. 조소용과 강씨는 대궐에서 치열
하게 대립하고 있었다.

이형익은 이장길의 딸 이진을 아침에 어물전 앞에서 만났다.
그런데 어느 사이에 대궐에 들어와 있는가. 이형익이 아침에 미
복을 입고 부채로 얼굴을 가리고 어물전에서 복어를 사는데 사
람들이 웅성거리고 있었다.

"저, 저거 북촌 망종 아니야?"

"북촌 망종이 왜 어물전에 있지? 어물전 주인 영감이 망종에게 잘못 보이기라도 했나?"

이형익은 사람들의 말에 미간을 찌푸리고 고개를 돌렸다. 그러자 남장을 한 이진이 그를 뚫어질 듯이 쏘아보고 있었다.

'어미를 닮아 눈이 참 예쁘구나. 아무리 남장을 했어도 한눈에 계집아이라는 것을 알아보겠어.'

이형익은 그렇게 생각했다. 그런데 어쩌다가 육의전에서 이 아이를 만난 것일까. 시장 사람들이 망종이니 폐객(幣客. 남에게 해를 끼치는 재수 없는 인물)이라고 부를 정도로 고약한 계집이니 무엇인가 재수 없는 일이 생길지도 모른다.

"네가 어물전에는 웬일이냐?"

이형익은 빙그레 웃으면서 이진을 살폈다. 열대여섯 살이나 되었을까. 남장을 했어도 고운 어깨선이며, 가슴께가 둥글게 솟고 엉덩이에 살이 올라 처녀티가 역력했다. 그의 딸 이요환과 같은 나이였다.

"복어를 사셨습니까? 복요리는 어물 중에 일품요리지요. 허나 복어의 내장에는 독이 있으니 조심하십시오."

이진이 또랑또랑한 목소리로 말했다. 천연덕스러운 말투인데 가시가 있는 듯한 느낌이다.

"뭐 특별히 복어를 사려던 것은 아니다."

이형익은 슬그머니 복어를 내려놓았다.

"사람을 독살하려면 몰라도 복어는 숙련된 숙수가 요리를 해야 합니다."

"그, 그렇지?"

"복의 독을 마시면 순식간에 입이 굳어버리고 아홉 개의 구멍으로 피를 토하고 죽지요. 요환이에게 먹이려고 하십니까? 한 번도 만나지 못했는데 복을 좋아하는군요."

이형익은 가슴이 철렁했다. 요환이에게 먹일 것이냐고? 내 딸에게 어찌 복어를 먹이겠느냐? 이형익은 등줄기로 식은땀이 흘러내리는 것 같았다.

"네 말을 들으니 무서워 먹이겠느냐? 그냥 가야겠다."

"어물전까지 와서 어찌 그냥 가십니까? 고등어라도 한 손 사 가지고 들어가셔야 요환 언니 먹이지요."

"그럴까?"

이형익은 공연히 쩔쩔매면서 고등어 한 손을 샀다. 이진은 벌써 뒷짐을 지고 팔자걸음으로 저만치 걸어가고 있었다. 길가의 장사꾼들이 이진을 알아보고 일제히 길을 비켰다. 이진은 걸어가면서도 길을 막고 있는 물건이 있으면 발로 차고 눈에 거슬리는 사람이 있으면 난전의 물건을 함부로 흩트렸다. 완전히 무뢰한 노릇을 하고 있었다. 건달들도 이진을 보고는 슬금슬금 꽁무

니를 뺐다.

'대체 어디서 저런 계집이 나온 것일까?'

이형익은 이진의 무뢰배 짓을 떠올리면서 눈살을 찌푸렸다.

한번은 이런 일도 있었다. 포목전 주인이 점방 앞에까지 물건을 쌓아놓고 장사를 하여 사람들이 통행을 할 수 없게 하였다. 이진이 물건을 안으로 들여놓으라고 몇 번 좋은 말로 권했으나 듣지 않았다.

"여기 이렇게 좋은 비단이 있는데 어느 날 밤중에 내가 불을 지르면 어찌하겠소? 물론 나는 사람들이 아무도 보지 않을 때 불을 질러 당신네 비단을 모두 태워버릴 것이오. 포목전이 모두 타버린 뒤에 당신이 나를 포도청에 고발하겠지만, 증인도 없고 증거도 없는데 내가 잡혀 들어가겠소? 아마 당신이 반좌죄(反坐罪. 무고죄)로 들어가겠지요. 포도청에서 심리할 때 당신은 내가 불을 지르겠다고 한 말을 들었으니 내가 범인이라고 하겠지요. 그런데 내 얼굴이 범인처럼 생겼소? 포도청이 내 말을 믿겠소? 당신 말을 믿겠소? 결국 형신(刑訊)이라는 것을 하는데 곤장이라는 놈을 한 대만 맞아도 엉덩이에 핏자국이 맺히고 다섯 대를 맞으면 엉덩이 살점이 너덜너덜해질 것이오.

그렇다고 자신이 한 일도 아닌 것을 자백하겠소? 당연히 자백하지 않겠지. 그렇게 버티다가 스무 대가 되면 형틀 아래 피가

22

낭자할 것이고 재수가 없으면 장하(杖下)에서 죽을 것이오. 뭐 장하에 죽지 않고 석방이 된다고 해도 장독(杖毒)으로 죽겠지. 속담에 이래도 곤장 여든 대, 저래도 곤장 여든 대라는 말이 있는데 이게 당신을 두고 하는 말이 아니겠소? 당신이 죽은 뒤에 부인은 어찌 될 것 같소? 처음에는 수절하는 체하다가 당신 무덤에 풀이 마르기도 전에 앞집 김 서방 뒷집 박 서방을 내 서방, 내 서방이라고 부르면서 달라붙지 않겠소. 그러니 속곳이 헐거운……."

이진은 구변(口辯. 말 잘하는 사람)쟁이처럼 청산유수로 말을 쏟아놓았다. 포목전 주인은 두 손을 들고 사색이 되어 비단을 안으로 들여놓았다.

또 이렇게 당한 사람도 있었다. 근처에 술국을 파는 난전의 주인이 때때로 어수룩한 시골 사람들에게 바가지를 씌워 폭리를 취했다. 음식값이 비싸다고 항의를 하면 촌놈이 음식 먹고 값을 내지 않는다고 주먹질을 했다.

하루는 어디선가 고약한 냄새가 풍겨 사람들이 슬금슬금 술집을 피해서 갔다. 술집 주인이 이상하게 생각하다가 밖으로 나와서 살피자 이진이 큰 통을 술집 앞에 놓고 앉아 있었다. 고약한 냄새는 통에서 나는 것이었다.

"이것이 무슨 냄새냐?"

술집 주인이 코를 싸쥐고 물었다.

"인분 냄새요."

"어쩌다가 인분 냄새를 풍기게 되었느냐? 똥이라도 쌌느냐?"

술집 주인이 이진을 비웃었다. 구경하던 사람들이 손가락질하면서 일제히 웃음을 터트렸다.

"똥통에 빠졌소이다."

"저리 가라, 냄새난다."

"이 땅이 당신 땅이오?"

"내 땅은 아니다."

"그럼 당신 땅이 아니니 내가 서 있든 앉아 있든 왈가왈부하지 마시오."

"너 때문에 손님이 오지 않는다."

"내가 손님을 쫓았소?"

"그렇지는 않다."

"그렇다면 말을 하지 마시오. 당신 땅도 아니고 손님도 쫓지 않았는데 장사를 방해했다고 할 수 있소?"

"이 똥통은 무엇이냐?"

"거름이오. 나는 거름을 팔고 있는 것이오."

"하필이면 왜 여기서 파는 것이냐? 다른 데 가서 팔아라."

술집 주인이 이진을 쫓으려고 했으나 그녀는 꼼짝도 하지 않앗다. 술집 주인이 몽둥이를 들고 나왔다. 이진은 바가지로 똥물을 퍼서 맞섰다. 술집 주인이 몽둥이를 휘두를 때마다 이진이 똥물로 맞서자 구경을 하던 사람들도 죄 뒤집어썼다.

"저놈 잡아라."

"사내가 아니라 계집이야."

"사내든 계집이든 잡아서 족쳐라!"

구경을 하던 시장 사람들이 합세하여 이진을 공격했다. 이진이 당황하여 시장으로 달아나기 시작했다. 똥물을 뒤집어쓴 이진이었다. 부딪쳐도 똥물이 묻고 스쳐도 똥물이 튀었다. 이진이 온 시장을 누비고 다녔으므로 며칠 동안 고약한 냄새가 시장에 진동했다. 시장 상인들은 그때부터 이진만 나타나면 슬금슬금 피했다.

"한심한 인간들, 입으로 들어가는 것은 더러워도 나오는 것은 깨끗한 법이다."

이진이 사람들에게 큰 소리로 말했다. 그러한 이진이었다.

이형익은 고등어를 사서 집에 가져다주고 대궐로 돌아온 것이다. 그런데 이진이 어느 틈에 대궐에 들어와 있었다.

'이진을 만나면 10년 동안 재수가 없다고 했는데……'

한양 장안에서는 염라대왕을 만날지언정 이진은 만나지 말라는 말도 있었다. 사대부의 규수로는 도무지 어울리지 않는 품행이다. 북촌 망종이나 폐객이라는 그녀의 별호는 사실상 시정잡배나 다름없었다.

'어미가 죽은 뒤에 저리된 것인가?'

이장길의 부인 강씨는 몇 년 전에 죽었다. 강씨가 죽기 전에 이진은 총명하고 아름다워 동방의 재원이라는 소문이 자자했다. 어깨너머로 글을 배웠는데 일곱 살에 시를 짓고 열 살에《사서삼경(四書三經)》에 통달했다.

'요환이와 경쟁을 했었는데 이젠 아니야.'

이형익의 딸 이요환도 천재라는 말을 들었다. 이진이 한성부 북쪽에 살고 이요환이 남쪽에 살아 북촌 항아(姮娥)는 이진이요, 남촌 항아는 이요환이라는 말도 나돌았다. 항아는 달 속에 산다는 전설 속의 미인이다. 그런데 어느 날 갑자기 이진이 망나니가 되어 북촌 항아가 아니라 북촌 망종이 된 것이다.

이형익은 세자빈 강씨와 이진을 향해 머리를 조아렸다.

"어의로군. 세자 저하의 용태는 어떠신가?"

강씨가 서늘한 눈으로 이형익을 흘겨보면서 물었다.

"아직 차도가 없으십니다."

이형익이 더욱 머리를 조아리고 대답했다.

"평안도에서 많은 사람이 학질로 죽었다고 하니 자세히 살펴야 할 것이다."

"예."

이형익은 곁눈으로 이진을 살폈다. 세자빈은 두렵지 않으나 이진이 껄끄러웠다.

"이모, 걱정하지 마세요. 저하께서 탈이 있으시면 어의는 참수를 당할 텐데 함부로 하겠습니까?"

이진이 눈웃음을 치면서 세자빈 강씨에게 말했다. 이형익은 소름이 끼친 듯 온몸을 전율했다. 이진의 말에는 비수가 숨어 있었다. 세자가 죽으면 너도 참수를 당할 것이라는 협박이었다.

"그렇지. 세자 저하는 이 나라의 기둥이니 어의의 목숨 따위와 견줄 수가 없지."

세자빈 강씨와 이진이 이형익의 옆을 지나 환경당으로 걸어 갔다. 그녀들을 호종하는 궁녀들도 고개를 숙이고 뒤를 따랐다. 궁녀들의 몸에서 지분 냄새가 물씬 풍겼다.

*

현숙공주는 기품이 있었다. 후궁의 딸이라고 해도 용손(龍孫, 임금의 자손)이 아닌가. 이요환은 현숙공주에게서 풍기는 기품에 주눅이 드는 기분이었다. 오늘은 부마도위 오강우가 문안을 드리러 대궐에 들어오는 날이다. 먼저 임금에게 문안을 드리고 한

원부원군(漢原府院君) 조창원의 딸인 장렬왕후 조씨에게 문안을 드린다. 이어 현숙공주의 생모인 조소용에게 문안을 드리러 오게 된다.

"법도가 있는데 어떻게 부마도위를 보니? 나는 그렇게 못 해."

현숙공주가 당황한 표정으로 돌아앉았다. 그녀의 얼굴이 금세 새빨갛게 물들었다. 이요환은 현숙공주의 두 뺨이 붉어지는 것을 보고 웃음이 나왔다.

"공주 마마."

"예를 차릴 것 없다. 그냥 언니라고 불러라. 나는 언니라고 부르는 것이 다정해서 더 좋다."

"언니, 내가 가서 볼까요?"

"싫어. 네가 무엇인데 부마도위의 얼굴을 보느냐? 부마도위가 네 신랑이야?"

현숙공주가 싸늘하게 눈을 흘겼다.

"언니는 부마도위가 보고 싶지 않으세요? 어떤 사람인지 얼굴이 보고 싶죠?"

이요환이 현숙공주의 눈앞에 자신의 얼굴을 바짝 들이댔다. 현숙공주가 장난을 거는 이요환의 어깨를 때리는 시늉을 했다.

"못된 것. 이 언니를 골리려는 거지?"

"골리기는요. 나도 부마도위가 보고 싶어요. 나에게는 형부가 되잖아요?"

현숙공주의 생모 조소용과 이요환의 어머니 조씨는 자매 간이었다. 조소용은 어릴 때 궁녀로 들어가 인조의 후궁이 되었고 조씨는 첩의 딸이라 사대부의 소실이 되는 것보다 중인인 어의 이형익의 정실부인이 되는 길을 선택했다.

"보고 싶기야 하지. 허지만 궁중 법도가 엄격한데 어떻게 부마도위의 얼굴을 보느냐? 부끄럽기도 하고……."

현숙공주가 수줍어하면서 고개를 떨어트렸다.

"그러니까 내가 보고 와서 설명을 해드리면……."

"안 돼."

현숙공주가 단호하게 선언했다.

"부마도위가 곰보에 곱사등이면 어찌하겠습니까?"

"그럴 리가 있느냐? 듣기에는 임풍옥수(臨風玉樹)에 훤훤장부라고 하더라."

"내가 듣기에는 곰보라고 하던데요?"

"정말? 난 몰라."

순진한 현숙공주가 울상이 되었다.

"그러니 보셔야 한다니까요."

"부녀자가 그런 짓을 하면 정숙하지 못한 것이다."

"언니, 저에게 계책이 있어요. 부마도위가 오늘 어머님께 문

29

안을 드리러 오니 발을 치고 슬그머니 살펴보세요."

"어머니가 허락하실까?"

"가요. 내가 허락을 받도록 할게요."

"나 어떻게 해?"

현숙공주는 부끄러워서 어쩔 줄을 몰라 했다. 이요환은 망설이는 현숙공주의 손을 강제로 잡아끌고 조소용의 처소로 달려갔다.

"너희가 어쩐 일이냐?"

조소용은 비스듬히 누워서 궁녀가 이야기책을 읽는 것을 듣고 있다가 현숙공주와 이요환을 맞이했다.

"이모님, 머리꽂이 좀 주세요."

문안 인사를 올리자 이요환이 다짜고짜 애교를 부렸다.

"망할 것 같으니…… 어찌 너는 나만 보면 무엇을 달래느냐?"

조소용은 눈을 흘기면서도 싫지 않은 듯이 문갑에서 머리꽂이며 비녀, 소삼작노리개 등을 꺼내서 현숙공주와 이요환에게 나누어주었다. 현숙공주는 패물을 보고도 달가운 기색이 아니었다.

"공주는 어찌 잠자코 있느냐?"

조소용이 딸을 쏘아보면서 물었다.

"공주 마마는 걱정이 많아요."

이요환이 머리꽂이를 살피며 대답했다.

"무슨 걱정?"

"부마도위가 곰보에 곱사등이일까 봐 걱정하고 있어요."

"닥쳐라. 부마도위가 어찌 그런 추물이겠느냐?"

"그래도 걱정이 되는 것을 어쩌겠어요? 공주 마마가 걱정하지 않도록 몰래 한번 보도록 해주세요."

"안 된다. 법도에 어긋난다."

조소용이 냉정하게 잘라 말했다.

"공주 마마가 바짝 마른 게 보이지 않으세요? 잠도 안 오고 음식도 목으로 넘길 수 없대요. 그러니 이따가 문안을 올 때 발을 치고라도 한번 보게 해주세요. 발을 치면 법도를 어기는 것이 아니잖아요?"

어쩌면 계집아이가 이토록 잘 재잘대고 있는 것일까. 장안에 구변쟁이로 유명한 김인복이라고 해도 이 정도는 아닐 것이다. 현숙공주는 얼굴이 창백하여 어쩔 줄을 모르고 있는데 이요환이 청산유수로 지껄이고 있는 것을 본 조소용은 서안을 탁 쳤다.

"저놈의 입, 인두로 지져야 조용하겠느냐?"

조소용의 말에 이요환이 얼굴을 들었다. 그러나 그다지 놀란 기색도 아니었다. 오히려 깜짝 놀란 것은 현숙공주였다.

"어머니, 잘못했어요."

현숙공주가 재빨리 무릎을 꿇는다. 이요환은 머리꽂이를 머리에 꽂아보면서 태연하다. 이런 영악한 계집애가 있나. 조소용은 한참만에야 이요환의 계략이라는 것을 깨닫고 얼굴에 슬며시 미소를 지었다.

*

조소용의 처소 하헌당에 발이 드리워졌다. 조소용은 발 앞에, 현숙공주는 그 뒤에 앉았다. 이요환은 발 뒤에 붙어 서 있었다. 하기야 현숙공주도 평생을 함께 살 신랑 놈이 어떻게 생겼는지 보고 싶었을 것이다. 조소용은 이미 두어 차례 부마도위 오강우의 얼굴을 보았다. 소년 학사로 장안에 명성이 쟁쟁한 사대부답게 귀골이고 풍채가 당당했다. 그런 오강우가 곰보에 곱사등이일까 봐 걱정이 돼서 잠이 안 온다고? 영악한 이요환이 현숙공주를 부추긴 것이 분명했다.

'동궁전에서는 왜 아직 소식이 없지?'

지금쯤 총총걸음으로 환관이 달려와 세자가 죽었다는 사실을 고해야 한다. 아직도 세자에게 독약을 마시게 하지 못했다는 말인가. 그가 독약을 마셨다면 대궐은 발칵 뒤집혔을 것이다.

소현세자 내외는 인조가 삼전도에서 청나라에 굴욕적인 항복을 한 뒤에 인질로 끌려갔다. 그는 청나라에서 자그마치 9년 동안이나 생활했다.

소현세자가 돌아오면서 대궐과 조정에는 미묘한 공기가 감돌았다. 삼전도의 치욕을 겪은 조선은 청나라에 대해 절치부심하고 있었다. 청나라에 항복을 했으나 척화파가 조정에서 득세하고 있었다. 비록 인질이었으나 청나라에서 오랫동안 지낸 소현세자는 조선의 북벌 정책이 위험하고 현실성이 없다고 보았다.

그는 청나라에 있을 때 조정에 서한을 보내 조선이 청국과 전쟁을 하려는 것은 잘못된 것이라고 주장하여 청나라에 이를 갈고 있던 조정에 찬물을 끼얹었다. 인조는 소현세자가 오랑캐가 되었다고 비난했다.

인조가 소현세자를 비판했던 이유는 소현세자가 이미 장성했고 청나라에서 9년 동안 인질 생활을 하면서 청 조정과 밀접한 관계를 맺고 있었기 때문에 왕위를 빼앗길지도 모른다는 위기감 때문이었다. 김자점과 대립하던 심기원의 역모 사건에서 소현세자를 옹립하고 인조를 퇴위시키려 했다는 고변이 나오자 인조의 의심은 더욱 커졌다.

"강씨가 젊었을 때에는 별로 불순한 일이 없더니 심양에서 나온 뒤부터 인사가 판이해졌다. 돌아와서부터는 양양자득한 기상이 점점 더하였다. 지난가을에 여종 몇 사람이 죄로 말미암아

내쫓기자 나의 거처 가까이에 와서 큰 소리로 발악하고 심지어 통곡까지 하였다. 그러더니 그날 밤부터 문안하지 않는 것뿐만 아니라, 사람을 시켜 문안하는 것마저 전폐해 버렸다. 어버이에 대해서 분한 마음을 품는 것이 이렇듯 해괴할 수가 있다는 말이냐. 그가 심양에서 올 때에 금과 비단을 많이 가져온 것은 외정(外庭)의 여러 신하도 모두 아는 바인데, 이것을 사람들에게 나누어주어 민심을 얻으려고 했으니 무슨 일을 하지 못하겠는가?"

인조는 강씨가 심양에서 비단을 많이 가져온 것을 역모를 꾸미기 위한 것으로 의심했다. 세자빈 강씨가 인조에게 문안을 드리지 않은 것은 조소용의 방해로 말미암은 것이다.

"전날 사신이 왔을 때에 세자를 돌려보내기를 청하자고 말을 꺼내니 전하께서 신을 불러 보시고 동궁을 돌려보내기를 청하자는 데에 흉한 계교가 있는 것이 아니냐고 물으셨습니다. 그래서 신이 답하기를, '청국이 만일 흉한 계교가 있다면 저들이 무엇을 꺼려서 하지 않고 세자 돌려보내는 일을 칭탁하겠습니까.' 하였습니다."

김자점이 아뢰었다. 김자점의 말에는 자신의 아들을 의심하는 인조의 속마음이 더욱 자세하게 드러나 있다.

"그렇다. 과연 그런 일이 있었다."

"전하께서는 그때 '청국의 모든 일은 음흉하고 비밀이 있으니 어찌 측량하리오.' 하였습니다. 신이 심양에 갈 때에 이 일을 품하였더니 전하께서 이르기를, '경이 모름지기 그 실정을 자세히 살펴서 만일 흉한 계교가 아니거든, 세자를 돌려보내기를 청함이 옳을 것이다. 그러나 만일 그렇지 않거든 안면을 보지 않는 것이 옳다.' 하셨습니다."

인조는 소현세자의 귀국이 불안하여 얼굴을 보지 않는 것이 낫다고까지 말한 것이다. 그러므로 소현세자의 귀국은 인조에게 달갑지 않은 것이다.

소현세자가 인질로 끌려갈 때 현숙공주는 대여섯 살밖에 되지 않았다. 인조는 왕자와 공주들에게도 화려한 옷을 입히지 않았다. 하루는 현숙공주가 수놓은 비단치마를 해달라고 조소용을 졸랐다. 조소용은 부왕이 북벌을 위해 모든 물자를 아끼고 있는데 딸이 사치를 하는 것은 옳지 않다고 타일렀다. 그러자 현숙공주가 인조에게 달려가 수놓은 비단 치마를 입게 해달라고 졸랐다.

"내가 오로지 큰일(북벌)을 도모하기 위해 검소함을 몸소 실천하고 있는데 너는 어찌하여 화려한 비단치마를 입으려고 하느냐."

인조는 어린 현숙공주가 우는데도 허락하지 않았다. 그 현숙공주가 이제는 시집을 가게 된 것이다. 문득《시경》의 시 한 구절이 떠오른다.

싱싱한 복숭아나무에
화사한 꽃이 피었네.
시집가는 아가씨야
한집안을 화목하게 하라.

桃之夭夭
灼灼其華
之子于歸
宜其室家

싱싱한 복숭아나무에
탐스러운 열매가 열렸네.
시집가는 아가씨야
온 집안을 화락하게 하라.

桃之夭夭
有蕡其實

之子于歸

宣其室家

딸을 시집보내는 부모의 마음은 누구나 같을 것이다. 좋은 집안에 가서 아들딸 낳고 행복하게 살기를 바란다. 두 번째 연의 탐스러운 열매는 아들딸을 의미하는 것이다.

"마마, 부마도위가 들었습니다."

이내 하헌당 소속의 궁녀가 고했다.

"모셔라."

조소용이 영을 내렸다. 방 안에 숨을 죽이는 듯한 긴장감이 감돌았다. 조심스러운 발걸음 소리가 들리더니 도포 자락을 펄럭이면서 부마도위 오강우가 들어왔다.

2장
죽어도 다른 마음 아니 가지리

　인중지룡(人中之龍)이다. 남자에게 아름답다는 말을 하는 것이
옳을지 모르지만 오강우에게는 그 말이 어울리는 것 같다. 딸의
남자가 될 사내이기에 그런 것일까. 눈썹은 굵고 콧날이 오똑하
다. 꼭 다문 입술에서는 강인한 의지가 엿보이고 눈은 불을 뿜
을 것처럼 강렬하다. 아직은 홍안의 소년이거늘 육 척 장신이
다. 도포는 눈이 부시게 하얀 옥양목이고 갓은 통영 갓에 옥관
자를 길게 늘어뜨리고 있다. 부마도위로 간택되었으니 도포며
바지저고리에 화려한 물감을 들인 의관을 차려입을 만한데 담
백한 옥색이다.

'고놈 참, 볼수록 잘생겼네.'

조소용은 오강우가 볼수록 마음에 들었다.

"댁내는 다 무고들 하신가?"

오강우가 절을 마치자 조소용이 자애로운 미소를 띠면서 물었다.

"마마의 염려 덕분에 부모님이 모두 무탈하십니다."

오강우는 목소리조차 남성적이다. 부드러우면서도 굵은 목소리를 가지고 있다. 발 뒤에서 현숙공주의 가쁜 숨소리가 들렸다. 숨을 참고 있으려니 힘들었을 것이다. 현숙공주는 이 귀여운 놈을 신랑으로 맞이하게 되었으니 얼마나 좋을 것인가. 발의 신랑이지만 조소용은 오강우의 준수한 용모에 가슴이 설레었다.

"이제는 한 식구가 되었으니 지나친 예를 삼가라."

"황송하옵니다."

"사위는 자식이고 장모는 어미가 아닌가? 우리끼리 있을 때는 '어머니'라고 부르게."

"마마, 궁중 법도가 그렇지 않습니다."

"괜찮네. 법도를 따질 것이 무어 있나?"

조소용이 한껏 목소리를 부드럽게 하여 장모 시늉을 하고 있는데 갑자기 등 뒤에서 발이 와르르 무너져 내렸다. 현숙공주의 뾰족한 비명이 들리고 이요환이 놀라서 어쩔 줄을 몰라

했다. 이런 고연 것들이 있나? 조소용의 얼굴이 싸늘하게 변했다. 그러나 조소용보다 더욱 놀란 것은 발 뒤에 앉아 있던 현숙공주였고 오강우는 당황한 표정으로 재빨리 머리를 조아렸다. 이요환은 눈을 동그랗게 뜨고 발을 동동 구르고 있었다.

"마마, 송구하옵니다. 소인이 실수하여⋯⋯."

이요환이 조금도 미안하지 않은 표정으로 사죄했다.

"되었다."

조소용이 싸늘하게 영을 내렸다. 생각 같아서는 궁녀들을 시켜 종아리를 때리고 싶었으나 사위 앞에서 성질 사나운 장모 꼴을 보이고 싶지 않아 억지로 참고 있는데 이요환은 현숙공주의 옆에 가서 앉아 킥킥거리며 웃었다.

"자네 내자(内子)가 될 현숙공주일세. 도리가 아닌 줄 알지만 발을 쳤는데 이리되고 말았네."

조소용이 헛기침을 하면서 말했다. 이요환 때문에 사위에게 장모의 체면을 구긴 것이다.

"공주님께 문후를 드리옵니다."

오강우가 현숙공주를 향해 머리를 조아렸다.

"첩이 부마도위께 인사를 올립니다."

현숙공주가 재빨리 오강우를 향해 머리를 조아렸다.

'요것들을 봐라. 소꿉장난을 하고 있잖아?'

조소용은 오강우와 현숙공주가 맞절을 하자 입언저리에 미소가 떠올랐다. 귀여운 것들이다.

"본의가 아니지만 이리되었으니 어쩌겠나? 부부간에 새삼스럽게 발을 칠 필요는 없을 듯하니 석찬을 들고 가게."

"삼가 영을 받들겠습니다."

오강우가 머리를 조아렸다.

"내외가 엄중하니 민 상궁은 이요환을 궐 밖으로 내보내라."

조소용이 밖에 대기하고 있는 민 상궁에게 지시했다. 이요한이 불만스러운 표정으로 민 상궁을 따라 밖으로 나갔다. 고약한 계집, 발을 일부러 떨어트려 오강우의 얼굴을 자세히 보려 한 것이 분명했다. 오강우의 앞이 아니라면 종아리를 때렸겠지만 그냥 내쫓는 것으로 끝냈다.

이내 석찬이 들어왔다. 궁중이나 사대부가에서는 절대로 겸상을 하지 않는다. 조소용 앞에 커다란 상이 놓이고 현숙공주 앞에 작은 상이 놓였다. 멀리 떨어져 오강우의 앞에도 상이 놓였다.

'귀여운 것들……'

조소용은 식사를 하면서 두 사람이 서로 힐끔거리며 살피는 모습을 보고 미소를 지었다.

하헌당은 짙은 어둠에 둘러싸여 있었다. 오강우는 하헌당을 나오자 자신도 모르게 한숨을 내쉬었다. 자신의 아내가 될 현숙공주의 생모 조소용에게 문안을 드리러 갔다가 현숙공주의 얼굴을 보았다.

조소용의 뒤에 발을 치고 있었는데 그게 갑자기 무너져 내렸다. 왜 그런 것일까. 현숙공주와 비슷한 또래의 규수가 그곳에 있었다. 현숙공주의 인척인 듯 조소용을 무서워하지 않고 현숙공주 옆에서 소곤대다가 쫓겨났다.

'공주가 미인이라 다행이다.'

오강우는 속으로 그렇게 생각했다. 한 가지 아쉬운 일이 있다면 부마도위가 되었기 때문에 이제는 과거를 볼 수도 없고 벼슬에 나갈 수도 없다는 사실이다. 이미 고귀한 신분이 되어 신하들과 같은 반열에 설 수가 없는 것이다.

"한 가지 궁금한 것이 있네."

오강우는 현숙공주의 초상화를 들고 있는 내관에게 조용히 말했다.

"예. 말씀하시지요."

내관이 머리를 조아리면서 대답했다.

"현숙공주와 같이 있던 규수는 누구인가?"

"모르셨습니까? 남촌 항아라고 불리는 이 규수입니다. 공주

42

마마의 이종사촌이지요."

"남촌 항아?"

"북쪽에는 이진이요, 남쪽에는 요환이라는 말이 있지 않습니까? 북쪽의 이진은 폐객이 되었다고 합디다만……."

폐객은 좋게 부르는 말이고 사실은 개망나니라고 부르는 편이 옳을 것이다.

"그런 말을 듣기는 했네."

"늦었는데 걸음을 서두르시지요."

내관이 오강우를 재촉했다. 오강우는 조소용의 처소에서 저녁만 대접받은 것이 아니라 그림까지 한 장 그렸다. 오강우가 어린 나이에 서화가 일절이라는 말을 들은 조소용이 굳이 초상화를 한 폭 그리라고 영을 내렸던 것이다. 그것도 조소용의 초상이 아니라 아내가 될 현숙공주의 초상이었다.

"소인이 어찌 공주 마마 앞에서 붓을 들 수 있겠습니까?"

오강우는 조소용의 영을 사양했다. 현숙공주는 그림에 특출한 재주가 있다고 소문이 나 있었다. 특히 화훼도(花卉圖. 꽃과 풀을 그린 그림)는 신사임당과 견줄 만하다는 소문이 돌았고, 오강우도 현숙공주가 그린 황하도(黃河圖) 한 폭을 보고 감탄했다. 그 그림에는《시경》의 시도 쓰여 있었다.

물결 위의 잣나무배

황하 가운데 떠 있네.

물결처럼 늘어진 머리

실로 내 님이었으니

죽어도 다른 마음 아니 가지리.

汎波柏舟

在波中河

髧波兩髦

實維我儀

之死矢靡他

《시경》〈용풍〉편에 있는 '잣나무 배(柏舟)'라는 제목의 시다. 그런데 현숙공주가 이 시의 깊은 뜻을 알았을까. 이 시는 시집 가지 않은 여자의 약혼자가 죽자 여자가 시집을 가지 않겠다고 부모에게 이야기하는 내용의 노래이다.

"춘궁(春宮. 동궁을 다르게 부르는 말)에 들렀다가 돌아가야 할 것 같소."

"세자 저하께서는 환후가 있으십니다. 외인은 출입할 수 없습니다."

내관이 잘라 말했다.

"나는 외인이 아니지 않는가?"

오강우가 수정전을 향해 성큼성큼 걸음을 떼어놓기 시작했다. 내관은 황급히 뒤를 따랐다.

'궐에 문안을 드리러 가거든 반드시 세자 저하에게 문후를 드리고 오너라.'

아버지 오윤겸의 당부가 떠올랐다. 아버지는 무엇인가 크게 걱정을 하고 있었다. 조소용의 처소 하헌당에서 수정전은 오백 보 남짓 떨어져 있다. 오강우는 대궐의 즐비한 전각을 지나 수정전으로 향했다. 문득 눈을 곱게 내리깔고 있던 현숙공주의 얼굴이 떠올랐다. 오강우가 그림을 그리고 있을 때도 조소용은 초조한 듯 밖의 동정에 자주 귀를 기울였다. 자신이 직접 대청으로 나가 궁녀들에게 낮은 목소리로 동궁전 소식을 묻곤 했다.

현숙공주는 그린 듯이 앉아 있었다. 밤이라 그런지 분홍색의 적삼과 역시 분홍색의 치마 차림이었다. 머리는 풍성한 가채에 색색의 머리꽂이를 꽂고 있었다. 눈은 다소곳이 내리깔고 숨을 죽이고 있었다.

'역시 기품이 있어.'

오강우는 속으로 감탄했다.

"낭군님."

조소용이 또 밖으로 나갔을 때였다. 현숙공주가 들릴 듯 말 듯 낮은 목소리로 오강우를 불렀다.

"예?"

오강우가 고개를 들고 현숙공주를 바라보았다.

"신첩에게도 부마도위의 초상을 그릴 수 있도록 허락해주세요."

"공주 마마, 어찌 소인의…."

"첩이 부마도위의 초상을 그려 방에 걸어놓고 보겠어요."

현숙공주는 궁녀들을 불러 지필묵을 가져오게 하여 오강우의 초상화를 그렸다.

"천생연분이로구나."

조소용은 두 사람이 서로의 초상화를 그린 것을 보고 크게 기뻐했다. 오강우는 그 바람에 하헌당에서 늦게 나온 것이다.

"저하께서 위중하십니다. 문후를 드리실 수 없습니다."

환경당에 이르자 내관들이 오강우의 앞을 막았다. 오강우가 어쩔 수 없이 몸을 돌리려고 했을 때, 갑자기 환경당에서 궁녀들이 곡을 하는 소리가 들려왔다.

"저하!"

궁녀들의 울음소리가 터져 나오자 오강우는 가슴이 철렁하면서 얼굴이 흙빛이 되었다.

"저하께서 흉하신 것이 아닌가?"

오강우는 깜짝 놀라서 환경당을 바라보았다. 환경당 밖에서
탕약을 끓이던 내의원들도 일제히 무릎을 꿇고 곡을 하기 시작
했다.

*

이장길은 손가락으로 서안(書案)을 두드리면서 매서운 눈으로
허공을 쏘아보았다. 소현세자가 학질을 이기지 못하고 갑자기
죽었다는 사실이 믿어지지 않았다. 환경당의 내관이 지붕으로
올라가 고복(皐復. 사람이 죽었을 때 혼을 부르는 의식)을 하고 빈전(殯
殿)이 세워졌으나 좀처럼 현실 같지가 않았다. 세자의 시신은 내
의와 대신들, 그리고 몇몇 종친들밖에 볼 수 없었다. 여염에서
죽었다면 포도청의 오작인들이 검시를 했을 것이다. 그러나 고
귀한 신분인 왕세자니 누구도 접근을 금지한다.

"아버님."

이진이 이장길을 빤히 쳐다보다가 입을 떼었다. 이장길은 사
헌부 감찰이니 상복을 입고 있다. 그러나 상복을 입는 기간은
불과 나흘뿐이다.

"나서지 마라."

이장길이 이진을 흘겨보면서 내뱉었다. 전에 없이 냉랭한 목
소리다. 이진이 파락호 짓을 하고 다닐 때도 말 한마디 하지 않
던 이장길이라 이진은 흠칫했다. 이장길의 눈에서 싸늘한 서슬
이 뿜어지고 있었다.

"아버님, 조소용의 짓이 아니겠습니까?"

"조소용이 뭘?"

"세자빈께서는 조소용이 독살했다고 의심하고 있습니다."

"닥쳐라."

이장길이 다시 서안을 주먹으로 내리쳤다. 그의 목소리가 지
나치게 컸던 것일까. 사랑 밖 마당에서 어린 딸을 데리고 색색
의 작약(芍藥)을 살피던 계모가 놀라서 이쪽을 돌아본다. 이진의
배다른 동생이자 계모의 첫딸인 이연은 이제 세 살이다. 계모는
이제 스물세 살인데 배 속에 또 아이를 가지고 있었다.

"아버님, 저하를 검시할 수 있게 허락해주십시오."

홍씨인 계모는 무던한 여인이었다. 이진과는 절대 대립하지
않았다. 이진이 개망나니 짓을 하고 다니기 때문인지 그녀의 성
품이 진중한 탓인지 알 수 없었다.

"네가 무엇인데 세자의 시신을 검시하느냐?"

"이형익이 수상했습니다. 어물전에서 복어를 사려고 했습

니다.”

“복어?”

“복어는 치명적인 독이 있습니다.”

“이형익이 복어를 사는 것을 보았느냐?”

“제가 못 사게 했습니다. 허나 다른 자를 시켜서 살 수도 있지 않습니까? 독살 의혹을 밝혀야 합니다.”

이장길과 이진의 분위기가 심상치 않다고 생각했는지 계모가 이연의 손을 잡고 안채로 물러갔다.

“너는 세자 저하께서 독살당하는 것을 보았느냐?”

“세자빈께서 그리 말씀하셨습니다.”

“세자빈은 조소용과 사이가 좋지 않다. 세자빈과 너는 조소용의 죄로 몰아가려고 하는 것이 아니냐? 네가 함부로 나서면 우리 가문이 몰살을 당하는 것은 물론이고 세자빈조차 목숨이 위태로울 것이다.”

“아버님, 그게 무슨 말씀입니까?”

“살인에는 동기가 있어야 한다.”

“동기?”

“조소용이 세자 저하를 독살하여 어떤 이익이 있겠느냐? 조소용에게는 동기가 없다.”

“세자빈과 사이가 좋지 않다고 하셨습니다. 서로가 원수처럼

49

지내니 독살을 할 수도 있지 않습니까?"

"어리석은 놈! 사이가 좋지 않다고 세자 저하를 독살해? 그것이 말이 되느냐? 물러가서 잘 생각해 봐라. 독살설은 입에 담지도 마라. 다시 한 번 그 이야기를 꺼내면 엉덩이에 몽둥이질을 할 것이다."

"아버님도 참…… 어찌 과년한 딸의 엉덩이에 몽둥이질을 하십니까?"

이진이 입술을 깨물면서 사랑에서 물러나왔다. 어제저녁 무렵 환경당에서 이진은 소현세자에게 문후를 드렸다.

"어미를 닮아서 곱구나. 꽃이 핀 듯하니 내가 시집을 보내주어야겠다."

소현세자는 누워서 이진의 손을 잡아주기까지 했다. 그런데 그녀가 환경당에서 나온 지 불과 한 시진도 되지 않아 죽은 것이다. 대궐은 계엄이 선포되어 있어서 들어갈 수가 없었다. 임금이 죽거나 세자가 죽으면 일상적으로 선포되는 계엄 속에 군사들이 삼엄한 경계 태세를 갖추고 있었다.

"연아."

이진은 안채 마당에서 계모와 함께 살구나무를 바라보는 연을 번쩍 안았다. 계모는 이진을 향해 수줍은 표정을 짓고 있었다.

거리에 하얀 상복을 입은 무리가 서둘러 걸음을 옮기고 있었다. 왕세자가 죽었으니 국상이었다. 왕세자의 혼전이 있는 창경궁에 가서 곡을 해야 하지만 아버지인 임금이 살아 있거니와 아버지보다 먼저 죽은 죄인이므로 국상이라도 상례를 거창하게 할 수 없다. 그래서 국상 기간을 나흘로 선포하지 않았는가.

소현세자가 독살되었다면 과연 누구의 짓인가. 소현세자를 독살할 만한 사람은 조소용밖에 없다. 그러나 조소용에게는 동기가 없다. 소현세자가 죽어도 왕세자의 자리는 원손에게 돌아간다. 소현세자는 젖먹이까지 해서 아들이 셋 있다. 소현세자에게 아들이 없다면 봉림대군에게 세자의 자리가 돌아갈 것이다. 조소용의 아들 영선군은 하늘이 무너져도 왕세자가 되지 못한다.

'대체 어찌된 거지?'

이진은 뒷짐을 지고 팔자걸음으로 느릿느릿 걸으면서 눈살을 찌푸렸다. 그를 알아본 사람들이 흡사 더러운 것이라도 보듯이 길을 피했다.

날씨는 후텁지근하다. 하늘에 검은 구름이 몰려오고 있는데도 빗방울이 뿌리지 않고 있다.

'저 귀신같은 계집이 왜 여기에 나타난 거야?'

진원군 이세완의 집이었다. 이진을 한눈에 알아본 청지기가 눈을 크게 떴다.

"진원군께서 안에 계십니까?"

이세완은 왕실의 일원이고 장렬왕후 조씨의 동생을 부인으로 맞이했으니 소현세자의 이모부이다.

"어, 어쩐 일로……."

청지기가 말을 다하기도 전에 이진은 대문으로 성큼성큼 들어가 사랑채로 향했다.

"나리께 고해 올리겠습니다."

"그냥 두게."

이진은 청지기를 거들떠보지도 않고 사랑채 툇마루에 가서 걸터앉았다. 이세완이 의관을 바로 하고 있다가 이진을 보았다. 날씨가 점점 더워져서 이세완은 사랑의 문을 활짝 열어놓고 있었다. 이세완은 툇마루에 걸터앉아 큰기침을 하는 이진을 보고 웃음을 터트렸다.

한마디로 가관이다. 옷을 입은 꼬락서니도 멋대로이거니와 갓은 뒤로 훌렁 벗겨져 있다. 이것이 장안에 북촌 망종으로 유명한 이진이란 말인가. 그래도 눈 하나는 선연하게 맑다.

"이모부, 그간 별래 무량하십니까?"

이진이 건성으로 인사를 건넸다.

"이모부라고? 네가 어찌 너의 이모부라는 말이냐?"

이세완이 펄쩍 뛰는 시늉을 했다.

"세자 저하의 이모부니 저에게도 이모부가 됩니다."

"어림도 없는 소리. 그런 촌수가 어디 있느냐? 당최 그런 말 마라. 사람들이 알면 나까지도 시정잡배 취급을 할 것이다. 또 용돈이 떨어졌느냐?"

이진은 가끔 이세완을 찾아와 용돈을 얻어 갔다.

"돈이야 돌고 도는 것이 아닙니까? 그보다 대궐에는 안 들어가십니까?"

"대궐에? 대궐에는 왜 들어가?"

"저하께서 돌아가셨으니 염습을 하셔야 하지 않습니까?"

"염습?"

"자고로 왕실에서 상례가 있으면 종친이 염습을 합니다."

"이미 염습을 하고 나왔는데 무슨 헛소리냐? 여름철이라 부패하기 쉬워서 일찍 염습을 했다."

이세완의 눈빛이 달라지면서 퉁명스럽게 말했다. 이진의 눈이 번쩍하고 빛을 발했다. 벌써 염습이 이루어졌다는 말인가. 이세완은 이진과 눈이 마주치자 눈을 질끈 감았다가 떴다.

"그러잖아도 네 아비를 만나려고 했다."

이세완이 방바닥에 털썩 앉았다.

"밖에는 아무도 없습니다."

이진이 주위를 살피면서 말했다.

"네가 궁금한 것을 말해주겠다. 허나 비밀을 지켜야 할 것이다. 그렇지 않으면 죽임을 당할 사람이 하나둘이 아닐 것이다. 세자 저하는 온몸이 전부 검은빛이었고 이목구비를 비롯한 일곱 구멍에서 모두 선혈이 흘러나왔다. 검은 멱목(幎目. 시체의 얼굴을 싸매는 헝겊)으로 얼굴 반쪽만 덮어 놓았는데 곁에 있는 사람도 그 얼굴을 분별할 수 없을 정도였다. 마치 약물에 중독되어 죽은 사람과 같았다."

이세완이 무겁게 말했다. 이진은 몸을 부르르 떨었다. 세자 저하께서 정녕 독살되셨구나. 후두둑 빗방울이 떨어지기 시작했다.

"비가 오고 있습니다."

이진이 하늘을 쳐다보면서 말했다.

"이 말은 절대로 입 밖에 내지 마라. 자칫하면 많은 사람이 죽게 된다."

이세완도 몸을 떨면서 말했다.

*

쏴아. 세차게 쏟아지던 비가 그치고 바람이 나뭇가지를 흔들었다. 그러나 날씨는 서늘함이 느껴질 정도로 시원했다. 한바탕 쏟아진 비가 더위를 말끔히 씻어간 것이다. 이요환은 오강우의 단아한 얼굴을 떠올리다가 가슴이 아릿하게 저려왔다. 태어나서 처음으로 마음에 드는 사내를 만났는데 현숙공주의 부마도위라니. 이요환은 저절로 한숨이 새어 나왔다. 조소용의 처소에서 본 오강우의 모습은 임풍옥수라고 할 만했다. 두보가 시와 술을 사랑하는 당나라 여덟 명의 시인을 선발하여 〈음중팔선가〉라는 시를 지었는데 그중에 한 명인 최종지를 일컫는 말이 바로 임풍옥수이다.

종지는 소상강저럼 아름다운 미소년
술잔 들고 흰 눈으로 푸른 하늘을 바라보면
하얗게 빛나는 옥수가 바람 앞에 나부끼는 듯하더라.

宗之瀟灑美少年
擧觴白眼望靑天
皎如玉樹臨風前

이때부터 잘생긴 미소년을 표현할 때 임풍옥수와 같다고 했다. 오강우는 그처럼 아름다운 미소년이었다. 이요환은 오강우의 얼굴을 자세히 보려고 일부러 발을 떨어트리기까지 했다.

"양사(兩司)에서 나를 탄핵할 것이다."

문득 아버지의 말이 떠올랐다. 이요환의 얼굴이 어두워졌다. 어제 아침 고등어 한 손을 들고 돌아온 아버지는 대궐에 들어갔다가 새벽에 돌아와서 그런 말을 했다.

"양사면 사헌부와 사간원을 일컫는 것이 아닙니까? 왜 그 사람들이 아버지를 탄핵합니까? 혹시 세자 저하께서 돌아가셨나요?"

"그래. 내 딸이 참으로 총명하구나. 한마디를 하면 곧바로 알아들으니."

이형익이 빙그레 웃었다. 이요환은 눈에 넣어도 아프지 않은 딸이다.

"허면 귀양을 가시게 됩니까?"

이요환의 표정이 어두워지면서 물었다. 어의는 치료하던 국왕이나 왕비, 세자가 죽으면 치료를 소홀히 했다고 하여 처벌을 받는다. 반대로 치료하던 왕족의 병이 나으면 치료를 잘했다고 상을 받는다. 이형익도 임금을 치료하여 김포 현감을 지냈다.

"아니, 그렇지는 않을 게다. 나는 아무 죄가 없다. 그저 알고 있으라는 뜻으로 하는 말이다."

이형익의 말에는 묘한 여운이 남아 있었다. 나는 아무 죄가 없다, 나는 아무 죄가 없다……. 이형익의 말을 반복하던 이요환은 나는 죄가 없으나 다른 사람은 죄가 있다는 말로 해석했다. 아버지는 무엇인가 비밀을 알고 있다.

'그렇다면 세자 저하께서 비명에……?'

이요환은 문득 등줄기가 서늘해져왔다. 소현세자가 비명에 죽었다면 대궐에서 권력투쟁이 벌어진 것이다. 이요환은 자신과 상관이 없는 일이라고 생각했다. 그런 일은 조선왕조에서뿐만 아니라 역대 왕조에서 무수히 일어났다.

이요환은 규방에서 뜰로 나왔다. 마당에 심은 오얏나무에서 오얏이 세찬 비바람에 떨어져 있다. 오얏나무는 수령 백 년이 훨씬 넘어 지붕 위로 높게 솟아 있다. 이요환은 오얏을 하나 주워서 입에 넣고 깨물었다.

"그새 잘 익었네. 달콤하고……."

이요환은 바닥에 떨어진 오얏을 줍기 시작했다.

툭.

이요환이 오얏을 한 움큼 주워서 일어서는데 머리 위로 한 알이 떨어졌다. 이요환이 고개를 들자 이번에는 얼굴을 향해 떨어졌다. 이요환은 재빨리 피했다. 그러자 높은 나뭇가지 위에서 희끗거리는 것이 보였다.

"누구냐?"

이요환은 재빨리 마당에 있는 죽봉을 집어 들었다. 새벽에 이형익과 무술을 연마할 때 사용하는 대나무였다.

"호호호. 남촌 항아가 무술도 할 줄 아네."

나뭇가지에 앉아 있던 여자가 이요환을 향해 떨어져 내리기 시작했다. 그녀가 입은 붉은 치마가 풍성하게 부풀어 오르고 눈처럼 하얀 바지가 드러났다.

"차앗!"

이요환은 자신을 향해 떨어지는 여자를 향해 솟아올랐다. 장교출해세(長蛟出海勢), 교룡이 바다에서 솟아오르는 품새였다.

"아하!"

붉은 치마의 여자는 팽이처럼 몸을 팽그르 돌려 오얏나무를 돌았다. 오얏나무의 잎사귀들이 우수수 흔들렸다. 이요환은 우요격세(右腰擊勢), 오른쪽 허리를 베는 자세로 붉은 치마를 쫓았다. 붉은 치마는 이요환의 공격을 피해 달아나는 체하면서 후일격세(後一擊勢)로 이요환을 공격하여 당황하게 만들었다.

'이 계집이 예사 실력이 아니구나.'

이요환은 향전살적세(向前殺賊勢)와 용약일자세(勇躍一刺勢)를 동시에 펼쳐 붉은 치마의 요해처인 허리를 맹렬하게 공격했다. 그러나 붉은 치마는 요리조리 교묘하게 피하기만 할 뿐 이요환을 공격하지 않았다. 수십 합을 겨루었는데 승부가 나지 않았다.

"너의 정체가 무엇이냐?"

이요환은 오얏나무에서 날아 내렸다.

"이진이라고 들어 보았느냐?"

이진이 오얏나무에서 뛰어내렸다. 붉은 치맛자락이 또다시 풍성하게 펼쳐지면서 눈처럼 하얀 바지가 드러났다.

'이진이라면 북촌 망종…… 아니 북촌 항아 이진인가?'

이요환의 얼굴이 하얗게 변했다.

이진은 빙그레 웃으면서 이요환을 보았다. 확실히 장안의 미인이라고 불릴 정도로 예쁘게 생긴 계집애인데 무예까지 출중하다. 이요환은 매서운 눈빛으로 이진을 쏘아보고 있다. 죽봉은 비스듬하게 내려 들고 있었으나 언제든지 그녀를 공격할 수 있는 기세이다. 《무예도보통지(武藝圖譜通志)》의 본국검 중 〈지검 대적세(持劍對賊勢)〉를 변형했으나 빈틈이 없다.

"흥! 북촌의 이진이라고 하더니 명불허전이구나."

이요환이 새침한 표정으로 내뱉었다.

"이요환, 손님이 왔는데 이렇게 세워둘 것이냐?"

"손님이라니…… 나는 너를 초대한 일이 없다."

"사해가 다 동무인데 꼭 초대해야 손님이냐? 그러지 말고 차라도 대접하는 것이 어떠냐? 북촌 항아 이진이 남촌 항아의 집에서 차 한 잔 대접받지 못했다는 소문이 나면 사람들이 남촌 항아 이요환이 인색한 계집이라고 할 것이 아니냐?"

"입으로 재잘대는 것은 나를 따를 자가 없다고 하는데 너도 지지 않는구나. 갑자기 찾아왔으니 이거나 먹어라."

이요환이 손에 쥐고 있던 오얏을 던졌다. 오얏이 날카로운 바람 소리를 일으키면서 이진에게 날아와 이마를 퍽 하고 때렸다. 피할 줄 알았는데 그냥 맞고 있다.

"아야!"

이진이 이마를 때리고 떨어지는 오얏을 받으면서 소리를 질렀다. 이요환은 그 모습이 우스워 까르르 웃었다.

"네가 먼저 나를 때렸으니 갚은 것이다."

이요환이 약간 미안한 표정으로 말했다.

"오얏이 잘 익었구나."

이진이 오얏을 한 입 깨물어 먹었다. 오얏에 이마를 맞았어도 별로 노여운 기색이 아니었다.

"몇 살이냐?"

"열여섯."

"나와 동갑이구나."

"그러니 내가 동무라고 하지 않느냐?"

이진이 이요환을 보고 웃었다.

"무슨 일이야?"

"그냥 남쪽의 요환이 어떤 여자인지 궁금했어."

"그것 말고 다른 용무가 있겠지. 여태까지 나를 찾지 않다가 오늘 찾은 것을 보면 세자 저하의 죽음과 관련이 있을 거야. 솔직하게 뱃속에 있는 것을 털어놓는 것이 어때?"

"고등어 반찬은 먹었어?"

이진이 오얏나무로 날아오르면서 물었다. 이요환도 날아서 이진의 옆에 앉았다. 오얏나무에서는 대로가 한눈에 내려다보였다. 이요환은 기묘하게 이진에게 호감이 느껴졌다.

"그걸 어떻게 알아? 너 혹시?"

"너 혹시 뭐?"

"점쟁이냐? 남내분 밖에 거적을 깔아놓으면 제격이겠다."

"이 얼굴이 점쟁이 같아 보이냐? 기왕에 말이 나왔으니 말인데 하나만 묻자. 세자 저하는 독살당한 거냐?"

이진의 질문에 이요환은 가슴이 철렁했다. 세자 저하가 죽은 지 하루도 되지 않았는데 어떻게 이런 소문이 퍼졌는가. 이요환은 미처 대답을 하지 못했다.

"배후가 누구지?"

"배후? 나는 하수인도 모른다."

"어의 어르신이 말씀하지 않았어?"

"아버지는 아니다. 아버지는 죄가 없다는 말씀을 하셨다."

"죄가 없다고?"

"아버지께서 중얼거리듯이 '나는 죄가 없다.'라는 말씀만 하셨어."

"그렇다면 다른 사람은 죄가 있다는 말이네?"

이진이 고개를 갸우뚱하고 냄새를 킁킁거리며 맡았다.

"뭣하는 거야?"

"분 냄새가 좋아서……."

이진이 웃다가 이요환의 얼굴을 쳐다보았다. 이요환이 말을 타고 오는 사내를 뚫어질 듯이 쳐다보고 있었다.

"뭘 보는 거야?"

"부마도위 오강우야. 저 남자는 내가 찍었으니까 눈독 들이지 마라."

"부마도위라면서? 임자가 있는데 어떻게 네 남자야?"

"네가 몰라서 그래. 얼마나 잘생겼는지 알아? 잘 봐봐. 정말 잘생겼지?"

그러나 이진은 남자가 갓을 쓰고 있었기 때문에 얼굴을 볼 수 없었다. 이진은 옆에 있는 나뭇가지의 오얏을 땄다.

"뭣하려고?"

"얼굴 좀 보려고."

이진이 오얏을 들고 사내의 갓을 향해 살짝 던졌다.

"뭐하는 짓이야? 이게 미쳤네."

이요환이 깜짝 놀라 오얏나무 뒤로 재빨리 몸을 숨겼다. 그러나 이진은 몸을 움직이지 않았다. 오얏이 갓을 때리자 사내가 고개를 들고 위를 쳐다보았다.

"어, 어……."

이진이 갑자기 오얏나무에서 떨어졌다.

'뭐 이런 계집애가 다 있지?'

이요환은 이진을 내려다보면서 어리둥절했다. 부마도위 오강우가 그렇게 잘생겼나? 이진은 오강우를 보자마자 중심을 잃고 오얏나무에서 떨어진 것이다. 이요환이 재빨리 손을 뻗었으나 미처 잡아줄 시간도 없었다. 무예를 할 줄 아는 계집애니 중심을 잃었다고 해도 그 정도는 충분히 안전하게 떨어질 수 있을 것으로 생각했다. 그런데 꼴사납게 엉덩이로 떨어졌으니 어처구니가 없었다. 이진이 오만상을 쓰고 있었다.

"뭣하는 거야?"

이요환이 손을 내밀었다.

"아우. 내 엉덩이…… 엉덩이가 깨진 것 같아."

이진은 이요환의 손을 잡고 간신히 일어섰다.

"괜찮아?"

"네 눈에는 괜찮아 보이냐?"

"무술을 하는 것이 왜 그렇게 떨어져?"

"시가 하나 생각난다."

이진이 엉덩이를 털면서 뜬금없이 말했다.

"무슨 시?"

이요환이 물었으나 이진은 대답도 하지 않고 시를 읊기 시작했다.

저 능구렁이 같은 녀석은

나하고 말도 하지 않네.

너 때문에

나는 음식도 먹지 못하네.

彼狡童兮

不與我言兮

維子之故

使我不能餐兮

저 능구렁이 같은 녀석은

나하고 밥도 먹지 않네.

너 때문에

나는 쉬지도 못하네.

彼狡童兮

不與我食兮

維子之故

使我不能息兮

　이요환은 망연자실하여 이진을 쳐다보았다. 이 맹랑한 계집애가 부마도위 오강우 때문에 가슴 설레 잠을 이루지 못하는 그녀를 비교하여 시를 읊은 것이다. 눈치가 빠르면 절에 가도 젓갈을 얻어먹는다는데 보통이 아니다. 설마 이 계집애도 오강우를 찍은 것이 아닐까. 현숙공주도 감당하기 어려운데 북촌 항아 이진까지 나선다면 적이 둘이나 생긴 것이다.

　"무슨 시냐? 왜 그런 시를 주절대는 거야?"

　"《시경》〈국풍〉편에 있는 교동(狡童. 능구렁이 같은 녀석)이라는 시다. 아무래도 내가 부마도위에게 시집을 가야 할 것 같다. 그렇지 않으면 밥도 못 먹고 잠도 못 잘 것 같다."

　"무, 무슨 소리냐? 네가 어떻게 부마도위에게 시집을 가?"

　이요환의 얼굴이 파랗게 변했다.

　"공주가 벼락을 맞아 죽으면 되지. 그러면 부마도위가 아니니 시집을 갈 수 있는 거 아니냐? 너도 부마도위를 찍었다면서?"

　"공주님에게 그런 말을 해도 되는 거냐? 공주님이 벼락을 맞는 게 아니라 네가 벼락을 맞을 것이다. 너 나를 골리려고 일부러 그러는 거지?"

그때 대문이 열렸다. 이진과 이요환은 동시에 대문께를 바라보고 못이 박힌 듯 움직이지 않았다. 대문이 열리면서 부마도위 오강우가 성큼 들어선 것이다.

"북촌 항아와 남촌 항아가 아니신가? 두 분이 무슨 일로 다투시오?"

오강우는 한가하게 부채를 흔들고 있었다.

'아름답구나. 남자가 어떻게 저렇게 아름다울까?'

이진은 가슴이 찌르르 울리는 것을 느꼈다.

'저분이 나를 사랑한다면 목숨을 주어도 아깝지 않을 것 같다.'

이요환도 넋을 잃은 듯이 오강우를 바라보고 있었다.

"세자 저하의 일로 논쟁을 하고 있었어요."

"세자 저하가 갑자기 돌아가셔서 의심스러워요."

이진과 이요환이 웃으면서 대답했다.

"마침 잘되었소. 나도 세자 저하의 죽음에 의혹을 갖고 있었는데 어느 분이 나를 도와주시겠소?"

"제가요."

이진과 이요환이 동시에 대답했다.

3장
소현세자가 독살되다

사사삭.

칠흑(漆黑)처럼 캄캄한 밤이었다. 풀잎을 스치는 것 같은 미세한 바람 소리가 어둠 속으로 흩어졌다. 오강우는 담장 위를 빠르게 달리다가 뒤를 돌아보았다. 이진과 이요환이 마치 한 마리 새처럼 바짝 뒤를 쫓아오고 있었다. 서로 부딪칠 듯이 가까이 따라왔다.

'이 여자들이 어디에서 이런 무예를 배웠지?'

오강우는 속으로 탄성을 내뱉었다.

담장 위를 날면서도 옷자락에 바람이 스치는 소리밖에 들리지 않는 것은 경신술이 이미 입신의 경지에 이르렀기 때문이었다. 밤중이라 흑의를 입고 검은 두건을 썼다. 몇 걸음만 떨어져 있어도 어둠과 동화되어 보이지 않았다.

'북촌 항아, 남촌 항아는 절세미인인데다가 무예까지 출중하구나.'

오강우는 속으로 헐헐대고 웃었다. 이런 여자들을 한꺼번에 만난 것은 행운이다. 담장에서 지붕 위로 날아갔다. 이진과 이요환은 조금도 망설이지 않고 그의 뒤까지 바짝 뒤쫓아 날아왔다. 두 여인네의 몸에서 지분 냄새가 물씬 풍겼다.

'에그, 좋은 냄새…….'

오강우는 여자들이 눈치채지 않게 코를 벌름거렸다. 두 여자에게서 풍기는 향긋한 살 냄새가 저절로 코를 벌름거리게 했다.

"왜 이러고 있어요?"

이요환이 눈을 흘겼다.

"뭣하고 있어요?"

이진도 지지 않고 한마디 했다. 이 여자들이 쌍둥이라도 되나. 어째 말투까지 비슷한 거야. 오강우는 고개를 절레절레 흔들며 낮게 기침을 했다.

"전방을 살피는 것이오. 대궐을 침범하는 것이 쉬운 일이오?"

오강우는 입이 귀에 걸렸다. 흐뭇해하는 표정이 어둠 속이라 보이지 않아 다행이었다.

'이 여자들을 첩으로 거느리면 횡재를 하는 것인데…….'

오강우는 즐거운 상상을 했다.

"저 연못 위를 날아야 하니 실례하겠소."

오강우가 중얼거리면서 두 여자의 허리를 안았다. 손끝에 부드러운 촉감이 느껴졌다.

"뭣하는 거예요? 엉큼하게……."

"못된 짓 하지 말고 빨리 가요."

이진과 이요환이 몸을 빼내면서 그의 등을 탁 때렸다.

"못된 짓이라니…… 나는 그대들을 안아서 연못을 건네주려는 것이오."

오강우가 멋쩍은 표정으로 말했다.

"이런 짓을 하면 벌을 받을 거예요."

"맞아, 벌을 받아요."

이진과 이요환이 번갈아가며 말했다. 오강우는 얼굴이 붉어지는 것을 숨기려는 듯이 연못으로 몸을 날렸다가 연못의 물을 발로 차고 지붕 위로 날아올랐다. 이진과 이요환도 연못으로 날아오르는 듯하더니 물을 차고 지붕 위로 올라왔다. 그녀들이 물을 찼는데도 연못에서는 물방울 하나 일어나지 않았다.

"여기가 어디에요?"

이진이 오강우의 옆에 바짝 달라붙어 물었다.

"경회루요."

"경회루는 왜 왔어요?"

이요환이 반대쪽에서 물었다.

"계엄이 선포되어 있어서 창경궁 외곽에는 개미 새끼 한 마리 드나들지 못하오. 그래서 금원(禁苑. 현재의 비원으로 임금이 소풍하고 산책한 후원)을 통해서 가려는 것이오."

오강우는 경복궁에서 창덕궁으로, 창덕궁에서 창경궁으로 가려는 것이다.

'선묘조 때 장생(長生)이 경회루에서 살았다더니…….'

이진은 문득 선조 때 인물 장생이 떠올랐다.

장생은 밀양에서 좌수(座首)의 아들로 태어났으나 그가 세 살 되던 해에 어머니가 죽었다. 아버지가 여종을 첩으로 들이면서 장생은 서모의 박대를 받으며 자라다가 소작을 하는 종의 집으로 보내져 농사일을 거들면서 살았다.

장생을 거두어 키워준 종은 박식한 인물이었다. 비록 《사서오경》을 읽지는 않았으나 온갖 잡서를 독파했다. 장생도 종을 따라 잡서를 읽어서 유식했다. 장생이 열다섯 살이 되자 그를 아들처럼 키워 준 종이 장가를 보내주었다. 그러나 부인은 몇 해

안 되어 죽었다.

《홍길동전》의 저자 허균(許筠)은 젊었을 때 거리의 왈짜들과 별감, 협사들과 친하게 지냈는데 장생도 그때 함께 어울려 그에 대한 이야기를 남겼다. 장생이 한양에 올라와 활약할 때 허균은 그와 농담을 나눌 정도로 가까워졌다. 어느 날, 기방에서 술을 함께 마시게 된 허균이 장생에게 물었다.

"자네 성은 알겠는데, 이름은 어찌 되는가?"

"나는 내 이름을 모르오."

장생이 허균을 우두커니 바라보다가 대답했다.

"허허. 세상에 자신의 이름을 모르는 사람이 어디 있는가?"

"누가 훔쳐갈 것도 아닌데 이름은 기억해서 무엇하오. 그저 장가라고 부르면 족할 것이오."

"자네의 무예 솜씨면 내금위 별감도 할 수 있을 터인데 어찌 거리에서 동냥질을 하는가?"

장생은 오랫동안 각설이 짓을 하면서 무예를 배웠다. 그의 벗들 중에는 무인과 악인(樂人. 예술인)들이 많았다. 거리에서 무뢰배와 싸울 때면 주먹이 빠르고 걸음이 쾌하여 당할 자가 없었다. 기생을 옆구리에 끼고 지붕 위를 날아다니기도 했다.

"별감을 하면 매여 살아야 하는데 나는 그런 것이 싫소."

장생은 술을 좋아했다. 술을 주면 잔에 가득히 따라 들고 노래를 불렀다. 그는 악기가 없어도 입으로 퉁소, 쟁, 비파를 타는 것처럼 흉내를 냈고, 온갖 짐승의 소리도 똑같이 흉내 냈다. 그가 밤중에 길을 가다가 개 짖는 소리를 내면 온 마을의 개가 모두 짖었다.

장생은 동냥으로 의식주를 해결했다. 아침에 동냥을 나가면 하루 동안 얻어 오는 쌀이 서너 말이나 되었다. 장생은 그중에 두어 되로는 밥을 지어 먹고, 나머지는 다른 걸인들에게 나누어 주었다.

악공 이한은 장생과 친하게 지냈다. 장생은 마땅히 거처할 곳이 없었기 때문에 이한의 집에서 머무는 날이 많았다. 당시 대갓집의 계집종 하나가 장생에게 호금(胡琴)을 배우러 오곤 하였는데, 하루는 십자로에서 자줏빛 꽃이 장식된 화려한 머리꽂이를 잃어버리고 장생에게 와서 훌쩍거리면서 울었다.

"무엇 때문에 울고 있는 것이냐?"

장생이 계집종에게 물었다.

"아침에 십자로에서 잘생긴 젊은이를 만났어요. 웃으면서 농을 하고 몸이 닿을 듯이 스쳤을 뿐인데 머리꽂이가 없어졌어요."

계집종이 울음을 그치지 않고 말했다.

"어린놈이 몹쓸 짓을 했구나. 내가 찾아줄 테니 울지 마라."

장생이 계집종을 달래고 어디론가 사라졌다. 해가 저물자 장생이 계집종을 불러냈다. 장생은 계집종을 데리고 십자로를 지나 경복궁 서쪽 담장을 따라 걷다가 신호문 앞에 이르렀다. 그는 커다란 띠로 계집종의 허리를 묶고 자신의 팔에 감아 하늘로 솟구쳐 올랐다. 계집종이 깜짝 놀랐으나 장생은 아랑곳하지 않고 대궐의 열두 대문 위를 빠르게 날았다. 계집종은 너무나 놀라서 눈을 꼭 감았다.

장생이 계집종을 안고 날아서 도착한 곳은 경회루의 지붕 위였다.

"누구 재주가 이렇게 뛰어나나 했더니 형님이시구려. 오늘은 무슨 일로 아리따운 낭자까지 데리고 오셨소?"

젊은이 둘이 촛불을 들고 그들을 맞이했다.

"낭자가 잃어버린 물건이 있는데, 아무래도 아우님들에게 있는 것 같소."

장생이 그들을 향해 말했다. 두 젊은이가 유쾌하게 웃더니 경회루의 대들보 위에서 금은보석이 가득 들어 있는 보석 상자를 꺼냈다. 그 상자 안에 계집종의 머리꽂이도 있었다.

"아우님들은 행동을 조심해야 하오. 세상 사람들이 우리의 자취를 알아서는 안 됩니다."

장생이 젊은이들에게 말했다. 젊은이들이 웃으면서 그렇게

73

하겠다고 대답했다. 그사이 계집종은 보석 상자에 있는 머리꽂이를 찾아 머리에 다시 꽂았다. 장생은 계집종을 데리고 눈 깜짝할 사이에 집으로 돌아왔다. 계집종이 이튿날 아침 장생을 찾아가 고맙다는 인사를 하려고 했으나 장생은 술에 취해 코를 골면서 자고 있었다. 그가 밤중에 집을 나간 것을 아는 사람은 아무도 없었다.

선조 25년(1592년) 4월 13일이었다. 장생은 갑자기 술을 몇 말 마시더니 십자로에서 노래를 부르고 춤을 췄다. 그는 온종일 쉬지도 않고 노래를 부르고 춤을 추더니 수표교 위에서 풀썩 꼬꾸라졌다.

이튿날 아침에 장생이 죽은 것을 사람들이 발견했다. 그의 시체는 빠르게 부패하여 벌레가 되었는데 모두 날개가 돋쳐 어디론가 날아갔다. 그가 죽은 자리에는 옷과 버선만이 남아 있었다. 일본이 남쪽에서 침략하여 조선이 임진왜란에 휘말리던 날이었다.

*

비몽사몽 간이었다. 부마도위 오강우와 남촌 항아 이요환과 함께 소현세자의 혼전(魂殿. 죽은 사람의 혼백을 모신 집)에 침입했다가 돌아온 길이었다. 잠이 오지 않아 엎치락뒤치락하다가 간신히 잠이 들자 꾼 꿈이었다. 오강우가 그녀를 살며시 안았다. 오강우의 손이 허리에 닿자 이진은 자신도 모르게 눈을 감았다. 황홀한 쾌감이 그녀의 전신으로 물결처럼 번져 나갔다. 이진은 가슴이 터질 듯이 세차게 뛰는 것을 느꼈다. 오강우의 입술이 그녀의 입술에 얹혀졌다. 아아, 죽고 싶어. 이대로 죽고 싶어. 이진은 콧소리를 내면서 오강우의 목에 두 팔을 감았다. 오강우의 한 손이 허리에서 둔부로 미끄러져 내려왔다.

'아, 안 돼.'

이진은 깜짝 놀라서 중얼거렸다. 꿈이어서 그랬던 것일까. 오강우의 손이 이번에는 저고리의 옷고름을 풀었다.

'나 어떻게 해?'

이진은 낮게 부르짖었다. 오강우에게 저항해야 한다고 생각했으나 한 편으로는 더욱 힘껏 안아주기를 바랐다. 온몸을 꼼짝도 할 수 없었다. 박제가 되어버린 것처럼 팔다리가 움직여지지 않았다. 저고리 옷고름을 푼 오강우가 젖가리개를 풀기 시작했다. 부풀어 오른 가슴을 감추기 위해 친친 동여맨 헝겊 조각이었다. 엉킨 실타래를 풀듯이 그것을 풀어버리자 희고 뽀얀 가슴이 드러났다. 오강우가 그녀의 가슴을 덥석 움켜쥐었다.

'나쁜 놈.'

이진은 발버둥을 치기 시작했다. 그때 오강우의 입술이 그녀의 가슴으로 내려왔다.

'이 음탕한 놈아, 가슴은 안 돼.'

이진은 마구 소리를 지르다가 잠과 꿈에서 깨어났다. 깜짝 놀라 눈을 번쩍 떴다. 꿈이었구나. 이진은 그렇게 생각하면서 안도했다. 한편으로는 꿈이 더 오랫동안 계속되었으면 하는 아쉬움도 있었다. 천장에 오강우의 얼굴이 떠올랐다. 아아, 내가 미치기라도 한 것일까. 오강우는 부마도위인데 어쩌자고 그에게 마음을 주고 있는 것일까. 문득 소현세자 혼전에서 오강우의 품속에 안겼던 일이 떠오르자 얼굴이 붉어지고 가슴이 쿵쾅쿵쾅 뛰었다. 그러다가 이진은 속으로 오강우에게 욕설을 퍼부었다.

'나쁜 놈.'

'음탕한 놈.'

사건이 일어난 것은 소현세자의 혼전에서였다. 이미 염을 마치고 입관을 하여 병풍 뒤에 관이 놓여 있었다. 혼전의 지붕 위에 납작 엎드려 있다가 기왓장을 뚫고 병풍 뒤로 내려갔다. 밤이 깊은 탓에 혼전에는 아무도 없었다. 관 뚜껑을 조심스럽게 열었다. 오강우와 이요환도 숨을 죽이고 그녀의 행동을 주시하고 있었다.

"에구머니!"

소현세자의 얼굴을 덮은 멱목을 벗기자 시체가 눈을 부릅뜨고 있었다. 눈에는 검은 핏자국이 맺혀 있었다. 코에서도 피가 흘러내린 흔적이 역력했다. 이진은 소현세자의 참혹한 시신을 보자 자신도 모르게 오강우에게 와락 안겼던 것이다. 오강우는 그녀를 안아주면서 엉덩이를 두드렸다.

"뭣하는 거야? 과년한 처녀가 사내에게 안기다니⋯⋯."

이요환이 눈에서 불을 뿜으며 이진을 오강우에게서 떼어놓았다.

"세자 저하의 시신이 너무 참혹해."

이진은 깜짝 놀라 오강우에게서 떨어졌다.

"독살을 살피려면 혈흔을 가져가야 해."

오강우가 능글맞게 웃으면서 말했다.

"내가 가져갈 거야."

이요환이 손수건을 꺼내 소현세자가 입과 코에서 흘린 피를 닦았다.

"에구머니!"

그때 이요환이 깜짝 놀라서 오강우의 품에 안겼다.

"왜 그래?"

이번에는 이진이 눈을 부릅뜨고 이요환을 노려보았다.

"팔이 움직였어."

"무슨 헛소리를 하는 거야? 죽은 사람의 팔이 어떻게 움직여?"

이진이 이요환을 오강우의 품속에서 떼어놓았다. 그러나 이요환의 말에 머리카락이 일제히 일어서는 것 같았다.

"봐. 아까는 팔이 눕혀져 있었는데 지금은 서 있잖아?"

이요환이 항의를 하듯이 말했다. 이진이 관을 들여다보자 소현세자의 오른쪽 팔이 세워져 있었다.

"정말."

이진은 소름이 오싹 끼쳤다.

"놀랄 것 없다. 시체의 팔이나 발이 움직이는 것은 귀신의 농간이 아니다. 살아 있을 때의 습관으로 죽은 뒤에 시체가 벌떡 일어나는 일도 있으니까."

오강우가 말했다. 그런가. 시체가 정말 그런 짓을 하는 것일까. 이진과 이요환은 입을 다물었다. 잠시 어색한 침묵이 흘렀다. 이진은 이모부인 소현세자가 죽었다는 사실이 꿈만 같았다. 청나라에서 돌아왔을 때 소현세자는 그녀에게 많은 옷감과 노리개를 선물했다. 그랬던 소현세자가 이토록 참혹한 시신이 되다니 믿기지 않았다.

"어쨌든 은채나 넣어 봐요."

이요환이 오강우에게 말했다. 오강우가 품속에서 은채(銀釵.

은비녀)를 꺼내 소현세자의 입속에 넣었다가 꺼냈다. 그러자 은
채가 까맣게 변했다.

"독이다."

세 사람이 동시에 입을 열었다. 그때 밖에서 두런거리는 소리
가 들리기 시작했다. 세 사람은 재빨리 관을 닫고 지붕 위로 날
아올랐다.

'이모부를 죽인 자들을 용서하지 않을 것이다.'

이진은 어둠 속에서 눈을 부릅떴다.

오윤겸은 지그시 눈을 감았다. 세자가 독살을 당했다고 생각
하자 가슴이 뛰었다. 대체 누가 독살을 한 것일까. 세자를 독살
할 만한 사람은 세자빈과 앙숙 관계에 있는 조소용일 가능성이
높다. 그런데 조소용은 임금의 총애를 받고 있을 뿐 아니라 아
들이 부마도위가 되었으니 사돈이 된다. 사돈을 탄핵해야 하는
가. 조소용을 탄핵하는 것은 곧 임금을 탄핵하는 일이니 자칫하
면 죽음을 면치 못하게 된다. 조소용의 탄핵에 성공한다고 하더
라도 아들의 앞날이 위태로워진다. 조소용이 사약을 받게 되면
딸인 현숙공주나 부마도위인인 아들도 온전할 수가 없다. 현숙
공주는 서인이 될지도 모른다.

"아버님."

오강우가 오윤겸을 빤히 쳐다보았다.

"네가 어쩌자고 혼전에 숨어들었느냐? 감히 그런 짓을 하고도 살기를 바라느냐?"

오윤겸이 싸늘한 목소리로 호통을 쳤다.

"죽음은 두렵지 않습니다. 진실을 밝히고 싶습니다."

"너 따위가 어찌 진실을 밝히느냐?"

"의원들을 잡아다가 추국해야 합니다."

"닥쳐라. 아이들이 나설 일이 아니다."

"이미 양사가 움직이기 시작했습니다."

"뭣이?"

오윤겸은 눈앞이 캄캄해졌다.

"너는 부마도위다. 절대로 나서지 마라."

오윤겸이 오강우에게 일침을 놓았다. 그가 조정으로 나가자 과연 조정이 벌집을 쑤신 것처럼 웅성거리고 있었다.

"왕세자의 증후(症候)가 하루아침에 갑자기 악화되어 끝내 이 지경에 이르렀으므로, 뭇사람의 생각이 모두 의원들의 진찰이 밝지 못했고 침놓고 약 쓴 것이 적당함을 잃은 소치라고 여깁니다. 의원 이형익은 사람됨이 망령되어 괴이하고 허탄한 의술을 스스로 믿어서 일찍이 들어가 진찰하던 날에 망령되이 자기의 소견을 진술했는데, 세자께서 오한이 난 이후에는 증세도 판단하지 못하고 날마다 침만 놓았으니 그 신중하지 않고 망령되게

80

행동한 죄를 다스리지 않을 수 없습니다. 이형익을 잡아다 국문하여 죄를 정하고 증후를 진찰하고 약을 의논했던 여러 의원도 아울러 잡아다 국문하여 죄를 정하도록 하소서."

양사에서 어의인 이형익을 국문하라고 인조에게 청했다.

"여러 의원들은 신중하지 않은 일이 별로 없으니 굳이 잡아다 국문할 것 없다."

인조는 양사의 탄핵을 가볍게 일축했다.

"신들의 청을 따르시옵소서."

양사가 다시 아뢰었다.

"공연히 번거롭게 하지 마라."

인조는 양사의 청을 끝내 따르지 않았다. 이때 필선(弼善. 세자시강원의 정4품 관리) 안시현이 상소를 올렸다.

"원손의 뛰어나게 영리한 자질을 신하로서 감히 찬미할 바는 아니지만 시선(視膳. 왕의 음식을 살피는 일)과 임상(臨喪)을 한결같이 타당하게 하고 있습니다. 국본(國本. 세자)을 세우기를 청하는 것은 또한 오늘날에 차마 말할 것이 아니지만 그러나 미리 세우지 않아서는 안 되니, 삼가 바라건대 전하께서는 세자의 영구(靈柩)가 빈궁에 있음을 혐의롭게 여기지 마시고 일찍 세손의 자리를 정하시어 신민들의 소망에 부응하소서."

안시현은 소현세자의 아들을 세손으로 책봉하라고 요구했다.

세손은 당연히 세자가 되어 보위를 잇게 된다.

"원손은 덕이 없다. 그런데도 이렇게 아뢰니 안시현은 소인배라 할 것이다. 이 같은 소인의 행태는 내가 차마 똑바로 볼 수 없다."

인조가 분노하여 그 상소를 물리쳤다. 인조가 소현세자의 아들로 세자를 세우지 않겠다는 뜻을 내비친 것이다. 이때 지평 송준길이 칭병하여 벼슬을 사양하고 원손의 위호를 정하여 달라고 요구하는 상소를 올렸다.

"하늘이 돌보아서 종묘의 제사를 모실 주인이 있게 되었으니, 억만년 기업(基業)의 막중함이 원손에게 있고, 억만 겨레 신민들의 희망도 원손에게 있습니다. 어리석은 신은, 원손을 교양하는 방도를 신중히 하지 않을 수 없고, 보도(輔導)할 사람도 잘 가려야 한다고 여깁니다."

송준길은 학문이 깊어 일찍부터 명망이 높았다. 송준길도 원손을 세손으로 정하라고 주장한 것이다.

"신이 들은 바에 의하면, 세자가 병이 위독하던 때에 이형익이 조금도 신중히 하지 않고 의술을 함부로 써서 끝내 큰 슬픔을 당하게 하였으니, 신은 바라건대 속히 이형익을 처형하여 온 나라 사람의 분노를 가라앉게 하소서. 전하의 병세에 대해서는 당세의 훌륭한 의원들을 널리 불러들여 올바른 처방에 의해 약을 쓰도록 하소서."

송준길은 이형익을 처형하라고 주장했다. 안시현도 다시 소현세자의 아들을 세손으로 책봉하라고 요구했다. 그러나 안시현은 엉뚱하게 집안의 재산 문제로 형조에서 형신을 받고 유배를 갔다.

'임금이 안시현을 죽이려고 하는구나.'

오윤겸은 소름이 끼치는 듯했다. 하루는 오윤겸이 조정에서 돌아오자 뜻밖에 안시현이 사랑에서 기다리고 있었다.

"필선께서 내 집에 어쩐 일이오?"

오윤겸은 반갑게 안시현의 손을 잡았다. 안시현은 학식이 높아 소현세자에게 학문을 가르친 인물이다.

"내가 아무래도 죽게 될 것 같소."

안시현이 참담한 표정으로 말했다.

"그게 무슨 말씀이오? 그대는 유배를 떠나게 되지 않았소?"

"수상한 놈들이 내 집 주위를 살피고 있습니다. 아무래도 상소를 올린 것이 화를 부른 것 같습니다."

"그 때문에 유배를 가게 되었는데 무슨 말씀이오?"

"봉림대군이 청나라에서 돌아왔습니다."

"그럼 봉림대군이 시켰다는 말이오?"

"그렇지 않을 것이오. 분명히 다른 자의 소행이오."

"그자가 누구요?"

"누구인지는 나도 모르겠소?"

"내가 어찌해주었으면 좋겠소?"

"나를 보호해주시오. 그대는 협사들을 많이 알고 있지 않소?"

"알았소. 안심하고 떠나시오."

오윤겸은 상황이 이상하게 돌아간다고 생각했다. 그는 안시현이 돌아가자 아들 오강우를 불렀다.

"네가 안시현의 뒤를 밟아라."

"필선을 지낸 분 말입니까?"

"그렇다. 그는 누군가 자신을 죽이려고 한다고 생각하고 있다."

오강우는 대답을 망설였다. 남촌 항아 이요환이 아버지 이형익이 탄핵을 받고 있었기 때문에 슬퍼하고 있었다. 그녀를 위로해주어야 하는데 아버지 오윤겸이 영을 내린 것이다.

"왜 대답을 하지 않느냐?"

"예? 아닙니다. 아버님의 영에 따르겠습니다."

오강우가 절을 하고 물러갔다. 오윤겸은 무겁게 한숨을 내쉬었다. 세자빈 강씨의 동생 강문명도 그를 찾아와 살려달라고 애원을 했다. 소현세자가 죽자 술관들은 모두 영릉 동쪽 홍제동을 제일 좋은 길지로 꼽았으나, 인조는 길이 멀고 폐가 크다고 하여 효릉의 등성이에 안장하라고 지시했다. 술관인 장진한이 물러가서 그 이야기를 하자 세자빈 강씨가 소현세자의 산소를 홍제동으로 하자고 인조에게 청하였으나 허락하지 않았다.

"효릉은 원손에게 불리하다."

강문명이 불만스럽게 말했다. 최남이 이 말을 듣고 김자점에게 고했다. 김자점이 빈청에서 대신들과 함께 다른 산으로 바꾸어 산소를 쓰자고 청했다. 인조가 노하여 까닭을 묻자 강문명이 그렇게 원한다고 아뢰었다.

"강문명으로 하여금 산소를 잡게 하라."

인조가 노하여 영을 내렸다. 강문명은 인조가 대로했다는 말을 듣고 전전긍긍하다가 그를 찾아온 것이다.

"김자점에게 부탁해보시오."

오윤겸이 강문명에게 말했다. 강문명은 궐문 밖에서 기다리고 있다가 김자점의 가마가 나오자 앞에 나가서 사정했다.

"상공(相公)이 나를 살려주시오."

강문명이 애원했으나 김자점은 들은 체도 하지 않았다.

4장
외눈 검객 김재수

　세자빈 강씨는 눈이 퉁퉁 부어 있었다. 그새 얼마나 울었는지 이진이 문안을 올려도 넋을 잃은 듯한 표정으로 앉아 있었다. 이진은 강씨의 수척한 얼굴을 보자 가슴이 타는 것 같았다. 하얀 소복이었다. 원손을 비롯하여 여섯 자녀의 얼굴에도 슬픔이 가득했다.

　"진아."

　문득 강씨가 입을 열었다.

　"예."

　이진은 고개를 들고 강씨를 바라보았다.

"네 아비가 체차되었느냐?"

"예. 의원들을 탄핵하다가 체차되었습니다."

"어찌 의원들은 탄핵하느냐? 조소용을 탄핵해야 하지 않느냐?"

"증거가 없습니다."

"조소용이 우리 세자 저하를 독살한 것이 분명한데 어찌 증거 타령을 하고 있느냐?"

이진은 대답을 할 수 없었다. 이진도 조소용이 의심스럽기는 했다. 그러나 그녀가 독살을 지시했다는 증거가 없었다.

"이형익을 국문한다고 진실이 밝혀지느냐?"

이진은 고개를 흔들었다. 이형익을 국문해도 배후를 밝히기 어려울지 모른다. 그러나 추국을 하게 되면 형신을 가할 수 있다. 세자 독살은 역모가 되기 때문에 곤장을 때릴 뿐 아니라 주리를 틀고 압슬을 가할 수도 있다. 그러한 벌을 가하면 자백을 할 가능성이 크다.

"허나 전하께서 국문을 못하게 하고 계십니다."

"그러면 전하께서 그리하신 것이겠지. 아버지가 아들을 죽인 것이다."

이진이 눈을 크게 떴다. 아버지가 아들을 살해한 것이라고? 그것은 인조가 소현세자를 독살했다는 말이다.

"마마."

세자빈 강씨의 말에 이진의 얼굴이 하얗게 변했다. 소현세자의 죽음에 인조를 거론하는 것은 대역죄가 된다.

"세자께서 서거하시면 당연히 원손이 세손이 되어야 하는 것이 아니냐? 그런데 어찌 안시현을 귀양 보낸 것이냐?"

"마마, 고정하십시오."

"궐내에 전하께서 봉림대군에게 뜻을 두고 있다는 소문이 파다하다. 내가 전하를 뵈어야 할 것 같다."

"마마, 안됩니다."

"어찌 안 되느냐?"

"전하의 노여움을 사면 마마께서도 위태로워지십니다. 자중하셔야 합니다."

"저하는 억울하게 돌아가셨다."

"소인이 반드시 독살의 배후를 밝히겠습니다."

이진은 절을 하고 아뢰었다. 강씨의 눈에서 눈물이 주르르 흘러내렸다. 그때 조소용이 궁녀들을 거느리고 위세 당당하게 혼전으로 들어왔다. 세자빈 강씨는 고개를 돌려 외면하고 이진은 자리에서 일어나 고개를 숙였다. 세자빈은 품계가 없는 빈궁이고 소용은 정삼품 내명부니 하늘과 땅 차이가 있다. 그래도 소용은 임금을 모시는 후궁이니 세자빈에게도 서모(庶母)가 된다.

"조소용이 혼전에는 어쩐 일이시오?"

강씨가 먼저 입을 열었다. 반갑지 않은 말투였다.

"빈궁 마마를 위로해드리려고 왔습니다. 얼마나 상심이 크십니까?"

조소용이 얼굴에 미소를 띠고 말했다. 사악하고 음침한 눈빛이다. 이진은 조소용의 얼굴을 보고 눈살을 찌푸렸다.

"일찍도 오셨소."

"첩이 위로를 드리려고 온 것은 세자 저하의 서거가 아닙니다."

"무슨 말이오?"

"아직 모르셨습니까? 저는 이미 알고 계신 것으로 생각했는데……."

"돌려서 말하지 말고 복심에 있는 말을 해보시오."

"저하께서 서거하셨으니 국본을 정해야 하지 않습니까? 전하의 뜻이 이미 정해진 듯합니다."

"국본이야 당연히 원손이 계시니……."

"호호호. 내가 듣기에는 그렇지가 않습니다. 봉림대군께서 심양에서 급히 귀국하신 것이 무엇 때문이겠습니까?"

조소용의 말에 강씨의 얼굴이 하얗게 변했다.

"그럼 국본을 봉림대군께……."

"함부로 입을 놀리면 멸문지화를 당하게 될 것입니다."

이진은 주먹을 꽉 움켜쥐었다. 조소용이 일부러 세자빈 강씨를 찾아와 자극하고 있었다.

"전하께서 말씀이 없으셨는데 국본 운운하는 것은 대역죄가 됩니다. 소용 마마께서는 역모를 도모하시는 것입니까?"

이진이 조소용을 쏘아보면서 낭랑하게 소리를 질렀다.

"너는 누구냐?"

조소용이 깜짝 놀라 이진을 쏘아보았다.

"이진이라고 합니다. 빈궁 마마의 조카가 됩니다."

"네가 북촌 항아 이진이라는 계집이구나. 듣자니 북촌 항아는 옛말이고 북촌 망종이 되었다더니 소문이 틀리지 않구나. 어린 계집이 어디라고 함부로 나서느냐? 저 계집을 끌어내어 목을 쳐라."

조소용이 앙칼지게 소리를 질렀다. 그러자 궁녀들이 우르르 달려들어 이진을 끌고 나가려고 했다. 이진은 재빨리 허리에 숨긴 칼을 움켜쥐었다.

"멈춰라."

강씨가 버럭 소리를 질렀다. 이진은 칼을 뽑으려다가 멈칫했다.

"누가 감히 세자 저하의 혼전에서 방자하게 구느냐. 조소용,

내가 혼전에서 죽기를 바라느냐? 그렇다면 내가 죽어주도록 하겠다. 너로 인하여 자진한다고 혈서를 남기고 죽어주마."

강씨가 눈에서 불을 뿜으면서 소리를 질렀다. 조소용은 강씨가 파랗게 독기를 뿜자 움찔했다. 그녀가 자진하면 조정이 발칵 뒤집힐 것이다.

"흥! 나는 위로를 하러 온 것이니 가겠소."

조소용이 이진을 쏘아보다가 칼바람을 일으키면서 돌아갔다.

하헌당의 대청으로 올라서던 조소용은 가슴이 철렁했다. 대청의 섬돌에 그의 운혜가 가지런히 놓여 있었다. 민 상궁이 당혹스러운 표정으로 조소용에게 머리를 조아리고 현숙공주가 화난 표정으로 동방(東房)으로 들어갔다. 그가 온 탓에 하헌당이 싸늘하게 얼어붙어 있었다.

"대감께서 오셨습니까?"

조소용은 서방(西房)으로 들어서면서 환하게 웃는 시늉을 했다. 그가 방석 위에 앉아 있다가 소매를 털면서 일어섰다. 작고 길게 찢어진 눈이 조소용의 몸을 빠르게 훑었다. 조소용은 뱀이라도 마주친 듯이 전신에 소름이 돋았다.

"허허허. 아직도 대감이라고 부르십니까? 언제나 말씀을 고치시렵니까?"

"죄송합니다. 아버님⋯⋯."

"허허허. 마치 옆구리를 찔러 절을 받는 것 같습니다."

그가 징그럽게 웃었다.

"앉으시지요."

"마마께서 먼저……."

조소용이 자리에 앉자 그도 자리에 앉았다. 잠시 어색한 침묵이 흘렀다. 동방에서 현숙공주가 대청으로 나오는 기척이 들렸다. 그가 대청을 향해 귀를 세웠다.

"현숙공주는 춘당지에 가서 버들잎 몇 개만 따오도록 해라."

조소용이 대청을 향해 소리를 질렀다.

"예."

현숙공주가 대답을 하고 멀어져갔다.

"그럼……."

조소용은 눈을 내리깔았다. 자신을 쏘아보는 그의 눈을 바라볼 수가 없었다.

"전하께서 이형익을 어떻게 처리한다고 하십니까?"

"이형익은 죄가 없는데 벌을 내릴 수 없다고 하셨습니다."

"마마의 뜻이 아닙니까? 이형익은 장기판의 졸에 지나지 않는데 어찌 미련을 두십니까? 시끄러우면 죽여야 합니다."

"이형익은 저에게 제부(弟夫)가 되는 사람입니다. 어찌 죽게 합니까?"

조소용이 애원을 하듯이 말했다. 이요환의 아버지 이형익을 죽게 할 수 없다고 생각했다.

"인정이 이렇게 많아서 어찌 대사를 도모합니까?"

그의 눈빛이 얼음처럼 냉막해졌다.

"제부는 죽지 않게 해주십시오."

"양사가 탄핵하고 있지 않습니까?"

"그래도 살릴 방법이 있을 거 아닙니까? 양부(養父)께서 대책을 세워 주십시오. 그러면 무슨 일이든 따르겠습니다."

그가 조소용의 얼굴을 살폈다.

"정히 그러시면 전하께 이형익을 불러 침을 놓게 하십시오."

"침을?"

"임금을 치료하는 어의를 탄핵하는 것은 대역죄가 됩니다."

"과연 현명하십니다."

조소용의 얼굴에 비로소 환하게 미소가 피어올랐다.

"전하께서 봉림대군을 세자에 책봉하시면……."

조소용이 두려운 눈빛을 감추지 못하고 그를 바라보았다.

"순서입니다. 세자 저하도 학질에 걸려 죽었는데 봉림대군이라고 무사하실 수 있겠습니까? 핫핫핫, 오늘따라 더욱 아름다우십니다."

"대감……."

조소용의 얼굴에 홍조가 어렸다.

"아랫것들을……."

그가 조소용에게 눈짓을 했다.

"제부를 탄핵한 안시현은 어떻게 할 것입니까?"

"사람을 보냈습니다. 안시현은 며칠 안에 저승으로 가게 될 것입니다. 이제 만족하십니까?"

그가 조소용의 뒤로 다가와 어깨에 손을 얹었다. 조소용은 벌레가 달라붙는 것처럼 징그러웠으나 억지로 미소를 지었다.

"민 상궁 있는가?"

조소용이 밖을 향해 소리를 질렀다.

"예."

민상궁이 밖에서 대답했다.

"내가 대감과 긴하게 이야기를 나눌 것이다. 하헌당에 누구도 출입을 하게 하지 마라."

조소용의 목소리가 칼날처럼 냉기를 띠고 밖으로 날아갔다. 상궁과 궁녀들이 분분히 뒤로 물러가는 소리가 들렸다.

민 상궁은 허리를 숙이고 있다가 하헌당의 서방을 노려보았다. 지금 그 방에 조소용과 그가 마주 앉아서 밀담을 나누고 있었다. 자신도 모르게 눈에서 불이 일어나는 것 같았다. 그런데 주위에 눈이 있어 내색을 할 수 없었다. 현숙공주도 무슨 낌새를 알아챘는지 화가 나서 춘당지로 갔다. 그가 하헌당에 올 때마다 조소용은 춘당지에 가서 버들잎을 따오라는 영을 내렸다. 춘당지가 하헌당에서 멀리 떨어져 있기 때문에 다녀올 때면 일을 마칠 수가 있었다.

"대문을 닫아걸어라."

민 상궁이 궁녀들에게 영을 내렸다. 궁녀들이 대문에 빗장을 걸고 수군거렸다.

"모두 이것으로 귀를 막고 그 방으로 들어가라."

민 상궁이 다시 영을 내렸다. 궁녀들이 민 상궁에게 귀마개를 받아 귀에 꽂고 대문 옆의 문간방으로 들어갔다.

하헌당의 문이 다시 열린 것은 한 식경이 훨씬 지난 뒤의 일이었다.

'어머니와 이판 대감은 무슨 관계인가?'

현숙공주는 하헌당에서 멀리 떨어진 춘당지까지 가서 버들잎을 따서 돌아오다가 대문이 열리고 그가 나오는 것을 보았다. 그는 대문을 나서자 공연히 소매를 털고 빈청 쪽으로 서둘러 걸음을 옮겨놓고 있었다. 현숙공주는 종종걸음으로 하헌당으로 달려갔다.

"공주 마마."

민 상궁이 난처한 듯이 현숙공주의 앞을 가로막았다.

"비켜라."

현숙공주가 이글거리는 눈빛으로 민 상궁을 쏘아보았다.

"조금 있다가 들어가심이……."

"대감도 없는데 왜 막느냐? 내가 소리를 질러 제조상궁을 불러야 하겠느냐?"

"마마, 어찌 그런……."

"그러니까 비키라고 하지 않았느냐?"

현숙공주가 어깨로 민 상궁을 밀쳤다. 그러나 민 상궁은 꼼짝도 하지 않고 있었다.

"네가 죽고 싶으냐?"

현숙공주가 소매에서 은장도를 뽑았다. 민 상궁의 얼굴이 하얗게 변했다.

"물러서라."

현숙공주의 단호한 말에 민 상궁이 뒤로 물러섰다. 그러나 그녀의 눈에서도 파랗게 독기가 뿜어지고 있었다. 현숙공주는 바람을 일으키면서 대청으로 올라가 서방으로 들어갔다. 서방에서는 조소용이 속치마 차림으로 머리를 빗고 있었다. 벽 쪽으로는 이부자리가 어지럽게 흩어져 있었다.

"버들잎이에요."

현숙공주가 버들잎을 방바닥에 뿌렸다. 조소용이 당황한 표정으로 현숙공주를 바라보았다.

사내가 몸을 일으키자 민 상궁도 치마를 내렸다. 민 상궁이 이부자리에서 일어나 그를 뒤에서 안았다. 물컹한 가슴이 그의 등을 압박했다. 이놈의 계집이. 사내는 민 상궁을 힐긋 쏘아보고 고개를 돌렸다. 민 상궁은 저고리를 풀어놓은 채였다. 허연 젖무덤이 쏟아져 나올 듯이 푸짐했다. 일부러 옷고름을 매지 않고 그를 유혹하고 있다. 속에 구렁이가 들어 있는 계집이다. 중이 고기 맛을 보면 절에 빈대가 남아 있지 않는다더니 궁녀가 사내 맛을 알게 되자 뻔질나게 그를 찾아왔다.

"나리."

민 상궁이 가슴을 밀착시키면서 교태 섞인 목소리로 그를 불렀다.

"무슨 일이냐?"

사내가 느긋한 목소리로 물었다. 한 차례 방사를 치렀으니 계집의 욕정을 풀어주었으려니 싶었는데 민 상궁은 아직도 몸이 식지 않았다.

"나리는 저를 어떻게 하실 심산이에요?"

"내가 말하지 않았느냐? 때가 되면 너를 들여앉히겠다고……."

"저는 궁녀인데 가능하겠어요?"

궁녀는 임금의 여자다. 사내와 정을 통한 것이 세상에 알려지면 죽음을 면치 못한다.

"아니 내가 못할 일이 어디에 있느냐? 임금을 누가 세웠는데……."

사내가 피식 웃으면서 말했다. 사내는 반정공신이다. 김자점, 김류, 이괄 등은 반정에 성공한 뒤에 높은 벼슬을 누렸으나 그는 역관이었기 때문에 벼슬에 나서지 않고 반정공신들을 배후에서 조종했다. 최근에야 이조판서로 진출하여 조정에 있는 자신의 꼭두각시들을 감시하고 있다. 김자점이 영의정에 있다고 해도 김자성의 하수인에 지나지 않는다. 게다가 임금이 총애하는 조 상궁의 수양아버지다. 사내는 자신이 총애하던 첩을 수양딸로 삼아 대궐에 들여보내 인조에게 후궁을 삼게 했다.

'무서운 사람이야. 여불위와 같이 심기가 교활해.'

민 상궁은 김자성의 참모습을 생각하자 몸이 떨리는 것 같았다. 그래도 그녀의 남자였다. 대궐에서 외롭게 늙어가는 그녀에게 사내가 무엇인지 알게 해준 남자였다. 그와 평생을 같이 살고 싶었다.

"공주가……."

"공주가 어쨌다는 것이야? 아직도 어린 공주 하나를 다루지 못한단 말이냐?"

"나리와 조소용 마마의 관계를 눈치챈 듯합니다."

"뭐라?"

사내는 가슴이 철렁했다. 현숙공주가 눈치를 챘다면 일이 커진다.

"어떻게 그런 일이…… 어찌하여 눈치를 챘다는 것이냐?"

사내의 눈에서 푸른 광채가 뿜어져 나오고 손이 부들부들 떨렸다.

"나리께서 조소용 처소에 자주 출입하시니 눈치챌 수밖에 없지요."

"낙겨라."

"나리, 소인이 처리할까요?"

민 상궁이 감미로운 목소리로 속삭였다. 사내는 고개를 돌려 민 상궁을 보았다. 민 상궁의 눈이 요기로 번들거렸다.

"네가……? 소문이 안 나게 한다면 더 바랄 것이 없겠지."

"하온데 소인은 아직……."

민 상궁이 허리를 비트는 시늉을 했다. 아직도 만족하지 않은 눈치다. 사내는 민 상궁이 무엇을 원하는지 간파했다. 민 상궁을 덥석 안아서 무릎에 앉혔다. 그러자 민 상궁이 기다렸다는 듯이 사내의 목에 두 팔을 감았다.

"아유, 나리께서 욕심도 많으시네."

민 상궁의 목소리가 간드러졌다.

"이렇게 어여쁜데 내가 어찌 한 번으로 만족하겠느냐? 너만 보면 나는 몸살을 앓는다."

"호호호. 우리 나리는 듣기 좋은 말씀만 하신다니까. 나으리……."

민 상궁이 허리를 숙여 입술을 들이댔다.

'망할 년, 공주만 처리하면 너도 죽은 목숨이다.'

사내는 민 상궁의 입술에 자신의 입술을 가져가면서 눈을 부릅떴다.

*

'현숙공주가 위험하구나.'

이진은 눈살을 찌푸렸다. 방 안에서 또다시 여자의 신음이 들리고 남자의 거친 호흡 소리가 들렸다. 두 남녀는 오늘 밤 두 번이나 질펀하게 방사를 나누고 있었다.

'현숙공주는 조소용의 딸이니 내가 상관할 필요 없어.'

이진은 기왓장을 다시 메웠다. 대궐에서부터 민 상궁을 따라왔는데 그녀가 사내와 통정을 할 것이라고는 아직 생각하지 못했다. 그녀는 지붕 위에 누웠다. 한양에는 신비스러울 정도로 푸른 달빛이 가득 내리쬐고 있었다. 멀리 인왕산과 삼각산, 목 멱산이 울타리처럼 둘러싸고 있는 한양이었다. 한양 장안은 대부분의 집에 불이 꺼진 채 달빛만이 가득했다. 이진은 눈을 감았다. 달의 기운이 자신의 몸속에 충만했고, 밤의 정령들, 허공 중에 떠도는 미세한 먼지와 같은 것들, 영적인 것들과 교류를 할 수 있을 것 같았다. 밤의 세계에는 수많은 영적인 것이 존재하고 있었다.

"누구냐?"

그때 날카로운 소리가 들렸다. 이진은 눈을 번쩍 뜨고 몸을 굴렸다. 그러자 사방에서 상성들이 쏟아져 나오고 한 사내가 그들을 피해 담 쪽으로 도망치고 있었다.

'양상군자(梁上君子. 도둑)로구나.'

이진은 쓸쓸하게 웃었다. 좀도둑이 그녀가 민 상궁과 사내를 감시하는 것을 방해하고 있었다.

"도둑이다!"

"지붕에도 있다!"

장정들이 횃불을 밝히면서 소리를 질렀다. 이진이 지붕 위에 있는 것도 발견한 것이다.

'제기랄.'

이진은 벌떡 일어나 지붕에서 담장으로 뛰어내렸다. 담장을 기어오르는 좀도둑의 손을 잡아 끌어올렸다. 장정들에게 좀도둑과 같은 편으로 보여 좀도둑이 침입한 것으로 위장하려는 것이었다.

"죽어라!"

그때 날카로운 파공성이 일어나면서 그녀를 향해 무시무시한 검기가 쇄도했다.

'앗!'

이진은 깜짝 놀라 담장에서 굴러떨어졌다.

'아유, 내 엉덩이…….'

이진이 울상을 짓는데 이번에는 검날이 목을 향해 날아왔다.

'옴마.'

이진은 재빨리 두 자 남짓 되는 몽둥이를 휘둘렀다. 그러자 그녀의 목을 향해 날아오던 검날이 하복부로 방향을 바꾸었다.

'이런 음탕한 놈!'

이진은 검날을 쳐내고 자신을 공격하는 사내를 쳐다보았다. 중년의 사내가 검을 들고 우뚝 서 있었다.

'아!'

이진은 자신도 모르게 입을 벌렸다. 그는 한양 제일가는 칼잡이로 불리는 일목검(一目劍. 외눈 검객) 김재수였다. 김재수와 붙어서 살아난 사람이 없다는 전설적인 검객이었다.

'자칫하면 오늘이 내 제삿날이 되겠구나.'

이진은 전신이 팽팽하게 긴장되었다. 이진은 가슴이 쿵쾅거렸다.

그는 거인이었다. 그녀가 감히 상대할 수 없는 칼잡이. 그가 검을 휘두르면 상대방은 반드시 목이 떨어져 뒹군다는 소문이 나돌아 사람들을 공포에 떨게 했다. 광해군 때 내금위에서 호위무사를 지냈다는 이야기만 무성했다. 광해군이 축출되자 그도 어디론가 사라졌는데 김자성의 집에 나타난 것이다. 이진의 스승인 사암도인도 김재수를 만나면 피하라고 했다.

"스승님, 김재수를 어떻게 알아봅니까?"

"그는 외눈이다."

"외눈이요?"

"그래서 일목검이라고 불린다. 임진왜란 때 의병으로 싸우다가 왜놈들의 탄환에 눈 하나를 잃었다."

스승 임경업의 목소리가 귓전을 울렸다. 임진왜란이 일어났을 때 사명당 유정대사는 많은 제자를 거느리고 왜군과 싸웠다. 사암도인은 침술가로 유명하지만 실제로는 무인이었다. 일목검 김재수가 의병으로 활약했다면 정의로운 인물인데 어찌하여 악인들과 손을 잡고 있는가. 이진은 순간적으로 그런 생각을 했다.

달빛을 등지고 있는 사내는 틀림없이 외눈이었다. 이진은 자신도 모르게 손에 든 몽둥이를 꽉 움켜쥐었다. 겉으로 보기에는 몽둥이지만 안에 칼이 들어 있다.

'떨지 말자.'

이진의 이마에 땀방울이 맺히기 시작했다. 그때 뇌리로 섬광처럼 어떤 생각이 스치고 지나갔다.

'이럴 때는 삼십육계 줄행랑이 최고다.'

이진은 심호흡을 하고 김재수의 눈치를 살피다가 냅다 달아나기 시작했다.

"달아난다!"

"쫓아라!"

장정들이 소리를 지르면서 달려오기 시작했다.

'흥! 내가 너희에게 잡힐 것 같으면 달아나지도 않는다. 삼십육계 중 제삼십육계 주위상(走爲上)…… 싸워서 이길 수 없으면 피하는 것이 상책이라는 병법을 실행하는 것뿐이다.'

이진은 발에 땀이 나도록 빠르게 달렸다. 일목검에게 걸리면 목이 떨어져 뒹굴지 모른다. 이팔청춘에 그런 꼴을 당할 수는 없다. 담장 위를 빠르게 달리다가 지붕 위로 날아올랐다. 누구네 집인지도 알 수 없었다. 행랑이 십여 칸이나 되니 고관대작의 집일 터였다. 어디선가 개들이 요란하게 짖어댔다. 하기야 담장으로 뛰어오르고 지붕을 밟아 기왓장이 깨지는데 개들이 짖지 않으면 오히려 이상하다. 그러나 이진은 제정신이 아니었다. 발이 보이지 않게 타다닥 소리를 내면서 달렸다. 한밤중이라 사람들이 없어서 다행이었다. 그러나 사람이 없는 대신 물체가 잘 보이지 않았다. 정신없이 달리느라고 길가의 나무에 이마를 부딪쳐 엉덩방아를 찧고 거름 더미를 밟기도 했다.

'헉헉, 이제는 못 쫓아오겠지.'

여기가 어디쯤인가. 오 리는 족히 달렸을 것이다. 김자성의 집이 동대문에 있는데 남대문이 보이는 것을 보면 남산골인 모양이었다. 장정들도 보이지 않고 일목검 심재수도 보이지 않았다. 이진은 거대한 홰나무 아래에 털썩 주저앉았다.

'아아, 다행이다.'

이진은 아름드리나무에 등을 기대고 가쁜 숨을 몰아쉬었다. 요란하게 짖어대던 개들도 조용해져 사방이 고요했다. 그녀의 거친 숨소리만 귓전에 뚜렷이 들렸다. 이진은 손으로 부채질을 하기 시작했다.

'아!'

문득 이진은 소름이 오싹 끼쳐왔다. 싸늘한 검기가 그녀의 정수리를 향해 날아오고 있었다.

'상골분익세…….'

상대방의 검세였다.

"장교출해세……."

이진은 몸을 팽그르르 돌리면서 허리 위로 내려오는 검날을 튕겨 버리고 몸을 솟구쳤다. 그녀가 허리에서 검을 뽑아 휘두르자 날카로운 검기와 함께 백광이 뿌려졌다. 뱀이 바다에서 솟아오르는 듯한 검세가 펼쳐지면서 검과 검이 부딪쳐 날카로운 쇳소리를 냈다.

'월야참선…….'

상대방이 달밤에 매미를 베듯이 그녀의 허리를 향해 검을 휘둘렀다. 무시무시한 검기가 그녀의 허리를 동강 낼 것처럼 쇄도해왔다. 이진은 땀을 뻘뻘 흘리면서 상대방의 공세를 막아냈다.

'어느 틈에 여기까지 쫓아온 거야?'

일목검 김재수였다. 그가 검을 휘두를 때마다 홰나무의 검푸른 잎사귀가 자욱하게 떨어졌다. 상대방은 그녀의 요해처 스물네 곳을 맹렬하게 공격했다. 동에 번쩍, 서에 번쩍하는데 이진의 시선이 미처 따라가지 못했다. 이진은 그의 공세를 막아 내기에 급급했다. 일각(一刻. 15분) 동안 맹렬하게 공세를 펼쳤으나 제풀에 지쳐 헐떡거렸다.

"누구의 지시를 받았느냐?"

김재수가 달빛을 등지고 이진에게 물었다.

"나는 누구의 지시도 받지 않는다."

이진이 낭랑하게 소리를 질렀다.

"어린 계집이……."

"계집이라니…… 나를 어찌 계집이라고 하느냐?"

"네 몸에서 지분 냄새가 풍기고 있다. 누구의 지시를 받았는지 말하라."

"싫다."

"지시한 자가 누구인지 말한다면 살려주겠다."

김재수가 그녀를 향해 돌아섰다. 이진은 김재수와 팽팽하게 대치했다. 이제는 필사의 검세를 펼치지 않으면 그에게 죽임을 당할 것이다.

"죽음 따위는 두렵지 않다."

"기어이 피를 볼 테냐?"

"칼을 잡았으니…… 칼 아래 죽는 것은 무사의 숙명이다."

"어린 계집이 기개 한번 좋구나."

"계집, 계집 하지 마라. 듣는 사람 기분 나쁘다."

"어른에게 함부로 반말이나 하고…… 배포는 좋다만 엉덩이를 좀 맞아야 하겠구나."

김재수가 호탕하게 웃더니 갑자기 그녀를 향해 달려왔다. 이진도 김재수를 향해 맹렬하게 돌진했다. 이진은 김재수가 가까이 오자 허공으로 몸을 솟구쳐 회전했다. 김재수가 빠르게 몸을 눕혔다. 이진은 허공에서 김재수의 가슴을 향해 검을 내리꽂았다. 김재수가 몸을 눕힐 것을 예상한 필사의 검세였다.

"옴마야!"

순간, 이진은 경악하여 소리를 질렀다. 그녀의 검이 김재수의 가슴에 꽂히려고 할 때 그가 갑자기 몸을 흔들더니 허공에서 몸을 일으키며 넓은 손바닥으로 이진의 엉덩이를 탁 때린 것이다.

"이놈아, 다음에는 나를 만나지 마라. 다음에 만나게 되면 옷을 벗겨 거름통에 던질 것이다. 핫핫핫!"

김재수가 호탕하게 웃으면서 어둠 속으로 사라져갔다.

*

바람이 뺨을 스치고 지나갔다. 바람에 섞여 향긋한 지분 냄새가 코끝에 풍겼다. 오강우는 말을 모는 이요환의 등에 얼굴을 살짝 기댔다. 안시현이 유배를 간 강화도로 가는 길이었다. 그는 이형익 때문에 슬픔에 잠겨 있는 이요환의 말 뒤에 타고 가는 것이 기이한 일이라고 생각했다. 안시현은 이형익을 탄핵했다. 그 이형익의 딸과 함께 강화도로 가는 것이 운명이라고 생각했다. 이형익은 조소용과 인척 관계니 이요환을 통해서 그들의 음모를 밝힐 수도 있는 것이다.

'흐흐, 남녀가 유별한데 함께 말을 타고 가다니…….'

비록 여자의 뒤에 타고 있지만 기분이 좋았다. 남촌 항아가 아닌가. 게다가 남장을 하고 있으니 사람들이 수상하게 생각할 까닭도 없다. 이요환은 무슨 생각을 하고 있을까. 머리에 흰 천을 질끈 동여매고 채찍을 휘두르는 이요환의 모습이 마치 홍낭자(紅娘子. 명나라 말기의 여장군) 같았다.

문득 현숙공주의 얌전한 얼굴이 떠올랐다. 현숙공주는 기품이 있고 그림에 특출한 재주가 있다. 그림에 뛰어난 여자로는 율곡 이이의 어머니 신사임당을 꼽는다. 밀시 않아 현숙공주와 국혼을 치러야 하는데 이요환의 허리를 안고 있으니 기분이 야릇했다. 그러나 상관없다고 생각했다. 다다익선(多多益善)이라고 여자와 재물은 많으면 많을수록 좋지 않은가.

"꽉 잡아요."

이요환이 갑자기 소리를 버럭 질렀다. 오강우는 자신도 모르게 이요환의 허리에 등에 얼굴을 바짝 기대고 허리를 꽉 잡았다.

"이랴!"

이요환이 사납게 채찍질을 했다. 말이 개울을 건너고 있었다.

'이크!'

오강우는 눈을 질끈 감았다. 말이 개울물을 차면서 물보라가 자욱하게 일어났다.

'에그, 말을 좀 천천히 몰면 안 되나?'

허공으로 튀어 오른 물방울이 쏟아지자 오강우는 속으로 혀를 찼다. 이요환은 확실히 대범한 성격이었다.

"이랴!"

개울을 건너자 수양버들이 길게 늘어서 있는 관도가 나타났다. 관도 주위로 퇴락한 초가 마을이 보였다. '고촌'이라는 마을이었다. 고촌을 지나자 짙푸른 들판이 나타났다. 이요환은 빠르게 말을 달려서 김포를 지나고 통진을 지나 염하나루에 이르렀다.

"고맙소."

오강우는 말에서 내려 이요환에게 사례했다. 이요환이 서늘한 눈으로 오강우를 내려다보았다.

"가겠어요."

이요환이 말을 돌려 김포를 향해 달리기 시작했다. 오강우는 이요환이 흙먼지를 일으키면서 멀어지는 것을 우두커니 바라보았다. 이요환의 성격대로라면 이런저런 말이 많아야 정상인데 기이할 정도로 말이 없었다.

"강화 갈 사람, 서둘러 타시오."

나룻배에서 사공이 소리를 질렀다. 오강우는 그제야 서둘러 나루로 내려가 배에 올라탔다. 염하나루에서 강화도는 바로 코앞이었다. 그러나 물결이 거칠고 수심이 깊어 배를 타지 않고는 건널 수 없었다. 몽골군도 고려 전국을 휩쓸었으면서도 강화도에 상륙하지 못했다.

'남촌 항아와 북촌 항아까지 거느린다면 더 바랄 것이 없을 텐데……'

오강우는 입언저리에 미소를 떠올렸다. 장사치를 비롯하여 사람들이 모두 배에 오르자 사공이 노를 젓기 시작했다.

장산곶 마루에 북소리 나드니
금일도 상봉에 님 만나 보겠네.

사공이 구성진 목소리로 노래를 부르기 시작했다. 날씨는 좋았다. 배는 만경창파에 두둥실 떠서 앞으로 나아가고 사공의 노랫소리가 바람에 실려 멀리멀리 날아갔다. 오강우는 문득 뒤를 돌아보았다. 염하나루 언덕에 흰옷을 입은 이요환이 갑곶나루로 떠나는 오강우의 모습을 지켜보고 있었다. 오강우는 가슴이 뭉클하여 손을 흔들었다.

안시현은 강화읍에서 십 리쯤 떨어진 국화리에 유배를 가 있었다. 혈구산이라고도 불리는 고려산의 깊은 골짜기였다. 오강우는 안시현이 머무는 초가집 건너편에 방을 하나 빌렸다. 마침 오강우가 방을 빌린 집주인 정명일이 주막을 하면서 안시현의 보수주인(保授主人)을 맡고 있었다. 보수주인은 유배자를 돌보기도 하고 감시하기도 했다. 그는 안시현에게 밥을 먹여야 했기 때문에 불만이 덕지덕지 묻어 있었다. 그의 부인은 주모로 안시현의 배수첩(配修妾. 유배객의 시중을 들던 여인)을 맡았다. 배수첩은 유배객에게 밥이나 빨래를 해준다.

'이놈들이 수상한데……'

오강우는 정명일의 집 옆방에 두세 명의 사내가 와 있는 것을 보고 미간을 찌푸렸다. 그들도 오강우를 수상쩍은 눈빛으로 살피고 있었다. 오강우는 방에서 나와 안시현의 초가집을 살폈다. 울타리도 없는 집이라 안시현이 방에서 책을 읽는 모습을 볼 수 있었다.

"한양에서 오셨소? 좋은 술을 걸렀는데 맛 좀 보시오."

주막의 안주인이 오강우에게 눈웃음을 쳤다. 화장이 진하고 옷매무새가 단정하지 않았다. 나이는 얼추 서른 살 안팎으로 보였다.

"고맙소."

오강우는 사양하지 않고 술을 마셨다.

"술 생각이 있으면 언제든지 부르세요. 술값은 받지 않을 테니…… 이는 총각 양반님네가 잘생겨서 그런 거랍니다."

주모가 엉덩이를 살랑살랑 흔들면서 안으로 들어갔다. 옆방에 있는 장정들이 술을 청해 마시고 엉덩이를 두드리면서 수작질을 했다.

그날은 아무런 이상이 없었다. 안시현은 책을 읽거나 산책을 했다. 산책이라고 해야 엄격하게 감시를 받고 있었기 때문에 마당 안을 도는 것이 고작이었다. 읍내에 출타했던 정명일이 돌아와 주모가 남정네들에게 꼬리를 친다고 한바탕 난리를 치더니 술을 퍼마시고 곯아떨어졌다. 주모는 자신이 온갖 고생을 다 하는데 남정네가 구박한다고 서럽게 울었다. 그러나 그들의 부부싸움은 어딘지 모르게 일상적으로 되풀이되는 일 같았다.

오강우는 안시현의 집 근처에서 밤을 새웠다. 옆방에 있던 장정 하나가 안시현의 집을 한 바퀴 둘러보고 돌아갔다.

'언제까지 안시현을 보호해야 하지?'

오강우는 풀숲에 누워 하늘을 쳐다보았다. 이미 사방은 캄캄하게 어두워졌고 하늘에는 별이 빛나고 있었다.

이진은 자꾸 엉덩이를 만졌다. 일목검 김재수가 엉덩이를 때려서 기분이 좋지 않았다. 아직도 김재수의 손바닥이 엉덩이에 달라붙어 있는 것 같았다.

"무엇을 하고 있느냐? 엉덩이는 왜 자꾸 만져? 뒤라도 마려운 것이냐?"

이장길이 뒤를 돌아보고 혀를 찼다. 이진은 깜짝 놀라 엉덩이에서 손을 뗐다.

"좀 가려워서요. 벌레에 물린 것 같아요."

이진은 얼굴이 부어서 뚱한 표정으로 대답했다.

"대궐 안이다. 행동을 조신하게 해야지."

이장길이 엄중하게 책망했다.

'오강우가 만졌다면 이렇게 기분이 나쁘지 않을 것이다. 어디서 죽지도 못한 귀신 같은 작자가 감히 처녀의 엉덩이를 만져?'

이진은 김재수를 생각하자 부아가 치밀어 앞에 있는 돌멩이를 걷어찼다. 그러자 돌멩이가 날아가 강문명의 등을 때렸다. 강문명이 깜짝 놀라 뒤를 돌아보았다.

"허어, 어찌 또 사고를 치는 거냐?"

이장길이 눈을 부릅떴다. 이진은 자신도 모르게 입을 틀어막았다.

"이놈, 뭣 때문에 외삼촌 등을 때리는 거냐?"

강문명이 고통 때문에 얼굴을 찌푸리고 이진에게 화를 냈다. 그러나 사람이 많은 대궐 안이었다. 이진은 대답하지 않고 하늘만 쳐다보고 시침을 뗐다. 이장길과 강문명은 엉덩이에 뿔 난 송아지라도 보듯이 고개를 흔들고 걸음을 빨리했다. 동궁전 세자빈 강씨의 처소였다. 세자빈 강씨는 세 아들과 함께 그들을 반갑게 맞이했다.

"빈궁 마마, 얼마나 상심이 크십니까?"

이장길과 강문명이 절을 하고 말했다.

"저는 어떻게 해야 합니까? 살아야 합니까, 죽어야 합니까?"

강씨는 친정 식구를 보자 눈물을 주르르 흘렸다. 이장길과 강문명은 침통한 표정으로 말을 잇지 못하고 있었다.

"이모."

이진은 강씨가 우는 것을 보자 가슴이 저려왔다.

"결단을 내리실 수밖에 없습니다."

이장길이 주위를 살핀 뒤에 낮게 말했다.

"우리 경선군 석철왕자가 원손이 아닙니까? 원손을 제쳐 두고 세자를 책봉하는 법이 어디 있습니까?"

대궐에는 봉림대군을 세자로 책봉한다는 소문이 파다하게 나돌고 있었다. 세자가 죽었으니 원손이 세손이 되는 것이 당연한 일인데 어쩐 일인지 봉림대군을 세자로 책봉하려고 하고 있었다. 하기야 세자를 독살했으니 원손을 왕세손으로 책봉할 수 없을 것이다. 어쩌면 봉림대군 책봉까지 치밀한 계획에 의해 음모가 진행되고 있는지 모를 일이었다.

"세손이나 세자의 책봉은 주상전하께서 결정하시는 것입니다."

이장길이 공손하게 대답했다.

"원손이 국본이 되어야 한다고 상소를 올릴 수도 없소?"

"이미 안시현이 상소를 올렸다가 유배를 갔습니다."

"원로 대신들은 무엇을 하는 거요?"

"지평 송준길이 사직하면서 상소를 올렸습니다. 허나 전하께서는 거들떠보지도 않으셨습니다."

"송준길은 학문이 높은 사람으로 알고 있습니다. 그렇지 않습니까? 그런 사람이 상소를 올렸는데……."

송준길은 송시열과 함께 발탁된 학문이 높은 선비였다. 송시열과 양송으로 불리면서 선비들의 존경을 받았고 훗날 인현왕후를 낳은 민유중과 남구만 등을 제자로 배출했다. 그러한 그가 원손을 국본으로 삼으라고 하는데도 인조는 대꾸조차 하지 않았다.

"이 모든 음모가 봉림대군 쪽에서 꾸민 것이 아닙니까?"

강문명이 불만스러운 목소리로 말을 내뱉었다.

"말을 함부로 하지 말게. 가문이 몰살을 당할 수도 있네."

이장길이 강문명을 책망했다.

"제부, 어찌해야 좋을지 길을 알려주세요."

강씨가 이장길에게 처연한 목소리로 말했다.

"소복을 입고 지내시고…… 사람들을 만나지 마십시오. 죄인처럼 지내셔야 합니다."

"내가 무슨 죄를 지었습니까? 왜 죄인을 자처해야 합니까?"

"자칫하면 아기씨들까지 위험해집니다."

"우리 아기씨들은 전하의 손자가 아닙니까? 어찌 손자들을 해치겠습니까?"

강씨가 손수건으로 눈물을 찍었다. 이장길은 대답을 하지 않았다. 세자빈 강씨가 몰라서 물은 것이 아니었다. 그녀는 가슴이 터질 것 같아 하소연을 하고 있는 것이다. 방 안에 잠시 기묘한 침묵이 흘렀다.

"제부. 세자 저하의 독살을 밝힐 수 있습니까?"

강씨가 이장길에게 다시 물었다.

"쉽지 않을 것 같습니다."

이장길이 한숨을 내쉬었다.

"영의정 김자점과 조소용의 딸이 혼례를 올린다고 합니다. 김자점이 대궐과 손을 잡는 것이 아닙니까?"

강문명이 눈치를 살피다가 말했다.

"그럼 효영공주를……."

효영공주는 현숙공주의 동생이다.

"대궐도 조소용의 천하가 되었습니다."

"신이 드릴 수 있는 말씀은 자중하라는 것뿐입니다."

"나는 세자 저하의 독살을 밝혀주기를 바랄 뿐입니다."

"오윤겸이 강직하니 그가 조사를 마칠 때까지 기다리는 것이 좋겠습니다."

"오윤겸이 조사를 하고 있습니까?"

"송준길과 함께 비밀리에 조사하고 있습니다. 안시현이 죽임을 당할지 모른다고 검객을 파견해 보고하고 있습니다. 그런데 묘한 것이 그 검객이 현숙공주의 부마도위입니다."

이장길의 말에 이진의 눈이 반짝하고 빛을 뿌렸다.

'안시현은 강화로 유배를 갔다. 그럼 오강우도 강화에 있겠구나.'

이진의 입언저리에 미소가 떠올랐다.

*

삼청동으로 오르는 작은 오솔길이었다. 등롱을 들고 있는 종을 따라 한 선비가 조심스럽게 걸음을 놓고 있었다. 사방은 칠

흑처럼 어두웠고 뒷산 어디에선가 접동새가 슬피 울었다. 선비
는 그 소리에 몸을 움찔했으나 계속 걸음을 놓았다. 이내 울창
한 숲 가운데에 있는 아담한 기와집이 어둠 속에서 모습을 드러
냈다. 크지도 작지도 않아 별장으로 보이는 기와집이었다. 선
비와 종이 대문 앞에 이르렀다. 선비가 고개를 끄덕거리자 종이
대문을 두드렸다.

"뉘요?"

안에서 청지기의 낮은 목소리가 들렸다.

"자하문에서 왔소."

"자하문에서 올 사람이 없소. 돌아가시오."

"알겠소. 대감께《청산냉연》을 읽었다고 전하시오."

종이 주위를 살피면서 대답했다.《청산냉연》은 청나라의 소
설이다. 그러자 삐거덕 소리를 내면서 대문이 조심스럽게 열렸
다. 선비와 종은 빨려들 듯이 대문 안으로 들어갔다. 그들이 대
문 안으로 사라지자 사방이 다시 칠흑 같은 어둠에 휩싸였다.
그리고 일각이 되지 않았을 때 또 다른 선비와 종이 나타났다.
종이 주위를 살핀 뒤에 대문을 두드렸다.

"뉘요?"

"자하문에서 왔소."

"자하문에서 올 사람이 없소. 돌아가시오."

"알겠소. 대감께 《청산냉연》을 읽었다고 전하시오."

청지기와 종이 같은 말을 되풀이하고 그것이 신호이기나 하듯이 문이 열렸다. 그들도 대문 안으로 소리 없이 사라졌다. 그들이 사라지고 한 시진도 되지 않아 일고여덟 명의 선비가 차례로 나타나 같은 말을 되풀이하고 대문 안으로 들어갔다.

'아버지의 말씀이 맞았어, 저들이 음모를 꾸미고 있는 것이 분명해.'

소나무 뒤에 몸을 숨기고 있던 흑의인, 이요환이 중얼거렸다. 그녀는 주위를 살핀 뒤에 발소리를 죽이면서 빠르게 담장으로 다가갔다. 숲 어디에선가 또다시 소쩍새가 울었다. 그녀는 담장 위로 머리를 내밀어 안을 살핀 뒤에 담장을 살짝 넘었다. 담장 안의 넓은 정원은 기화이초가 만발하여 몸을 숨기기에 적당했다. 선비들은 사랑채에 모였는지 그 방에서 아슴한 불빛이 흘러나오고 있었다.

이요환이 살피고 있는 사랑에는 무거운 분위기가 감돌았다. 송준길은 상석에 앉아 눈을 지그시 감고 있었다. 그의 앞에는 이장길과 오윤겸을 비롯해 많은 선비들이 긴장한 자세로 앉아 있었다.

"저들은 우리를 일거에 제거할 생각으로 음모를 진행하고 있습니다."

송준길이 무겁게 입을 열었다. 이제 서른을 넘겼을 뿐이지만 그의 눈매가 날카로워 좌중을 압도했다. 광해군을 몰아내고 인조를 내세워 집권한 서인들이었다. 그러나 그들 내부에서도 분란이 일어나 훗날 노론과 소론으로 분당하게 되는데 노론은 대부분 송준길의 문하에서 나왔다.

"세자 독살의 배후는 어찌 됩니까?"

이장길이 낮게 기침을 한 뒤에 물었다.

"아직 배후가 밝혀지지 않았습니다."

송준길이 대답했다.

"이형익을 국문하면 밝힐 수 있지 않습니까?"

"꼭 그렇다고 할 수 없습니다. 자칫하면 우리가 그들의 덫에 걸려들 수도 있습니다."

"덫이라니요?"

"이형익을 국문해도 아무것도 나오지 않으면 저들은 우리에게 무고죄를 뒤집어씌울 것입니다. 저들이 노리는 것인지도 모릅니다."

송준길의 말에 선비들이 일제히 웅성거렸다. 이요환은 선비들이 아버지 이형익을 국문해야 한다고 주장하자 부아가 치밀어 자신도 모르게 칼에 손을 가져갔다.

"저들이 소현세자를 독살한 이유가 무엇입니까? 반청 세력이 독살했다는 말이 석연치가 않습니다."

조정에는 삼전도의 치욕을 씻어야 한다고 주장하는 반청 세력이 많았다. 그러나 소현세자는 친청 세력이었다. 인질로 가기 전에는 소현세자도 반청 세력이었으나 심양에 가서 8년 동안 인질 생활을 하면서 청나라의 강대한 모습을 보고는 조선의 형편상 청나라와 전쟁을 하는 것은 무모한 짓이니 청나라와 친밀하게 지내야 한다고 생각했다. 그로 인해 조정과 대립을 하고 급기야 인조로부터 의심을 받았다. 청나라에서도 소현세자에게 각별한 관심을 보였다.

"우리 전하는 의심이 많은 분입니다. 소현세자 내외가 심양에서 상리(商利. 장사하여 얻는 이익)를 취했습니다. 그것을 불순한 의도로 모략한 것입니다."

"세자 내외분이 상리를 취하다니요? 어찌 천한 상인들처럼 장사를 할 수 있다는 말입니까?"

좌중의 선비들이 일제히 개탄했다. 세자 내외가 장사를 한다는 것은 있을 수 없는 일이었다. 이요환도 세자 내외가 심양에서 장사를 했다는 사실을 믿을 수가 없었다.

"허나 그것이 독살을 당할 만한 이유는 아니지 않습니까?"

"세자께서 상리로 얻은 재물을 이용해 청나라 사람들을 움직여 전하를 물러나게 하고 보위에 오르려고 했다는 것입니다."

"그럼 전하가 배후에 있는 것입니까?"

"전하를 부추긴 사람들이 있겠지요."

송준길의 말에 무거운 침묵이 흘렀다. 소현세자를 독살한 배후 인물이 임금이라는 주장인 것이다. 이요환은 아버지가 아들을 죽였다는 그들의 말에 고개를 흔들었다.

"저들도 오늘 안에 모인다고 합니다."

"저들은 어디에서 모이고 있소?"

"안국방에 있는 기린각이라고 합니다."

"그쪽을 감시하고 있소?"

"감시하고 있습니다."

"누구를 보냈소? 저쪽에 일목검 김재수가 나타났다는 말이 들리던데⋯⋯."

"부득이 제 여식(女息. 딸)을 보냈습니다."

"그대의 여식이라면 북촌 망종 이진을 말하는 것이 아니오? 어찌 그런 여식을 보냈소? 임경업을 보내야 하는 것이 아니오?"

임경업은 철저한 반청 세력이다. 청나라에서 그를 죽이려고 하다가 명장인 그의 재능을 아껴 조선으로 돌려보냈다.

"허허. 비록 망종 짓을 하고 다니지만 일을 그르치지는 않을 것입니다."

이요환은 사랑에서 들리는 말에 깜짝 놀랐다. 이진이 기린각에 첩자로 파견되고 전설적인 무인 임경업의 이름까지 거론되고 있었다.

임경업은 청나라까지 이름이 널리 알려진 맹장으로 어릴 때부터 병법에 뛰어났다. 중추부첨사를 지낸 임황의 여덟 아들 중 넷째 아들이었다. 그는 완고한 아버지 덕분에 어릴 때부터 성리학을 공부하지만 사기를 읽다가 〈항우본기〉에 매료되어 문보다 무에 더 관심을 두었다. 임경업이 태어난 것은 1594년, 임진왜란이 한참이었기 때문에 아이들도 전쟁놀이를 좋아했다. 어느 날 그는 충주 달천벌에서 아이들의 대장이 되어 돌성을 쌓았다.

그가 아이들을 동원해 성을 쌓고 있을 때, 경주 목사로 부임하는 윤섬의 행차가 지나갔다. 수하 비장들이 아이들에게 행차가 지나가게 성을 허물라고 소리를 지르자 임경업은 사람이 성을 피해가야지 성이 어떻게 사람을 피해가느냐면서 오히려 윤섬을 당황하게 하였다. 윤섬은 임경업이 장차 크게 될 인물이라면서 그가 쌓은 돌성을 비켜갔다는 이야기가 전해지고 있었다.

'이렇게 되면 이진이 나와 적이 되는 것인가?'

이요환은 문득 불길한 예감이 뒤통수를 엄습해오는 것을 느꼈다.

5장
야망과 독수

아아, 이 인간들이 하필이면 기루에서 비밀 회합을 하는 것일까. 기린각(麒麟閣) 주위에 무사들이 삼엄하게 배치되어 있어서 숨어 들어가는 것은 불가능했다. 다행히 기생 금개의 조방(助房, 기둥서방)인 왈짜 최박만에게 손을 써서 돈을 백 냥이나 주고 기생으로 변장해 잠입할 수 있었다. 이진은 색상이 화려한 한복을 입고, 화장하고, 머리를 단장한 뒤에 분을 덕지덕지 발랐으나 사내들 옆에서 교태를 부릴 생각을 하자 눈앞이 아득했다.

'기왕에 저질러진 일이다. 어차피 북촌 망종이라는 말까지 듣지 않았는가?'

그녀의 폐행에 대해서는 임금까지 알고 있었다. 임금이 못된 계집이라고 아버지 이장길을 파직한 것이 한두 번이 아니었다.

"흐흐, 이렇게 차리니 영락없는 기생이구나. 선비들이 서로 차지하려고 눈이 벌게지겠어."

최박만이 이진의 아래위를 살피며 능글맞게 웃었다.

"그럼 안 돼. 좀 못생기게 만들 수 없을까?"

이진은 최박만의 말에 얼굴을 찡그렸다.

"못생기게 만들어달라고? 오래 살다 보니 별 이야기를 다 듣는다. 여자가 예쁘게 화장해달라는 말은 들었어도 못생기게 화장해달라는 말은 처음 듣는다. 사팔뜨기로 만들어줄까?"

최박만이 유쾌하게 웃음을 터트리면서 밖으로 나갔다.

"호호호. 내가 원하는 대로 만들어드릴게요. 대신 나하고 하룻밤을 지내야 해요. 알았죠?"

금개가 웃으면서 이진을 단장하기 시작했다. 금개는 공주 출신으로 한양에서 명성이 높은 기생이었다.

"하룻밤을 같이 지내다니 그게 무슨 말이에요? 여자들끼리 같이 지내 뭣해요? 술을 마시는 거예요? 술이라면 사양하지 않겠어요. 내가 이래 봬도 말술을 마시니까."

"걱정하지 마세요. 명성 높은 북촌 항아 아가씨와 술 마시고 대식(對食. 동성연애)이나 한번 하자는 거니까. 우리 기생들은 북

126

촌 항아를 흠모한답니다."

"헐헐, 흠모할 것까지야…… 그런데 대식이 뭐요?"

이진은 기분이 우쭐해졌다.

"대식을 모르세요?"

"모르오."

"짝할 대(對)자와 밥 식(食)자를 써요."

"그럼 밥을 같이 먹는 거로군."

이진이 고개를 끄덕거렸다. 금개가 야릇하게 눈을 반들거리며 웃었다. 그러나 이진은 대식이라는 말을 들어본 일이 없어서 무슨 말인지 알지 못했다. 같이 밥을 먹고 술을 마시는 것이라고 대수롭지 않게 생각했다. 금개가 단장을 해준 덕분에 기생 꼴은 갖추었으나 미모가 드러나지는 않았다.

이내 선비들이 하나둘씩 기루에 나타나기 시작하고 선비들의 방으로 술상이 들어갔다. 기생들도 차례로 들어가 절을 올렸다.

"상주에서 올라온 모란입니다."

이진은 상석에 앉아 있는 영의정 김자점에게 나붓이 절을 올렸다.

"가서 앉아라."

김자점이 이진을 힐끗 살피고 손을 내저었다. 이진은 말석의 사내 옆에 가서 치마를 펼치고 앉았다. 말석의 사내가 이진을 힐끗 살피고 얼굴을 찌푸렸다. 금개가 이진의 얼굴을 곰보로 만들어놓았기 때문이었다. 이진은 옆의 사내에게 술을 따르면서 좌중을 빠르게 살폈다. 이진의 옆에 앉은 사내의 건너편에는 이형익이 앉아 있었다. 김자점의 뒤에는 발이 처져 있고 발뒤에도 술상이 차려져 있었다. 그러나 사람이 아직 오지 않았는지 자리가 비어 있었다. 김자점이 상석이 아니라 발 뒤에 앉을 사람의 자리가 상석이라는 것을 알 수 있었다. 이진은 이형익이 눈치를 챌까 봐 눈을 마주치지 않았다.

"안시현은 어찌 되었는가?"

김자점이 좌중을 둘러보면서 물었다.

"곧 좋은 소식이 있을 것입니다."

이진의 옆에 앉은 사내가 거드름을 피우면서 대답했다. 쉰이 넘어 보이는 사내로 수염이 염소수염이었다.

"쓸 만한 자를 보냈는가?"

"일목검이 수하들을 보냈습니다."

"어찌 수하들을 보냈는가? 일목검을 보내야 실수 없이 처리할 것이 아닌가?"

"안시현을 죽이는 일에 어찌 일목검을 직접 보냅니까?"

"정명수는 역관이지만 장안의 협사들을 많이 알고 있으니 틀림없을 것입니다."

대사헌 이종걸이 말했다.

'이 자가 역관 정명수구나.'

이진은 자신의 옆에 앉은 선비가 정명수(鄭命壽)라는 것을 알고는 놀랐다. 정명수는 김자점의 일파로 평안도 은산(殷山) 출신이다. 아버지는 생원 정환(鄭晥)으로 천민 출신인데 부자가 모두 성품이 교활했다. 광해군 10년(1618년) 명나라가 요동을 침범한 후금(後金. 淸)을 토벌할 때 조선에 원병을 요청했다. 조선에서는 강홍립을 도원수로 삼고 김경서를 부원수로 삼아 만 삼천 명의 군사를 거느리고 출정하게 했다. 정명수는 이때 강홍립을 따라 출정했다. 그러나 강홍립이 청나라에 패하여 포로가 되지 징명수는 청나라에 실면서 청국어를 배우고 청나라에 조선의 사정을 밀고해 청나라 황제의 신임을 받았다.

병자호란이 일어났을 때는 청나라 장수 용골대(龍骨大)와 마부대(馬夫大)의 통역으로 입국해 청나라의 조선 침략에 앞잡이 노릇을 했다. 그 뒤 청나라의 세력을 믿고 조정에 압력을 가해 영중추부사까지 올랐다. 조정에서는 그를 두려워해 뇌물을 주고, 친척들에게도 벼슬을 주어 비위를 맞추었다. 훗날 시강원서리(侍講院書吏) 강효원(姜孝元), 시강원필선 정뢰경(鄭雷卿) 등이 그를 제거하려다 오히려 죽임을 당하고 심양에서 성주(星州) 포수 이사용(李士用)에게 모살(謀殺)을 당한다.

'천하에 악독한 놈이구나.'

이진은 정명수가 옆에 앉아 있다는 사실에 소름이 끼쳤다.

"대감, 저들도 회합을 하고 있다고 들었습니다."

정명수가 김자점을 바라보며 말했다.

"걱정할 필요 없네. 저쪽은 내 손바닥 안에 있네."

김자점이 수염을 쓰다듬었다.

"송준길을 어찌하실 작정입니까?"

"그 일은 덮어 두고 세자 책봉을 먼저 해야 하네."

"세자 책봉이라면 원손을 말씀하시는 것입니까?"

"어찌 원손을 세자에 책봉하는가? 곧 그 양반이 오시면 말씀을 하실 테니 술들이나 드시게."

김자점이 먼저 술잔을 들었다. 그러자 좌중에 있던 사람들이 일제히 술잔을 들었다. 선비들은 더 이상 중요한 이야기를 나누지 않았다. 옆에 앉은 사람들과 한가하게 잡담을 나누거나 기생들과 수작질을 했다. 김자점이 기생들에게 춤을 추라고 지시했다. 기린각에 소속되어 있는 악사들이 들어와 연주하고 기생 여섯이 앞으로 나가 덩실덩실 춤을 추었다. 이진은 스스로 술을 따라 한 잔을 마셨다.

'커, 술맛 좋다.'

이진은 술잔을 내려놓고 소매로 입술을 닦았다. 그러자 정명

수가 이진을 힐끗 쳐다보았다. 이진은 머쓱하여 정명수의 잔에
술을 따랐다.

먼 길 떠나는 내 님의
안장이랑 말이랑 붉게 빛이 나네.
이별을 슬퍼하는 옥루 위의 아가씨
애써 눈물을 참고 있네.

公子遠行役
鞍馬光翕艵
憔悴于樓女
忍淚不敎滴

고려 말의 대학자 이규보가 지은 시에 곡을 붙여 부르는 노래
이다. 이규보의 시는 이진도 좋아하기에 기생들이 노래를 부르
자 애틋했다. 그때, 기척이 느껴졌다.

'이 미친놈이…….'

정명수가 뒤로 손을 뻗어 허리를 안자 이진은 경악했다.
그러나 내색을 할 수가 없어서 이를 악물고 참았다. 그런데
그녀가 잠자코 있자 놈의 손이 복부에서 위로 슬그머니 올라

왔다.

'옴마야.'

이진은 깜짝 놀라 입을 벌렸다. 정명수의 손이 그녀의 가슴을 덥석 움켜쥔 것이다.

미치고 팔짝 뛸 일이었다. 정명수야 기생을 희롱하는 것에 지나지 않았지만 이진은 눈에서 불이 일어나는 것 같았다. 속으로 이를 갈고 몸을 떨었지만 꼼짝 못하고 당할 수밖에 없었다. 에그 더러워라. 북촌 항아 이진이 어쩌다가 이 꼴이 되었는가. 마치 몸에서 벌레가 기어 다니는 것 같았다. 그런데도 놈은 멈출 생각이 없는 것 같았다. 멈추기는커녕 꼼지락대는 이진이 재미있는지 능글능글 웃으면서 그녀의 가슴을 마음껏 희롱했다. 천하의 잡놈이다. 이진은 자리가 파하면 놈을 반드시 작신작신 밟아주겠노라고 생각하며 이를 악물었다.

강남은 풍속이 음란하다지.

아리땁고 예쁘게 딸을 키우니

도도한 성품은 바느질을 부끄러워하고

꽃처럼 단장한 뒤에 피리 불고 비파를 타네.

우아한 노래는 배우지 않아

그저 남녀의 음탕한 노래만 부른다네.

江南蕩風俗

養女嬌且憐

治性恥針線

粧成調管絃

所學非雅音

多被春心牽

　기생들이 부르는 노래는 최치원의 〈강남녀(江南女)〉라는 오언
고시다. 강남의 번화한 기루를 보고 풍자한 시다. 이진은 중국
의 강남만 음란한 것이 아니라 조선 기루의 풍속도 음탕하기 짝
이 없다고 생각했다. 평소에는 점잖은 체하던 양반들이 기생들
을 껴안고 희롱하느라고 어수선했다. 정명수는 이진의 가슴을
실컷 희롱했는지 이제는 풍성한 치맛자락 안으로 더러운 손을
집어넣었다. 이진은 가슴이 철렁했다.

　"나리."

　이진은 정색을 하고 정명수를 쏘아보았다.

　"듣고 있노라."

　정명수가 손을 멈추지 않고 말했다.

　'이 더러운 놈이…….'

　이진은 재빨리 정명수의 손을 잡아 뺐다. 이런 놈은 손목을

팍 잘라 버려야 한다.

"잠자코 있지 못할까?"

정명수가 눈을 부릅떴다. 이 우라질 놈이 누구에게 감히 눈을 치뜨고 있어. 눈알을 확 뽑아버릴라. 이진의 눈에서 쇠라도 녹일 것 같은 불꽃이 튀었다.

"압수전(壓羞錢, 일종의 몸값, 부끄러움을 누른다는 뜻의 돈)도 내지 않고 어찌 이러십니까?"

이진이 퉁명스럽게 내쏘았다. 인내하느라고 오만상을 찡그렸다.

"그년, 눈에서 불이 일어나네. 네가 죽고 싶은 것이냐?"

"지저분한 동물……."

더는 참을 수 없었다. 이진이 팔꿈치로 정명수의 옆구리를 힘껏 내질렀다. 정명수가 어이쿠 하는 소리와 함께 뒤로 나동그라졌다. 선비들이 일제히 웃음을 터트리고 기생들도 깔깔거렸다. 그때 문이 벌컥 열리는 소리가 들리면서 발 뒤에 한 사내가 와서 앉았다. 좌중이 일시에 조용해졌다. 마치 한겨울에 삭풍이 부는 것 같았다.

"대체 무엇들을 하고 있는 것인가? 때가 어느 땐데 기생들을 데리고 수작을 하는 게야?"

사내는 앉자마자 선비들에게 호통을 쳤다. 놈의 위세가 보통이 아니다. 영의정 김자점까지 고개를 떨어트리고 어쩔 줄을 몰라 했다.

"기생들은 물러가라."

김자점이 손을 내저었다. 기생들이 소란스럽게 자리에서 일어나 물러가기 시작했다. 이진도 자리에서 일어나 밖으로 나오려다가 정명수의 등을 발로 힘껏 찼다. 정명수가 또다시 어이쿠 소리를 내뱉으면서 술상에 얼굴을 박았다. 방 안에 있는 양반들은 정명수가 술에 취했다고 생각했는지 이진을 의심하지 않았다.

'발 뒤에 있는 자가 이 자들의 괴수인 모양인데…….'

이진은 기생들 틈에 섞여서 방을 나왔다. 기린각의 정원은 어수선했다. 기생들은 대기실로 몰려갔다. 정명수가 밖으로 나와 길길이 날뛰면서 이진을 찾고 있었다. 이진은 자칫하면 정체가 드러날지 모른다고 생각하여 기생들 방으로 가다가 슬그머니 기린각을 나왔다. 이제 더 이상 안에서 그들을 감시할 수 없었다. 대문에 서 있는 무사들은 그녀가 밖으로 나오는 것을 탓하지 않았다. 그녀는 기린각에서 멀리 떨어진 골목에서 옷을 갈아입었다.

'지붕으로 올라가볼까?'

이진은 기린각 주위를 어슬렁거리며 살폈다. 그러나 무사들 때문에 안으로 잠입할 수 없었다. 나오기는 쉽지만 들어가는 것은 어렵다.

'좋아. 발 뒤에 있는 놈이 누구인지 정체를 밝혀보자.'

이진은 기린각 대문에서 떨어져 감시하기 시작했다. 어디선가 거름 냄새가 희미하게 풍겨왔다.

사방은 칠흑처럼 캄캄하고 달은 보이지 않았다. 비가 오려는 것일까. 기린각 담장 안에 서 있는 오동나무의 넓은 잎사귀가 물기 묻은 바람에 검푸르게 나부끼고 있었다.

'비는 오지 말아야 할 텐데……'

이진은 하늘을 올려다보면서 발을 굴렸다. 기린각에서는 다시 기생들의 노랫소리와 웃음소리가 들렸다. 이진은 담벼락에 등을 기댔다. 내가 왜 이 고생을 하고 있는 거지? 이진은 공연히 서글픈 생각이 들었다.

'정명수, 내가 네놈을 그냥 두지 않을 테다.'

그때 후드득 소리를 내면서 빗방울이 떨어지기 시작했다.

'가는 날이 장날이라더니 오늘은 왜 이렇게 재수가 없을까?'

빗방울이 옷으로 파고들자 이진은 난감했다. 사방을 둘러보았으나 비를 피할 곳이 없었다. 멀리 오동나무가 보였다. 아름드리 거목으로 자란 오동나무는 잎사귀가 무성했다.

'저 나무에라도 올라가야지.'

이진은 무사들을 피해 오동나무로 날아올랐다. 그때 무엇인가 그녀의 목덜미를 낚아챘다.

'옴마야!'

이진은 그 순간 머리카락이 빳빳하게 일어서는 것 같았다. 그녀의 목덜미를 낚아챈 손, 그것은 뜻밖에 일목검 김재수의 손이었다. 가슴이 철렁하면서 소름이 쫙 끼쳐왔다.

'아아, 이 귀신같은 작자를 또 만나다니…….'

이진은 눈앞이 캄캄했으나 재빨리 칼을 뽑으려고 했다. 그러나 김재수의 칼이 어느 사이에 그녀의 목에 닿아 있었다. 반항을 했다가는 아차 하는 순간 그녀의 목이 잘려 바닥에 뒹굴 것이 분명했다. 이진은 오동나무 가지에 김재수와 나란히 걸터앉았다.

'한울님, 나는 아직 시집도 안 갔어요. 이 귀신 같은 작자가 내 목을 자르게 하지 마세요.'

이진은 옥황상제에게 기도했다. 속담에 이래도 곤장 여든 대, 저래도 곤장 여든 대라더니 재수 없는 정명수를 피해 밖으로 나왔는데 사신을 만난 것이다.

"이걸 대체 어떻게 하나? 목을 자르려니 비린내가 나는 것 같고…….'

김재수가 능글거리면서 말했다. 그의 입에서 고약한 술 냄새가 왈칵 풍겼다.

"선배님, 어찌 후배의 목을 자르려고 하십니까?"

이진은 생각을 바꿔 김재수에게 사정하기로 했다. 웃는 얼굴에 침 뱉지 않는다고 살랑거리면서 애교를 부리면 살려줄지 모른다.

"선배? 내가 언제 너 같은 후배를 두었더냐?"

"사해(四海. 넓은 천하)가 다 벗이라고 했는데…… 일면식도 아니고 두 번이나 만났는데 인연이 아닙니까?"

"그래서 네가 나의 벗이란 말이냐?"

"그, 그게 아니고……."

"나를 다시 만나면 거름통에 던지겠다고 하지 않았느냐?"

"언제요? 나는 못 들었어요."

"시치미를 떼시겠다?"

"시치미를 떼다니요? 저는 사실을 그대로 말씀드리는 것입니다. 검술 좀 한다고 선배가 연약한 후배를 괴롭혀서야 되겠습니까?"

"흥! 아직 목숨이 붙어 있다고 잘도 재잘대는구나. 귀가 아주 간지러운걸……."

"내가 선배를 만난 것도 내 탓이 아닙니다. 선배가 왜 하필 오동나무에 앉아 있는 겁니까?"

"여기가 내 집이다."

"하아, 오동나무가 집이라는 사람은 처음 봤습니다."

"거름통에 던져 버리려도 거름통이 보이지 않고…… 어찌하는 것이 좋겠느냐? 아무래도 목을 자르는 것이 좋겠지?"

"난 아직 시집도 안 갔어요!"

"그게 뭐 자랑이라고…… 그리고 너 시집 안 간 것과 내가 무슨 상관이 있느냐? 그리고 누가 북촌 망종을 데려간다더냐?"

"북촌 망종이 아니라 북촌 항아예요."

"내가 듣기에는 북촌 망종이라고 하더라. 살고 싶으냐?"

"당연하지요."

"그럼 엉덩이를 한 대 맞아야겠다."

"내 엉덩이가 뭐 동네북입니까?"

"돌아서라. 목이 잘리고 싶지 않으면……."

김재수가 냉엄하게 말했다. 이진은 어쩔 수 없이 나뭇가지 위에서 돌아섰다. 그러자 김재수가 그녀의 엉덩이를 힘껏 걸어찼다.

"아야!"

이진은 엉덩이가 부서져 나가는 것 같은 충격을 느끼면서 멀리 날아갔다. 내력을 실어 발로 찬 탓에 공처럼 날아갔다. 이진은 엉덩이가 너무나 아파서 미처 정신을 차릴 수가 없었다.

풍덩.

이진은 물속에 처박혔다. 그곳은 기린각 옆에 있는 농가의 거름 더미였다. 이진은 온몸에 오물을 뒤집어쓰고 거름 더미에서 나오느라고 허우적거렸다. 그러자 오물이 입으로까지 들어갔다.

'난 몰라.'

이진은 거름 더미에서 간신히 나오자 땅바닥에 주저앉아 앙하고 울음을 터트렸다.

*

현숙공주는 이요환을 우두커니 바라보았다. 이 아이는 자유롭게 세상을 살고 있으니 얼마나 좋을까. 아아, 빨리 부마도위 오강우와 혼례를 올리고 싶다. 오강우와 혼례를 올리면 이 지긋지긋한 대궐에서 벗어날 수 있을 것이다. 어머니 조소용도 싫고 이조판서 김자성도 싫다. 어머니의 처소에서 궁녀들을 지휘하는 민 상궁도 싫었다. 민 상궁은 무엇인가 나쁜 짓을 꾸미고 있다. 어머니 몰래 김자성과 소곤대는 것을 몇 번이나 보았다.

'감히 어머니와 사통을 하다니…….'

김자성은 어머니와 정을 통하고 있었다. 김자성이 문안을 올

140

때마다 어머니가 춘당지에 가서 버들잎을 따오라고 시키는 까닭 나중에야 알았다. 현숙공주는 김자성의 사악한 눈이 떠올라 몸이 부르르 떨렸다. 김자성을 고발하고 싶어도 어머니가 연루되었기 때문에 고발할 수 없었다. 그런 일이 부왕에게 알려지면 참수형을 면치 못할 것이다. 어머니가 미워도 죽게 할 수 없었다.

"공주님, 무슨 걱정이 있어요?"

이요환이 머리꽂이를 만지다가 말고 현숙공주를 쳐다보았다. 현숙공주가 귀한 머리꽂이며 노리개를 이요환에게 잔뜩 주었기 때문이었다.

"네 심부름 좀 해줘."

"무슨 심부름이요?"

"요즘 부마도위가 문안을 오지 않아. 부마도위에게 문안 좀 오라고 하면 안 될까?"

"부마도위는 강화도에 있어요."

이요환은 오강우의 얼굴을 떠올리면서 얼굴을 붉혔다. 그를 말 뒤에 태우고 염하나루까지 달려갔다. 그때 오강우가 그녀를 바짝 끌어안았다. 그때 일을 생각하자 가슴이 뛰고 얼굴이 붉어진 것이다.

"강화도에는 왜?"

"몰라요. 부마도위 부친이 심부름을 시켰겠지요."

"강화도에 한번 갔다가 올래?"

"왜요?"

"나 불안해 죽겠어. 누군가 나를 감시하고 있는 것 같아."

이요환은 현숙공주의 말에 가슴이 타는 것 같았다.

"가서 뭐라고 그래요?"

"내 서찰을 전해줘."

"알았어요."

이요환이 머리꽂이와 노리개를 챙겨서 처소를 나가기 시작했다. 현숙공주는 서찰을 이요환에게 건네주고 처소의 대문까지 전송했다. 이요환이 총총걸음으로 대궐 문을 향해 가다가 뒤를 돌아보았다. 현숙공주가 이요환을 향해 손을 흔들었다.

현숙공주는 이요환이 보이지 않을 때까지 문간에 서 있다가 방으로 돌아왔다. 처소가 기이할 정도로 조용했다. 마치 어디선가 물이 떨어지는 소리가 들릴 것처럼 사방이 고요했다.

어머니와 궁녀들은 장렬왕후 조씨의 친잠(親蠶. 누에 치는 시범) 행사에 참석했다. 왕후의 친잠 행사는 국가적인 행사라 후궁과 공주들은 물론 사대부가의 부인들도 참여한다. 집안이 조용한 것은 그 탓이다. 현숙공주는 부마도위 오강우의 초상화를 물끄러미 바라보았다. 잠깐 사이에 그린 것이기는 하지만 그녀를 향해 웃고 있는 것 같았다. 그때 처소의 대문이 닫히는 소리가 들렸다. 누가 온 것일까. 대문만 닫는 것이 아니라 빗장까지 지르고 있다. 벌써 친잠 행사가 끝난 모양이다. 현숙공주는 그렇게 생각했다. 대청으로 올라오는 인기척이 느껴졌으나 내다보지도 않았다. 그러자 방문이 스르르 열렸다.

"친잠 행사가 벌써 끝난 거야?"

현숙공주는 등도 돌리지 않고 싸늘하게 내뱉었다.

"벌써 끝날 리가 있습니까? 아직 해가 중천에 떠 있습니다."

잔뜩 긴장한 목소리였다.

"그런데 너는 어찌 돌아온 것이냐?"

"마마 때문입니다."

"나 때문에?"

현숙공주가 뒤를 돌아보고는 다시 등을 돌렸다. 그 순간, 하얀 천이 빠르게 그녀의 목에 감겼다.

"뭣하는 거야?"

현숙공주가 깜짝 놀라 소리를 버럭 질렀다.

"마마께서 쓸데없는 일에 지나치게 참견을 하시니 조용하게 하는 것입니다."

하얀 천이 현숙공주의 목을 조이기 시작했다. 현숙공주는 대경실색해 발버둥을 치면서 소리를 질렀다.

"네가 감히 공주를 시해하려는 것이냐? 네가 살기를 바라느냐? 너는 능지처참을 당해 죽을 것이다!"

현숙공주가 소리를 질렀으나 숨이 컥 막혀왔다.

"내가 죽기 전에 공주가 먼저 죽을 것입니다."

상대방이 현숙공주를 비웃었다. 아아, 이럴 수는 없다. 나는 이 나라의 공주인데 이렇게 죽을 수는 없어. 현숙공주는 필사적으로 저항했다. 손으로 하얀 천을 풀려고 기를 쓰면서 발버둥을 쳤다. 천으로 목을 조르는 상대방도 숨이 차서 헐떡거렸다. 현숙공주는 마구 발길질을 하면서 손을 허공으로 뻗다가 무엇인가 꽉 움켜쥐었다.

"악!"

여자가 소리를 질렀다. 그러나 현숙공주의 목을 조르는 천이 더욱 팽팽하게 당겨지면서 현숙공주는 눈앞이 점점 흐릿해져 왔다.

*

비가 세차게 쏟아지고 있었다. 조소용은 정신이 나간 것처럼 울부짖었다. 하헌당의 궁녀들도 소리를 죽여 흐느껴 울었다. 하헌당에 모인 사람들이 넋을 잃고 서 있었다. 아아, 어찌 이럴 수가 있는가. 이요환은 피가 나도록 입술을 깨물었다. 현숙공주의 죽음이 현실처럼 느껴지지 않았다. 현숙공주와 헤어진 지 불과 한나절도 되지 않았는데 어찌 싸늘한 시체가 되어 있는가. 임금은 넋을 잃은 표정이었다. 망연자실하여 대들보에 대롱대롱 매달려 있는 현숙공주를 바라보고 있었다.

"어서 내리지 않고 무엇을 하는 게냐?"

임금이 떨리는 목소리로 호통을 쳤다. 그제야 내시와 궁녀들이 황급히 현숙공주의 시신을 대들보에서 끌어내렸다. 이요환의 눈으로 뜨거운 눈물이 흘러내렸다. 조소용과 효영공주가 현숙공주를 끌어안고 울음을 터트렸다. 이요환은 하헌당에 모인 사람들을 휘둘러보았다. 현숙공주는 부마도위 오강우를 보고 싶어 했다. 그런데 왜 목을 매 자살했단 말인가. 오강우를 보지 않고 죽을 수 있는가. 누군가 현숙공주를 살해한 것이 틀림없다고 생각했다.

'타살이라면 흔적이 있을 것이다.'

이요환은 현숙공주의 몸을 살펴보았다. 이요환이 현숙공주와 친밀하게 지냈기 때문에 그녀가 현숙공주를 살피는 것을 아무도 탓하지 않았다. 외상은 보이지 않았다. 목구멍에 은채를 넣어 보고 혹시라도 독침에 찔렸는가 싶어 머리카락 속을 살피기도 했다. 그러나 수상한 흔적을 찾을 수 없었다. 이요환은 민 상궁이 쏘아보자 일어나려다가 손을 살폈다. 현숙공주의 오른쪽 손톱에 핏자국이 맺혀 있었다.

'역시 저항한 흔적이야.'

이요환은 몸이 부르르 떨렸다. 현숙공주는 죽기 전에 발버둥을 치면서 저항하다가 목을 조른 자의 몸을 할퀸 것이다. 죽임을 당할 때 얼마나 고통스러웠을까. 현숙공주의 얼굴에는 눈물 자국이 말라붙어 있었다. 그때 어의 박후가 달려왔다. 박후는 여의(女醫)들과 함께 조심스럽게 현숙공주의 몸을 살폈다.

"전하, 망극하오나 공주 마마께서는 자진하신 듯하옵니다."

어의 박후가 아뢰었다.

"자진이라니? 공주가 무엇 때문에 자진했다는 것인가?"

임금이 탄식을 했다.

"우리 현숙공주가 자살할 리가 없습니다. 현숙공주가 왜 자살하겠습니까?"

조소용이 눈물이 가득한 눈으로 어의를 쏘아보면서 말했다.

"마마, 공주 마마는 타살인 것 같습니다."

이요환이 조심스럽게 말했다. 사람들의 시선이 일제히 이요환에게 쏠렸다.

"어찌 타살이라는 것이냐?"

임금이 이요환을 쏘아보면서 물었다.

"공주 마마의 오른손 손톱에 혈흔이 있습니다. 이는 공주 마

146

마께서 저항하다가 살인자를 할퀸 것입니다."

사람들의 얼굴이 창백해지면서 일제히 웅성거렸다.

"그럼 몸에 핏자국이 있는 자가 살인자라는 것이냐?"

"신은 그리 생각합니다. 여기 있는 사람들 중에 몸에 할퀸 자국이 있는 사람이 있다면 그자가 살인자입니다. 금부를 불러 조사하게 하소서."

"금부를 불러 조사하도록 하라."

임금이 영을 내렸다. 민 상궁의 얼굴이 하얗게 변했다.

"전하, 궐내의 일이 밖에 알려지는 것은 옳지 않습니다. 궐내에서 조사하셔야 합니다."

이조판서 김자성이 아뢰었다. 김자성은 영의정 김자점과 먼 친척이 된다. 사대부들에게 알려지지 않은 사람이었는데 김자점의 천거로 갑자기 이조판서에 발탁되었다. 김자성의 출신에 대해서는 조야에서 많은 의문을 가지고 있었다.

"전하, 그렇지가 않습니다. 비록 궐내의 일이라고 하더라도 금지옥엽(金枝玉葉. 왕실의 자손·임금의 일가)에 살인자의 마수가 뻗쳤다면 이는 역모와 관련이 있을 것입니다. 삼법사(三法司. 형조·사헌부·한성부)에서 철저히 조사해야 합니다."

사헌부 감찰 이장길이 아뢰었다.

"역모라는 것은 당치 않다."

김자성이 이장길을 쏘아보면서 말했다. 이장길이 인조의 얼굴을 바라보았다. 딸이 살해되었는데 잠자코 있을 것이냐는 듯한 눈빛이었다.

"현숙공주를 미워하는 자들이 있어요."

그때 조소용이 독기를 뿜으면서 말했다. 사람들의 시선이 일제히 조소용에게 쏠렸다.

"마마, 누구를 일컫는 것이옵니까?"

김자성이 음침한 눈빛으로 살피면서 물었다.

"세자빈이지 누구겠어요? 세자빈은 내가 세자를 독살했다고 의심하고 있어요."

조소용의 말에 사람들이 벼락을 맞은 듯한 표정을 지었다. 이장길은 가슴이 철렁했다. 현숙공주의 죽음이 칼날이 되어 뜻밖에 세자빈 강씨에게로 향하고 있었다.

"고정하세요. 의심만으로는 조사를 할 수 없습니다."

김자성이 사악한 눈빛으로 임금을 살피면서 말했다. 인조의 결단을 촉구하는 눈빛이다. 인조는 어쩐지 김자성과 눈빛을 마주치지 못하고 있었다.

"내 귀로 똑똑히 들었어요. 소현세자가 독살되었다고 주장하면서 그냥 두지 않겠다고 했어요."

"그렇다면 조사를 하지 않을 수 없습니다."

"공주는 내명부니 내명부에서 조사하는 것이 마땅하다. 감찰 상궁을 불러 조사하게 하라."

인조가 영을 내렸다.

"세자빈은 어찌하시렵니까? 조소용 마마께서 발고하셨습니다."

김자성이 인조를 윽박지르듯이 말했다.

"내명부에서 조사하라."

"옳으신 결단입니다. 누가 감히 이의를 제기할 수 있겠습니까?"

김자성이 못을 박았다. 대신들은 감히 입을 열지 못했다. 이요환은 김자성을 쏘아보았다. 김자성이 조정에서 막강한 권력을 휘두르고 있을 것이라고는 미처 생각하지 못했다.

우르르.

그때 잿빛의 어두운 하늘에서 뇌성이 울었다. 이어 번쩍하고 푸른 섬광이 어두운 하늘을 갈랐다. 임금이 보련을 타고 침전으로 돌아가기 시작했다. 그 뒤를 내관과 궁녀들이 따르고 조정 대신들이 따랐다.

콰쾅!

푸른 섬광이 하늘을 가르더니 뇌성이 고막을 때렸다.

'민 상궁이 왜 임금을 따라가는 거지?'

이요환은 민 상궁이 보련을 따라가는 것을 보고 고개를 갸우뚱했다. 그때 장렬왕후 조씨가 빗속에서 보련을 타고 들이닥쳤다. 장렬왕후 조씨는 인조의 계비로 한원부원군 조창원의 따님이다. 슬하에 자식을 두지 못해 궁중 암투에서 초연했다. 그녀가 들이닥치자 내관과 궁녀들이 황급히 머리를 조아리고 길을 비켰다.

"이런 변이 있는가? 현숙공주가 어찌하여 졸한 것인가?"

장렬왕후 조씨는 비를 맞고 하헌당 섬돌로 올라오면서 애통해했다.

"중전 마마, 제 딸의 억울한 죽음을 밝혀주십시오."

조소용이 장렬왕후 앞에 쓰러져 통곡했다.

"조소용, 난데없이 이런 일을 당했으니 얼마나 망극한가? 공주가 어찌 졸했다고 하는가? 무엇이 그리 원통해서 자진을 한 것인가?"

"마마, 자진을 한 것이 아니라 살해되었다고 합니다."

"뭐라? 누가 감히 현숙공주를 살해했다는 말인가?"

"전하께서 내명부에서 엄중하게 조사하라고 영을 내리셨습니다. 이는 틀림없이 세자빈 강씨의 짓입니다."

"알았다. 내가 철저하게 조사할 것이다."

장렬왕후는 감찰 상궁을 불러 하헌당에 있는 사람들을 조사하라는 영을 내렸다. 감찰 상궁이 철저하게 조사했으나 현숙공주가 할퀸 자국이 있는 사람은 없었다.

'설마, 민 상궁이……?'

이요환은 경악했다. 현장에서 사라진 사람은 민 상궁밖에 없었다.

6장
조선제일검

쏴아. 비가 세차게 내리고 있었다. 이진은 세자빈 강씨를 조용히 바라보았다. 세자빈 강씨는 거의 넋이 나간 듯한 표정이었다. 현숙공주가 죽던 날부터 내리던 비가 아직도 그치지 않고 있었다.

"이게 무슨 냄새냐?"

문득 강씨가 얼굴을 찡그렸다.

"거름 냄새입니다."

이진이 우거지상이 되어 대답했다. 일목검 김재수에게 엉덩이를 채이고 기린각 옆 길가의 거름 더미에 빠졌다. 며칠 동안

씻고 또 씻었는데 여전히 냄새가 사라지지 않았다.

"거름 냄새라니……. 대궐에서 어찌 거름 냄새가 풍기는 것이냐?"

"제가 거름통에 빠졌습니다."

이진은 쥐구멍이라도 있으면 들어가고 싶었다.

"아이가 어찌 이리 진중하지 못한고?"

강씨가 혀를 찼다. 소현세자가 죽은 지 어느덧 한 달이 지났고 현숙공주의 장례도 치렀다. 장례라고 해야 현숙공주를 산에 묻는 것이 고작이었다. 어릴 때 죽으니 무덤이나 비석도 세우지 않았다. 왕가의 자식이라고 해도 어릴 때 죽으면 평장(平葬, 봉분을 세우지 않은 평평한 매장)을 한다. 그런데 현숙공주를 산에 묻은 지 하루밖에 되지 않아 어전에서 세자를 책봉하는 문제가 논의되고 있었다.

어전에는 영의정 김류, 좌의정 홍서봉, 영중추부사 심열, 낙흥부원군 김자점, 판중추부사 이경여, 우찬성 이덕형, 병조 판서 구인후, 판윤 허휘, 공조 판서 이시백, 이조 판서 김자성, 예조 판서 이식, 좌참찬 김수현, 호조 판서 정태화, 우참찬 김육, 부제학 이목, 대사간 여이징 등 열여섯 명이 입시했다.

"나에게 오래 묵은 병이 있어 이따금 심해지고 원손은 저렇듯 미약하니, 내가 오늘날의 형세를 보건대 원손이 성장하기를 기다릴 수가 없다. 경들의 뜻은 어떤가?"

인조는 자신이 병들었고 소현세자의 아들이 어리니 세자로 세울 수 없다는 뜻을 완곡하게 말했다.

"조야가 한창 전하의 강릉(岡陵)처럼 높고 큰 복을 송축(頌祝)하고 있는데, 전하께서 갑자기 이런 말씀을 하시니, 신들은 공문서를 올릴 바를 모르겠습니다."

영의정 김류가 아뢰었다. 김자점은 영의정에서 물러나 있었다.

"나의 질병만 이와 같을 뿐 아니라 국사가 날로 어렵고 위태로우니, 만일 내가 죽고 나면 어린 임금으로서는 임금 자리를 담당할 수 없을 듯하다. 그래서 나는 대군(大君)들 가운데서 세자를 선택해 세우고자 한다."

인조는 소현세자의 아들이 아니라 봉림대군과 인평대군(麟坪大君) 중에서 세자를 책봉하겠다고 말한 것이다. 소현세자를 비롯하여 두 대군 모두 첫 번째 왕비인 인원왕후의 아들이다.

"지금 이 하교는 비록 종묘사직의 대계를 위하시는 마음에서 나온 것이지만, 신들은 두렵고 의혹이 있어서 아뢸 바를 모르겠으니, 의당 여러 신하에게 널리 물으셔야 합니다."

김류가 아뢰었다. 원손으로 세자를 책봉해야 한다는 뜻을 아뢰야 했으나 그는 대신들에게 널리 의견을 구하라고 말하는 것이다.

"옛 역사를 상고해보건대, 태자(太子)가 없으면 태손(太孫)으로 이었으니, 이것이 곧 바꿀 수 없는 떳떳한 법입니다. 상도(常道. 항상 지켜야 할 떳떳한 도리)를 어기고 권도(權道. 임기응변의 도리)를 행하는 것은 국가의 복이 아닌 듯합니다."

홍서봉이 아뢰었다.

"전하께서 질병이 쾌차하지 않으시고 국사가 어려워진 것 때문에 종사와 생민의 대계를 위하여 이 말씀을 내신 것이니, 다시 여러 신하에게 물어서 결정하셔야 합니다."

김자점이 아뢰었다. 김자점의 말도 대신들의 의견을 구하라는 것일 뿐 반대의 뜻이 아니었다.

"신의 어리석은 소견은 홍서봉과 다름이 없습니다. 세자가 계통을 잇는 것은 고금의 떳떳한 법이니, 떳떳한 법 이외에는 다시 진달할 것이 없습니다. 대체로 떳떳한 법을 지키면 비록 어려운 시기를 당하더라도 오히려 나라를 보전할 수 있지만 만일 갑자기 권도를 쓰면 인심이 복종하지 않아서 환난을 일으키게 됩니다. 지금 온 나라가 원손에게 기대를 건지 이미 오래인데, 만일 이 말을 듣는다면 중외의 인심이 반드시 모두 소란해질 것이니, 매우 두렵습니다."

이경여가 아뢰었다.

"우리 세조께서는 원손에게 자리를 전하지 않고 예종에게 전하였는데도, 당시 조신들이 이의가 없었다. 그렇다면 과연 그 조신들이 모두 불충한 자들이었단 말인가. 대신이 국가의 대사를 당해서는 의당 그 책임을 져야 할 것인데, 한갓 평범한 얘기로써 책임 메울 거리로 삼으니, 이것이 어찌 대신의 도리이겠는가. 이른바 인심이 소란해질 것이라는 말도 그렇지가 않다. 권도를 행해서 중도를 얻는 것이 바로 인심을 진정시키는 도리인데, 무슨 소란해질 걱정이 있단 말인가. 이 일은 오로지 영상에게 달렸으니 경이 결단하라."

인조가 김류에게 영을 내렸다.

"신이 비록 수상의 자리에 있기는 하나 어찌 감히 혼자 결단할 수 있겠습니까. 만일 종사의 존망이 이 일에서 결판난다는 것을 분명히 안다면 뭇 신하들 가운데 진실로 감히 다르게 의논할 자가 없을 것입니다. 그러나 오늘날의 일이 반드시 존망에 관계된다고 볼 수 없는데도 비상한 도리를 행하려고 하시니, 이것이 바로 신들이 감히 함부로 의논하지 못하는 까닭입니다."

김류가 아뢰었다.

"옛날 대신들은 국사를 스스로 담당하여 자기 몸 생각할 줄을 몰랐다. 우리 태종조 때 양녕대군이 동궁에 있을 적에 백관이 그를 폐할 것을 청하여 정청(庭請)에까지 이르렀으니, 이는 모두 나라를 중히 여겨 후환을 돌아보지 않은 것이다. 그때 만일 태종께서 윤허하시지 않았더라면 후일의 화를 헤아릴 수 없었는데도 오히려 그렇게 하였는데, 지금 경들은 옳은 줄을 알면서도 말하려 하지 않으니 무슨 까닭인가?"

"덕종이 동궁에 계시다가 승하하시고, 예종 계통을 이었다고 보면, 당시 성종의 나이는 열두 살이었고 월산대군은 나이가 더 많는데도 왕세자를 이렇게 세우신 것은 무슨 까닭인지 모르겠습니다."

김류가 아뢰었다. 김류는 성종의 예를 들어 원손에게 세자를 잇지 않고 아우에게 세자를 잇게 한 일을 말한 것이다.

"월산대군은 자질이 총명하지 못했다고 하는데, 당시 성종의 나이도 열 살이 넘었던가?"

"성종이, 덕종이 승하하시던 해에 탄생하였으므로, 세조가 승하하시던 무자년에 이르러 열두 살이 됩니다."

"서열로 말하자면 세자로 세워야 할 사람이 월산대군이었으나, 일은 때에 따라 변통하는 것이 있으므로 이렇게 하지 않을 수 없었던 것이다. 만일 상도를 반드시 지켜야 한다면 세조께서 왜 월산대군에게 전하지 않고 예종에게 전했겠으며, 만일 장유(長幼)의 차례로 말한다면 예종이 어째서 월산대군을 뒤로하고 성종을 세웠겠는가."

"세조의 시대에는 국가가 무사하였는데도 상도에 어긋나는

157

이런 거조가 있었으니, 대성인의 처사를 진실로 헤아릴 수 없으나, 이것은 아마도 현명한 이를 가리는 데서 나온 것이 아니겠습니까?"

"신의 뜻도 홍서봉의 말을 옳게 여깁니다."

이덕형과 이경석이 아뢰었다.

"이 일은 반드시 대신이 결단해야 한다. 경들은 이렇게 평범한 말만 하고 있으니, 어느 날 갑자기 내가 죽기라도 한다면 어떻게 할 생각인가."

인조가 화가 나서 소리를 버럭 질렀다. 그러나 세자 책봉 논의는 좀처럼 결말이 나지 않았다.

세자빈 강씨는 대궐에서 세자 책봉 논의가 한창이라는 말을 보고받고 이진을 부른 것이다.

"진아."

"예."

"나는 이제 죽고자 한다. 네가 내 아이들을 돌보아야 할 것이다."

"마마, 어찌 그런 말씀을……."

"이 일을 당부하려고 너를 부른 것이다. 내 말을 명심하고 물러가라."

이진이 고개를 들고 강씨를 쳐다보았다. 강씨는 모든 것을 각

오한 듯이 표정이 냉막했다.

'빈궁 마마께서 죽음을 각오하고 계시는구나.'

이진은 가슴속에 찬바람이 부는 것 같았다.

비는 더욱 세차게 쏟아지고 있었다. 조선의 어지러운 앞날을 예고하듯이 쉬지 않고 쏟아지는 장대비였다. 세자 책봉을 논의하는 어전은 장대비로 소연하게 젖어들었다. 대신들은 비교적 조심스럽게 인조의 뜻을 반대하고 있었다. 인조의 뜻을 찬성하는 것은 김자성, 김자점, 김류 등이었다.

"이 일은 성상의 깊고 원대한 생각에서 나온 것이니 속히 단정해야 할 일인데, 우물쭈물하여 미룰 필요가 있겠습니까."

김류가 큰 소리로 아뢰었다. 속히 결단을 내리라고 대신들을 재촉하는 말이다.

"그 말이 옳다."

인조가 기뻐하면서 말했다. 그때 내관 하나가 총총걸음으로 다가와 대전 내관에게 귓속말을 했다. 대전 내관이 깜짝 놀라서 조심스럽게 인조 앞으로 다가갔다.

"전하, 세자빈께서 밖에서 석고대죄를 하고 있다고 합니다."

"석고대죄?"

인조가 놀라서 눈을 크게 떴다. 대신들이 일제히 웅성거리기 시작했다. 인조는 황급히 용상에서 내려와 밖으로 나왔다. 대전 앞뜰에 소복을 입은 세자빈 강씨가 엎드려 있었다. 굵은 빗줄기가 장대질을 하듯이 내리는 대전 앞뜰이었다. 세자빈 강씨도 비를 흠뻑 맞고 있었다.

'북촌 항아 이진도 왔구나.'

우찬성 이덕형은 빗속에 머리를 조아리고 서 있는 이진을 보고 미소를 지었다. 강씨의 뒤에는 이진이 비를 맞고 서 있었다.

"대체 무슨 일로 석고대죄를 하는 것이냐?"

인조가 대노하여 떨리는 목소리로 물었다. 그러나 인조와 세자빈 사이가 멀어서 말이 들리지 않았다.

"가서 물어보라."

인조가 영을 내렸다. 내관이 총총걸음으로 강씨에게 달려갔다.

"상도를 지키기를 청한다고 하옵니다."

내관이 돌아와 인조에게 아뢰었다.

"역강(歷降. 역적 강씨)이로다."

인조가 눈에서 불을 뿜었다.

"종묘사직의 대계를 정하려고 하는데 감히 아녀자가 나서는가? 당장 끌어내도록 하라."

인조가 영을 내리고 용상으로 돌아갔다. 내관과 궁녀들이 황급히 강씨에게 달려가 강제로 동궁전으로 끌고 가기 시작했다.

"전하, 어찌 친손자를 버리려고 하십니까? 자식을 버린 것도 모자라 또 친손자를 버리려고 하십니까?"

강씨가 울부짖으면서 소리를 질렀다. 강씨의 울부짖는 말에 대신들이 술렁거렸다. 자식을 버렸다는 말은 아들을 죽였다는 말이고 친손자를 버린다는 것은 원손을 죽이려고 한다는 말이다. 인조가 전신을 부들부들 떨었다.

"현숙공주의 죽음에 대한 조사가 끝나지도 않았는데 망령이 들었구나. 빨리 끌어내어 가두라. 빈궁의 처소에 누구도 출입하지 못하게 하라."

"전하, 구천을 헤매고 있을 자식의 통곡소리가 들리지 않습니까?"

"빨리 끌고 가라."

인조가 펄펄 뛰면서 영을 내렸다. 강씨는 울부짖으면서 끌려나갔다. 어전에 기묘한 침묵이 흘렀다. 대신들은 모두 강씨가 울부짖는 소리를 들었다. 죽음을 각오하고 항의하는 강씨였다. 이덕형은 눈시울이 뜨거워져왔다.

"경의 소견을 말하라."

인조가 침묵을 깨트리고 김류에게 영을 내렸다.

"반정(反正)의 거사와 남한산성 출성(出城)의 일이야말로 비상한 조처로 모두가 종사의 대계를 위한 것이 아니겠습니까. 그렇기 때문에 신은 성상을 받들고 의심 없이 그런 일을 했습니다.

그러나 지금은 신민의 기대가 모두 원손에게 이미 붙여졌는데도 전하의 하교가 이러하시니, 이는 필시 궁중(宮中)의 일로서 바깥사람이 미처 알 수 없는 것이 있는 듯합니다. 그러니 만일 상의 뜻이 이미 정해졌다면 신이 어찌 감히 그사이에서 가부를 논할 수 있겠습니까."

김류가 대신들의 눈치를 살피면서 아뢰었다.

"경의 뜻이 나와 들어맞는다. 대군이 비록 둘이 있어도 모두 취할 만한 것은 없으나, 장성한 사람이 어린 사람과는 달라서 이런 계책을 한 것이다."

인조가 만족하여 말했다.

"양녕대군은 덕망을 잃고 법도에 어긋난 일이 많았기 때문에 조신들 간에 폐립(廢立)의 청이 있었습니다. 지금은 원손이 어려서 아직 덕망을 잃은 것이 드러나지도 않았는데 갑자기 오늘의 하교가 있으므로, 인심이 놀라 의혹하고 뭇 신하들의 의논이 귀일하지 않은 것입니다."

"원손의 사부(師父. 김육 · 이식 · 이경석 · 이목)가 모두 이 좌중에 있으니, 어찌 원손이 현명한지 불초한지를 분명히 모르겠는가."

인조가 말했다. 원손을 가르치던 스승에게 덕이 없다고 말하라는 압박이다.

"원손이 아직 어려서 덕망을 잃은 것이 없습니다."

김육이 아뢰었다. 김육은 원손이 덕을 잃은 일이 없다고 반발했다. 이장길은 김자성을 쏘아보았다. 김자성이 김류에게 눈짓을 보내고 있었다.

"원손이 비록 나이가 어리지만, 그 기질을 본다면 어찌 장래에 성취할 바를 모르겠는가."

"주상께서 만일 분명한 전교를 내리신다면 당장에 결단할 수 있습니다."

김류가 갑자기 아뢰었다. 김자성의 눈짓을 받고 당황하여 아뢰는 말이다.

"원손은 자질이 밝지 못하여 결코 나라를 감당할 만한 재목이 아니다."

"진강(進講)할 때에 원손의 재기(才氣)가 드러난 것을 볼 수 있었습니다."

이식은 오히려 원손이 총명하다고 아뢰었다.

"신도 강서(講書)의 반열에 나가 참여하고 있으나, 어린 소년에게 어찌 장래의 성취를 미리 점칠 수 있겠습니까."

이경석이 아뢰었다. 이경석도 원손이 어리석지 않다고 반대했다.

"한갓 그 현명함만을 말하는 것이 아니라, 그 나이를 가지고 또한 말한 것이다.

인조가 궁색하게 말했다. 죄 없고 재기가 뛰어난 원손을 폐위시키려니 궁색할 수밖에 없었다.

"경은 원훈대신(元勳大臣)인데도 이와 같이 흐리멍덩하게 말을 하는가."

인조가 김자점에게 말했다. 김자점에게 좀 더 강력하게 나오라는 구원 요청이었다.

"성상께서 종사를 위해 깊고 원대하게 계획하시는데 어찌 소견이 있겠습니까."

김자점이 아뢰었다. 임금의 뜻대로 따르겠다는 주장이다.

"그렇다면 경의 뜻은 이 일을 불가하게 여기지 않는 것이다."

인조가 말했다. 김자점의 말을 자신에게 유리하게 해석한 말이다.

"성상께서 이 일을 하심은 천하를 만인과 함께하는 공심에서 나온 것이니, 어찌 그사이에 사적인 뜻이 있겠습니까."

김류가 말했다. 임금의 말인데 틀릴 리가 없다는 말이었다.

"신이 계달하는 것은 경상(經常)의 도리일 뿐이니, 권도를 쓰는 경우는 성상께 달렸습니다."

홍서봉이 아뢰었다. 원손을 폐위시키고 세자를 다시 세우는 것은 임금의 뜻이라는 주장이다.

"대신의 의논이 모두 같은 다음에야 큰 계책을 결단할 수 있는데, 매양 경상 두 글자를 고집하여 말하는 뒷받침으로 삼아, 흐리멍덩하게 견강부회하여 분명하게 말을 하려 하지 않는구나. 이런 큰일을 당하여 따르려면 즉시 따르고, 따르지 않으려거든 끝까지 따르지 않고 관직을 버리고 떠나는 것이 타당할 것이다. 사군자의 몸가짐과 마음가짐이 어찌 이처럼 흐리멍덩할 수가 있단 말인가."

인조가 발끈하여 불쾌한 안색으로 말했다. 인조가 대로했기 때문에 좌우에서 모두 감히 말을 하지 못했다.

"이미 원손의 명호가 바로잡히고 또 보양관(輔養官)도 세웠으니, 위호(位號)가 정해진 지 오래입니다. 게다가 바꿀 수 없는 경상의 전법은 옛 역사에서 그 증거를 찾아볼 수 있습니다. 신하의 도리에서 갑자기 상도에 어긋나는 일을 당했을 때 의당 경도를 지키는 것으로 논쟁해야겠습니까, 아니면 장차 권도를 쓰는 것에 순종해야겠습니까. 오늘 성상의 하교는 비록 종사를 위한 계책으로 말씀하셨습니다마는 갑자기 하루아침에 이미 바로잡힌 명호를 바꾸려고 하시는데, 뭇 신하들이 만일 모두 바람에 쏠리듯이 따라버린다면 장차 저런 신하들을 어디에 쓰겠습니까."

이덕형이 아뢰었다. 이덕형은 강력하게 반발하면서 대신들을

165

비난했다. 그러나 대부분의 대신이 김자성 일파의 눈치만 살피고 있었다.

"대신들의 뜻은 모두 일치되었는가?"

인조가 이덕형의 말을 묵살하고 물었다.

"이의가 없는 듯합니다."

김류가 아뢰었다.

"불행하여 자식들이 다 죽고 둘만 남아 있으니, 대신이 그중에 나은 사람을 가려서 결정하라. 이는 적장자(嫡長子)를 세우는 경우와도 다르니, 오직 그중 나은 사람을 가릴 뿐이다."

"대군은 조신들과 서로 접한 일이 없는데 어떻게 그 우열을 알 수 있겠습니까. 옛사람이 이르기를 '자식을 알기에는 아버지만 한 이가 없다.' 하였으니, 이는 성상의 간택에 달렸을 뿐입니다."

홍서봉이 아뢰었다.

"나는 그중에 장자를 세우고자 하는 것이다."

"장자로 적통(嫡統)을 세우는 것이 사리에 순합니다."

김류가 아뢰었다.

"그렇다. 청나라 사신이 오면 반드시 국본을 물을 것이므로, 급급하게 의정하지 않을 수 없다. 봉림대군을 세자로 삼노라."

인조가 마침내 영을 내렸다. 소현세자가 죽은 지 한 달 남짓만의 일이었다.

봉림대군이 세자로 책봉되었다. 이날 어전에서의 회의를 기록한 사관들은 다음과 같이 역사를 평했다.

*

김자점은 불학무식한 사람으로 다만 원훈(元勳)이라는 것 때문에 재상의 지위에 이르렀으니, 그가 임금의 뜻대로 하기를 도리어 권유하고 순종한 것은 진실로 책망할 거리도 못 된다. 홍서봉이 맨 처음 경상(經常) 두 자를 발론하자, 심열 이하가 모두 그 말을 따랐으나 결국은 다 아첨하는 말로 끝내고 말았으니, 그중에는 이덕형이 조금 나은 사람이라 하겠다. 아, 곧은 도리를 따르는 것을 군자라 하고, 무조건 순종하는 것을 비부(鄙夫)라 하니, 임금의 뜻을 미리 알아 비위를 맞추는 경우는 소인일 뿐이다. 나는 누가 군자이고 누가 비부이고 누가 소인인 줄은 모르겠으나, 말이 입에서 나오면 그 마음을 덮을 수 없는 것이니, 그 말을 가지고 그 마음을 찾아볼 때 후세에 반드시 이를 분변해 낼 자가 있을 것이다. 이 때문에 낱낱이 기록하여 모두 남겨두는 바이다.

후세의 역사가들이 평가할 것이라는 내용이다.

봉림대군이 세자에 책봉되면서 조정은 한바탕 숙청의 바람이 불었다. 소현세자와 가까운 대신들이 파직되고 봉림대군 책봉에 반대한 대신들도 숙청되었다. 그러나 아직 피바람은 불지 않고 있었다. 세자빈 강씨와 그녀의 세 아들은 대궐에 연금되었다. 강씨는 통곡을 하고 울었다. 시아버지인 인조에게 무릎을 꿇고 빌었으나 소용이 없었다. 오히려 인조로부터 역강이라는 말을 듣고 현숙공주의 죽음에 대해서 감찰 상궁의 조사를 받고 있었다. 그녀의 처소에는 누구도 출입할 수 없었다.

'오강우에게 현숙공주의 죽음을 알려야 해.'

이요환은 그렇게 생각했다. 현숙공주의 죽음을 생각하자 너무나 비통했다. 이진은 대궐에서 쫓겨났다. 아버지 이장길도 소현세자 독살사건을 은밀하게 수사하다가 벼슬에 파직되었다.

'원손을 어떻게 보호하지?'

이진은 원손을 보호할 방법이 없어서 난감했다. 강씨는 자신은 죽음을 각오했으니 원손을 보호해달라고 이진에게 당부했다. 이진이 집에서 전전긍긍하고 있을 때 지붕 위에서 인기척이 느껴졌다. 이진은 바짝 긴장하여 지붕 위로 날아올랐다. 이요환이 지붕 위에서 표표히 옷자락을 날리면서 서 있었다.

"무슨 일이야?"

이진이 싸늘한 표정으로 이요환을 쏘아보면서 물었다. 소현세자의 독살은 조소용과 연관이 있다. 게다가 현숙공주의 죽음을 강씨에게 덮어씌우려고 하고 있었다. 이요환은 조소용의 인척이니 그녀의 집안과 원수지간인 것이다.

"민 상궁이 대궐에서 사라졌어. 그녀를 찾아줘."

이요환이 이진을 살피면서 말했다. 그녀의 표정이 침울해보였다.

"민 상궁이 뭘 하는 여자인데?"

"조소용 처소의 상궁이야."

"그 여자를 찾아서 무엇을 하게?"

"이유는 묻지 말고 찾아줘."

"네가 찾지 왜 나에게 찾아달라고 하는 거야? 내가 그렇게 할 일이 없는 어사인지 알아?"

이진은 쌀쌀맞게 내뱉었다.

"나는 부마도위를 만나러 가야 해."

이진은 이요환의 말에 가슴이 철렁했다. 이 계집애가 현숙공주가 죽자마자 선수를 치는구나. 내가 너에게 오강우를 뺏길 줄 알아? 이진은 그렇게 생각하면서 이요환을 노려보았다.

"그럴 만한 사정이 있어."

"민 상궁을 찾아서 어떻게 하게?"

"그 여자의 몸을 조사해줘. 손톱에 할퀸 자국이 있나 알아봐줘."

이진은 이요환을 싸늘하게 노려보았다. 이요환의 진심이 어디에 있는지 알 수 없었다.

"민 상궁을 어디에 가서 찾아? 남대문에서 김 서방을 찾으라는 말은 아니겠지?"

"이조판서 김자성 대감을 조사해봐."

"김자성?"

"그래."

"좋아. 내가 민 상궁을 찾을 테니 너도 나를 위해 한 가지 일을 해줘."

"무슨 일."

"정명수에게 개망신을 줘."

"정명수?"

"청나라 앞잡이…… 김자점의 심복…… 방법은 네가 알아서 하고……."

"알았어."

이요환이 차갑게 말하고 어둠 속으로 몸을 날렸다. 휘익 하는 바람 소리와 함께 이요환이 어둠 속으로 사라져갔다.

'계집애가 경공술 하나는 똑소리 나네.'

이진은 속으로 중얼거리다가 얼굴을 찌그렸다. 몸에서 아직도 거름 냄새가 희미하게 풍기고 있었다.

'일목검 김재수……'

이진은 이를 악물었다. 김재수를 생각하자 부아가 치밀고 얼굴이 화끈거렸다.

이진은 수락산을 향해 지붕 위를 달리기 시작했다. 수락산에 골짜기에는 그녀의 스승인 사암도인(蓑岩道人)이 살고 있었다. 사암도인은 사암 침법으로 유명한 도인인데 십삼 년째 동굴에서 기거하고 있었다. 그러나 그는 사명대사와 동문수학을 했고 대장군 임경업의 스승이기도 했다. 특히 무예가 출중하여 입신의 경지에 이르렀다는 말이 나돌았다.

이진이 수락산 골짜기에 도착한 것은 날이 번하게 밝아올 무렵이었다.

"왔느냐?"

이진이 동굴 앞에 이르자 창노한 목소리가 들렸다.

'귀신이 따로 없다니까. 발걸음 소리만 듣고 내가 왔다는 것을 알아맞히시니…….'

이진은 고개를 절레절레 흔들었다.

"예. 스승님."

이진은 동굴로 뛰어들어가 무릎을 꿇고 절을 했다. 동굴 안은 불을 켜지 않아 캄캄했다.

"이놈아, 사람은 뒤에 있는데 어디를 보고 절을 하는 것이냐?"

사암도인이 어느 사이에 뒤에 나타나 이진의 엉덩이를 발로 찼다.

"스승님, 제 엉덩이가 동네북입니까? 이놈도 차고 저놈도 걸어차게."

이진이 울상을 지으면서 말했다. 사암도인은 그림자처럼 움직여 그녀 앞에 나타났다.

"허어, 이제는 제자 놈이 스승에게 이놈 저놈 하는구나. 세상이 말세로다."

사암도인이 바위 위에 털썩 앉았다.

"제가 어디 스승님에게 그랬겠습니까?"

"김재수를 만났구나."

"어찌 아십니까? 하아, 우리 스승님이 돌아가셔서 귀신이 되었나?"

"이놈, 무슨 객쩍은 소리냐?"

"귀신같이 맞추니 그러지 않습니까? 귀신이 아닌 다음에야 발소리만 듣고 제자가 온 것을 어떻게 아십니까?"

이진이 너스레를 떨었다.

"그놈 주둥이는 여전하구나. 이거나 읽어라. 이게 필요해서 온 것이 아니냐?"

사암도인이 이진에게 양피지로 된 책자를 획 던졌다. 낡은 책자를 받자 이진은 가슴에서 뜨거운 것이 치밀고 올라오는 듯한 기분이 들었다. 그것은 이진이 오랫동안 보고 싶어 하던 무예서 《현무비서(玄武秘書)》였다. 이진은 현무비서를 빠르게 읽기 시작했다.

(……) 하늘의 행하는 바를 알고 사람이 행하는 바를 아는 자는 지극하다. 하늘이 행하는 바를 터득한 자는 자연을 따라 산다.

포정(庖丁)이 문혜군(文惠君)을 위하여 소를 잡는데 칼을 놀리는 솜씨가 가히 신들린 듯하였다.

문혜군이 포정이 소 잡는 모습을 바라보다가 감탄하여 물었다.

"참으로 신묘하다. 어찌하여 너의 칼을 놀리는 솜씨가 그다지 신묘하다는 말인가?"

포정이 칼을 놓고 엎드려 말하였다.

"제가 칼을 쓰는 것은 자연의 길(道)에 의한 것으로 그것은 기(技)나 교(巧)에 앞선 것입니다. 제가 처음으로 소를 잡을 때는 눈에 보이는 것이 소뿐이었습니다. 그러나 삼 년이 지나자 소가 보이지 않게 되었습니다. 지금은 영(靈)으로 소를 대할 뿐 눈으로 보지 않습니다.

소를 잡을 때 저에게는 모든 감관(感官)이 사라지고 오로지 영감만 작용하고 있습니다. 이 칼을 소의 골절이 접한 틈새에 넣어서 거기를 쪼개는가 하면 빈 골절 사이를 오가는 것이니, 굳이 말씀드리자면 자연의 길을 따라 칼을 쓰는 것입니다.

제 칼날은 결코 가로세로 엉킨 힘줄을 다치게 하지 않을 뿐 아니라 커다란 뼈를 건드리는 일도 없습니다.

솜씨가 뛰어난 백정도 일 년에 한 번은 칼을 바꿉니다. 그것은 살(肉)을 너무 많이 벤 탓입니다.

보통 백정은 한 달에 한 번 칼을 바꿉니다. 그것은 칼로 살을 베는 것이 아니라 뼈에 칼이 부딪쳐 날이 상하기 때문입니다.

지금 제가 쓰는 칼은 벌써 19년이나 써오고 있지만 날이 금방 숫돌에 갈아온 듯 날카롭습니다. 이는 오로지 길을 따라 칼을 썼기 때문입니다. (……)

이진은 책자의 글을 읽다가 고개를 갸우뚱했다. 그것은 장자 (莊子)의 〈양생주(養生主)〉편에 나오는 이야기였다. 그러나 다음 장부터는 인체의 혈과 맥을 설명하고 있고 기(氣)를 운용하는 방법이 상세하게 기술되어 있었다.

이진은 눈을 감고 기를 운용하기 시작했다. 그러자 서서히 몸의 자세가 안정되면서 무아지경으로 빠져들어갔다. 그러나 그녀의 육신은 한순간도 멈추지 않고 변화를 계속하고 있었다. 모공에서는 뜨거운 김이 솟고 있었으며 벌겋게 달아올랐던 살갗은 까맣게 변해갔다.

사암도인이 만든 환약(丸藥)을 복용한 탓이다. 이름도 짓지 않았으나 그가 십여 년을 동굴 속에서 연구하여 만든 기사회생의 묘약이다.

"자칫하면 죽을 수도 있다."

이진이 약을 복용하기 전에 사암도인이 말했다.

"어찌하여 죽습니까?"

"아직 한 번도 사용해보지 않았기 때문이다."

"그럼 제자의 몸으로 시험을 하시려는 것입니까?"

"싫으냐?"

"약을 복용하면 어찌 됩니까?"

"잘못되면 죽을 것이고 잘되면 신선이 된다. 네가 살아서 신선이 되면 이 약을 신선단이라고 부를 것이고 죽으면 귀신단이라고 부를 것이다."

사암도인이 낄낄대고 웃었다. 이진은 눈을 깜박이면서 사암도인을 쳐다보았다. 사암도인은 머리와 수염을 깎지 않아 온몸이 털로 덮여 있었으나 눈빛만은 맑았다. 이진은 사암도인을 믿었다. 사암 침법은 이미 민간에 널리 알려져 많은 병자를 구했다.

"제자가 먹고 신선이 되겠습니다."

김재수를 꺾으려면 새로운 차원의 무공이 필요하다. 그러나 한편으로는 두렵기도 했다.

'나는 아직 시집도 안 갔는데 죽으면 어떻게 해?'

이진은 오강우와 혼례를 올려 알콩달콩 살고 싶었다. 그러나 무공에 대한 욕심이 그러한 욕망을 짓눌렀다. 게다가 무공이 일정한 경지에 올라야 상승지공을 전수받을 수 있었다.

"죽어도 상관이 없느냐?"

"제자가 죽으면 귀신이 되어 매일같이 스승님을 찾아오겠습니다."

"찾아와서 무엇을 하게?"

"스승님이 아무것도 못하시도록 귀찮게 하겠습니다."

"그놈 주둥이 하나는⋯⋯."

사암도인이 유쾌하게 웃음을 터트렸다. 이진은 사암도인이 제조한 환약을 복용했다. 세상에는 기이한 일이 많다고 하지만 신선술도 엄연히 존재한다.

이진은 자신의 몸이 열기에 의해 완전히 타들어가는데도 진기의 운용을 계속했다. 까맣게 변한 피부가 쩍쩍 갈라지고 갈라진 피부로부터 새로운 속살이 드러났다. 그러나 그 속살도 순식간에 검게 타서 갈라지는 것을 반복했다. 이어 그의 몸에서 으드득으드득 소리가 나면서 뼈가 수축하고 이완되어갔다.

환골탈태(換骨奪胎).

이진은 사암도인의 환약에 의해 환골탈태의 경지에 이른 것이다. 그녀의 피부는 백옥처럼 하얗게 변해 빙기옥골(氷肌玉骨)이 되었다. 그러나 그녀는 운기를 계속했다. 그녀의 머리 위 모공에서 백무가 하얗게 뿜어져 나오고 그녀의 몸이 한 자나 떠올랐다. 백무는 머리 위에서 세 개의 환을 만들더니 시간이 흐르자 이진의 콧속으로 빨려 들어갔다.

이진의 몸이 느리게 바닥으로 내려왔다.

번쩍!

이진이 눈을 떴다. 그러자 그녀의 안광이 불을 뿜을 듯이 형형했다. 그러나 그녀가 정신을 차렸을 때 사암도인은 보이지 않았다. 사암도인은 어디론가 사라진 것이다.

'스승님이 나에게 환약을 주기 위해 떠나지 않으셨구나.'

이진은 숙연한 기운이 들었다.

네가 깨어났을 때는 사흘이 지났을 것이고 나는 옥황상제와 노닐고 있을 것이다. 현무비서는 기회가 있을 때마다 연마하도록 하라.

사암도인이 남긴 서찰이었다. 옥황상제와 노닌다는 말은 은거한다는 말이고 세상에 나오지 않겠다는 말이다.

'그새 사흘이 지났다는 말인가?'

이진은 서찰을 몇 번이나 되풀이하여 읽고《현무비서》를 살피기 시작했다.《현무비서》에는 기를 운용하는 방법이 상세하게 기술되어 있었다.

이진이 한양으로 돌아온 것은 다시 사흘이 지났을 때였다. 그녀의 몸은 놀라울 정도로 가볍고 빨랐다. 기를 운용하여 검을 휘두르자 소리가 전혀 들리지 않고 산악과 같은 검기가 일어났다.

'내가 드디어 상승무학을 익혔구나.'

이진은 감격하여 몸을 부르르 떨었다.

이진이 수락산에서 한양으로 돌아와 남대문 쪽을 향해 가는데 사람들이 잔뜩 몰려들어 웅성거리고 있는 것이 보였다. 사람들 틈을 비집고 들여다보자 까마득한 홰나무 꼭대기에 사내 하나가 하의가 벗겨진 채 대롱대롱 매달려 있었다.

'하아……'

이진은 입을 딱 벌리고 웃음을 터트렸다. 홰나무 꼭대기에 볼품 사납게 대롱대롱 매달려 있는 것은 정명수였다. 하의가 발가벗겨져 다리를 바동거릴 때마다 양경도 흔들렸다. 남자들은 손가락질을 하면서 웃고 여자들은 정명수의 양경을 보고는 얼굴을 붉히고 황급히 떠나갔다.

천하의 부랑자 정명수, 강호제현에게 고하노니 이 추한 자에게 침을 뱉고 돌멩이를 던지시라. 내가 보고 있을 것이니 돌멩이를 던진 자에게 열 냥을 보내줄 것이다.

깃발에는 언문으로 글까지 쓰여 있었다. 포도청에서 나와 끌어내리려고 했으나 워낙 꼭대기에 매달아 나무를 올라가는 사람이 없었다.

*

며칠째 안시현의 집을 지키고 있었으나 자객들은 나타나지 않았다. 오강우는 지루해지기 시작했다. 안시현은 온종일 책을 읽거나 마당에서 서성거리는 것이 전부였다. 유배객이니 찾아오는 사람도 없었다. 오강우는 밤이면 주막에서 나와 안시현의 집 앞에 있는 콩밭에 숨어서 지냈다. 그런데 어떻게 알았는지 밤이 이슥했을 때 주모가 술병을 들고 치맛자락을 팔랑거리고 찾아왔다. 정체를 알 수 없는 주모였다. 그녀는 걸핏하면 오강우에게 추파를 던졌고 옆을 지날 때는 슬그머니 엉덩이를 만지기도 하여 오강우를 깜짝 놀라게 했다. 그뿐이 아니었다. 오강우가 낮잠을 자고 있으면 어느 틈에 나타나 그의 사타구니를 더

듣곤 했다. 오강우는 대경실색하여 주모를 쫓았다.

'이 여편네는 내가 여기 있는 것을 어떻게 알았지?'

오강우는 습관적으로 주위를 살폈다. 그러나 주위에는 인적이 전혀 없었다.

"내가 여기 있는 것을 어떻게 알았소?"

오강우는 주모를 경계하면서 물었다. 며칠째 오강우의 주위를 졸졸거리고 쫓아다니는 주모였다. 그럴 때마다 오강우가 눈알을 부라리면서 뿌리쳤으나 쇠귀에 경 읽기였다.

"총각 냄새가 나는데 모를까. 내가 총각 냄새 하나는 기가 막히게 잘 맡는다니까."

"조용히 하시오."

오강우는 주모의 머리를 짓누르고 몸을 숙였다. 그 바람에 주모가 뒤로 발라당 넘어졌다.

"아유, 승질도 급하네. 만나자마자 넘어트리면 어떻게 해?"

주모가 교태를 부리면서 치마를 훌렁 걷어 올렸다.

"뭣하는 거요?"

"옷 벗지 뭣해요? 옷도 안 벗고 달려들 참이에요?"

갈수록 태산이고 점입가경이다. 오강우는 머리가 띵 하고 아파왔다.

"내 나이 서른다섯인데 반평생을 더 살지 않았소? 총각처럼 잘생긴 사내는 처음 본다니까…… 그러니 죽이든 살리든 마음 대로 하시구려."

"대체 왜 이러는 거요?"

"그냥 한번 안아달라는데 왜 이러기는…… 그거 아껴서 무엇을 하려고 그래?"

주모가 눈을 새침하게 치떴다.

"내가 누군지 알고 이러는 거요?"

부마도위의 귀한 몸이 술집 주모와 수작을 할 수는 없다.

"누구긴 누구겠어요? 내 눈에는 잘생긴 사내로밖에 안 보이는데. 왕후장상도 옷 벗겨놓으면 다 똑같은 수컷입디다"

"그러니 나에게 달려들지 마시오. 당신 남정네도 있지 않소?"

"모르시는 말씀…… 우리 남정네야 알 만치 아는데 무슨 흥이 나겠어요?"

"당신 남정네한테 맞아 죽을 작정이오?"

"맞아 죽어도 총각하고 만리장성 한번 쌓으면 소원이 없겠소."

"물러가시오. 또다시 이런 짓을 하면 용서하지 않겠소?"

오강우는 칼을 뽑았다. 그러자 주모의 얼굴이 하얗게 변했다.

"세상에…… 만리장성 쌓겠다는 여자에게 칼 뽑는 남자 처음 보겠네. 두고 보라지. 여자가 오뉴월에 한을 품으면 서리가 내린다고 했으니……. 준다는 데도 싫다는 놈 처음 봤네."

주모가 투덜거리면서 멀어져가기 시작했다.

"이 술 가져가시오."

오강우가 주모를 향해 소리를 질렀다. 그러나 여자는 들은 체도 하지 않고 가버렸다.

'진드기 같은 여편네.'

오강우는 호리병을 발로 차려다가 아까운 생각이 들었다. 그는 콩밭에 주저앉아 술병을 주워들었다. 마개를 따자 향긋한 술 냄새가 풍겼다.

'밤을 새우기가 지루한데 잘되었다.'

오강우는 호리병을 입으로 가져가 한 모금을 마셨다. 시골 술인데 술이 입에 달라붙을 정도로 맛이 좋았다. 오강우는 한 모금씩 천천히 마시기 시작했다. 하늘에는 별이 총총하고 밤바람은 시원했다. 콩밭에서 풍기는 비릿한 풀냄새도 이제는 견딜 만했다. 그는 콩밭에 벌렁 누웠다. 주모가 가지고 온 호리병은 어느새 바닥이 나 있었다. 안시현이 위태롭다는 아버지의 말은 잘못된 것인지도 모른다고 생각했다. 유배도 이미 처벌인데 굳이 살해할 필요가 있는가. 오강우는 아른아른 잠이 오기 시작했다.

'이 여편네가 또 온 건가?'

잠결이었다. 누군가 그의 어깨를 흔들었다. 오강우는 눈을 뜨려고 했으나 눈꺼풀이 천근처럼 무거웠다. 목이 타는 것 같은 지독한 갈증과 함께 머릿속이 빙빙 돌았다.

'내가 술에 취했구나.'

오강우는 그렇게 생각했다. 여자가 그에게 무엇이라고 소리를 질렀다. 북촌 항아 이진이 환하게 웃으면서 속삭이고 있는 것 같기도 했고 남촌 항아 이요환이 생글거리고 웃으면서 그에게 안기는 것 같기도 했다. 그러다가 주모가 요염하게 웃으면서 교태를 부리고 있는 것 같기도 했다. 아니 주모가 틀림없다고 생각했다.

'그래. 죽은 사람 소원도 들어준다는데 산 사람 소원을 못 들어주겠는가?'

오강우는 자신의 어깨를 흔드는 여자를 와락 끌어안았다. 정신없이 그녀를 짓누르고 입술을 짓눌렀다. 여자가 소리를 지르며 세차게 도리질을 했다.

'이 여편네가!'

오강우는 여자를 더욱 세차게 끌어안았다. 여자의 엉덩이가 부드럽고 팽팽했다. 여자는 그때서야 얌전해졌다. 그러면 그렇지. 오강우는 헐헐대고 웃으면서 여자의 저고리 옷고름을 풀려고 했다. 그러자 여자가 세차게 밀어내고 그의 품속을 빠져나갔다.

'쳇, 갈 테면 가라지.'

오강우는 다시 벌렁 누웠다. 눈꺼풀이 천근처럼 무거워 눈을 뜰 수가 없고 속이 쓰렸다. 얼마나 오랜 시간이 지났을까. 오강우는 새들이 지저귀는 소리에 눈을 떴다.

'아, 내가 독주에 취했구나.'

오강우는 콩밭에서 일어나다가 깜짝 놀랐다. 그의 옆에서 조금 떨어진 곳에 이요환이 칼을 땅에 꽂아놓고 앉아 있었다. 흰 옷이 피투성이였다.

"낭자."

오강우가 소리를 질러 부르자 이요환이 표독한 눈으로 그를 쏘아보았다.

"무슨 일이오?"

이요환은 대답 대신 물이 담긴 바가지를 그에게 내밀었다. 오강우는 갈증 때문에 바가지를 받아 물을 벌컥벌컥 마셨다. 비로소 정신이 맑아지는 것 같았다.

"자객이에요. 안시현은 살해되었어요."

이요환의 말에 오강우는 천 길 벼랑으로 굴러떨어지는 듯한 아득한 절망감을 느꼈다.

바람이 얼굴을 스치고 지나갔다. 앞에서 달리는 오강우 때문에 흙먼지가 자욱하게 일어났다.

"이랴!"

이요환은 오강우의 뒤를 따라 빠르게 말을 달리기 시작했다.

"이랴!"

오강우는 뒤도 돌아보지 않고 말을 달리고 있었다. 그녀에게 고맙다는 말 한마디 없었다. 취중에 그녀를 껴안고 입술을 문질러댔으면서도 모른 체하고 있었다. 오강우의 입술이 그녀의 입술을 덮쳤을 때 얼마나 가슴이 뛰었던가. 얼굴은 붉게 물들고 온몸이 나른하게 풀어졌다. 술에 취한 오강우를 깨우려다가 하마터면 그에게 정절을 훼손당할 뻔했다.

오강우를 이해 못 할 바는 아니었다. 자객들은 염하(鹽河. 강화 앞바다)를 건너자마자 말을 달리기 시작했을 것이니 한 식경(食頃. 밥 한 그릇 먹을 시간)은 충분히 앞섰을 것이다. 갑곶나루의 사공이 날이 밝아서야 배를 띄운 것이 다행이었다. 그들은 강화에서 일찍 출발했어도 갑곶나루에 발이 묶여 한 시진(時辰)이나 움직일 수 없었다. 염하는 옛날부터 물살이 사나워 밤에는 절대로 배를 띄우지 않는데, 날이 밝기를 기다리느라고 한 시진을 소비한 것이다.

오강우는 안시현이 살해당한 것을 보고 경악했다. 오강우가 깨어나 안시현의 방으로 달려가자 그는 대들보에 목이 대롱대롱 매달려 축 늘어져 있었다. 자객들이 살해하고 목을 매달아 자살로 위장한 것이다. 조정에서는 사건을 조사하지 않고 자살로 처리할 것이 분명했다.

이요환이 도착했을 때 안시현을 보호한다던 오강우는 술에 취해 콩밭에서 자고 있었다. 그러나 이요환은 자신이 나서서 자객들을 막을 수는 없었다. 그녀의 아버지 이형익은 조소용 때문에 김자점의 반청파에 속해 있었다. 그들을 도와주지는 못할망정 방해를 할 수는 없었다. 반청파는 삼전도의 치욕을 씻는다는 명분으로 군사를 양성하고 있었으나 실은 반대파를 제거하고 권력을 공고히 하려는 음모에 지나지 않았다.

"일어나요. 안시현이 위험해요."

이요환은 오강우의 어깨를 마구 흔들어 깨웠다. 그러나 오강우는 일어나지 않았다. 오히려 그녀를 와락 껴안더니 콩밭에 쓰러트리고 정신없이 짓누르고 입술을 문질렀다.

'이 인간이 미쳤나? 갑자기 왜 이러는 거야?'

이요환은 오강우의 가슴을 주먹으로 마구 때렸다. 그러나 오강우는 꿈쩍도 하지 않고 그녀의 몸을 더듬더니 가슴을 움켜쥐었다.

'에구머니.'

이요환은 가슴이 철렁했다. 오강우의 입술이 그녀의 입술을 짓눌렀다. 이요환은 한순간 온몸이 나른해졌다. 자신도 모르게 오강우의 목에 두 팔을 감았다. 입술과 입술이 부딪치자 눈앞이

186

몽롱하면서 알 수 없는 쾌감이 전신으로 물결쳤다. 그러나 상황이 매우 급했다. 자객들은 안시현의 집에 뛰어들어 발버둥치는 그의 목에 밧줄을 감고 있었다. 안시현이 비명을 지르는 소리가 콩밭까지 들려왔다. 이요환은 다급해지기 시작했다. 오강우의 품속에서 빠져나오려고 몸부림을 치면서 안시현의 집을 바라보았다. 달빛이 가득한 안시현의 집에서 검은 옷을 입은 자객들이 그를 살해하는 모습은 기괴하기까지 했다. 안시현은 순식간에 숨이 끊어졌다. 그때 오강우가 허겁지겁 이요환의 옷고름을 풀기 시작했다.

'이 인간이 때가 어느 땐데…….'

이요환은 오강우를 확 밀쳐버리고 그의 품속을 빠져나왔다. 안시현은 이미 대들보에 대롱대롱 매달려 있었다. 이요환은 콩밭에서 얼굴을 내밀고 안시현의 집을 바라보았다.

"가자."

검은 옷을 입은 자객들이 안시현의 집을 떠나기 시작했다. 그들은 빠르게 달빛 속으로 달려갔다.

'끝났어.'

이요환은 자신도 모르게 한숨을 내쉬었다. 상황은 이미 종료되었다.

'이런 상황에서 술이나 먹고 여자를 희롱하려고 하다니.'

이요환은 오강우를 내려다보다가 화가 치밀어 그의 엉덩이를 발로 힘껏 찼다. 그런데도 오강우는 깨어나지 않았다. 이요환은 일이 매우 급하게 돌아간다고 생각했다. 게다가 현숙공주까지 목을 매 죽었다.

　'현숙공주는 왜 자살을 한 거지? 현숙공주는 오강우를 보고 싶어 했는데…….'

　이요환은 현숙공주의 죽음이 믿기지 않았다.

　'혹시 이진이 죽인 것은 아닐까? 세자빈과 이진은 소현세자를 이모인 조소용이 독살한 것으로 의심하고 있어.'

　이요환은 이진이 현숙공주를 살해한 것이 아닌가 하고 의심했다.

　'이진을 만나서 따져야겠어.'

　오강우는 현숙공주가 죽었다는 말을 듣자 넋을 잃은 듯한 표정이었다.

　"누군가 현숙공주를 죽음으로 몰고간 거야."

　오강우가 눈을 부릅뜨고 말했다.

　"세자빈일 수도 있어요."

　"세자빈? 세자빈은 연약한 여자인데 어떻게 그런 짓을 할 수 있어?"

　"북촌 항아, 아니 북촌 망종 이진에게 시켰을 수도 있겠죠."

"북촌 항아의 눈에는 사악한 기운이 없다. 그런 짓을 할 리가 없어."

오강우는 굳은 얼굴로 말했다. 이요환은 오강우가 이진을 사랑하고 있는 것이 아닌가 하고 생각했다.

"일단 자객들을 추격하자. 자객들의 배후가 누구인지 알면 소현세자와 현숙공주의 죽음도 비밀을 밝힐 수 있어."

오강우는 그렇게 하여 자객들의 뒤를 추격하기 시작한 것이다.

"이랴!"

오강우는 쉬지 않고 말을 달려 양화진에 이르렀다. 양화진에서 다시 배를 타야 한양으로 들어간다.

"자객들을 알아보겠어요?"

"주막에 수상한 놈들이 머물고 있었다. 그들은 내가 온 것을 눈치채고 주모에게 나를 유혹해 술을 먹이게 한 것이다."

오강우는 콩밭에서 나오자마자 주막으로 쳐들어갔으나 집은 텅텅 비어 있었다.

"내가 감쪽같이 속았어."

오강우는 주막에서 머물고 있었기 때문에 그들의 얼굴을 잘 알고 있었다.

양화진 나루에는 사람이 많지 않았다. 이요환은 오강우와 함계 양화진 나루 입구에서 자객들이 나타나기를 기다렸다.

번쩍!

희디흰 빛이 허공에 무지개를 그렸다. 무지개를 따라 싸늘한 검기가 허공에 반원을 그렸다.

"악!"

허공으로 솟아오르던 자객 하나가 처절한 비명을 지르면서 나가떨어졌다. 피화살이 뿜어진 것은 그 뒤의 일이었다.

'호오. 부마도위의 무예가 보통이 아닌걸.'

이요환은 오강우가 자객을 단숨에 베는 것을 보고 탄복했다. 오강우의 경공술이 뛰어나 무예를 어느 정도 잘할 것이라고 예상은 했으나 자객들에게 펼치는 무술을 보니 장안에서도 손가락으로 꼽힐 것 같았다. 저 정도라면 남촌 항아의 남자가 될 자격이 있어. 이요환은 속으로 헐헐대고 웃었다.

'내 입술을 빼앗아간 도둑놈이니 모른 체해봐라. 그때는 너 죽고 나 죽는다.'

이요환은 입언저리에서 미소가 저절로 흘러나왔다. 오강우와 자객들은 치열한 혈투를 벌이고 있었다.

'강호에 고수도 많고 인재도 많다고 하더니 헛말이 아니었어.'

이요환은 팔짱을 끼고 오강우가 자객들과 싸우는 것을 지켜보았다. 자객들은 이요환과 오강우가 양화진 나루에 도착한 지 일각도 되지 않아 말을 타고 나타났다. 그들은 오는 도중에 아침을 먹느라고 지체했다. 간발의 차이로 이요환과 오강우가 먼저 도착한 것이다. 자객 하나가 일검에 죽자 나머지 자객들이 분분히 뒤로 물러섰다.

"죽고 싶으냐? 죽고 싶지 않으면 누구의 명을 받고 안시현을 살해했는지 말하라."

오강우가 피가 뚝뚝 떨어지는 칼을 들고 소리를 질렀다.

"자객이라니 무슨 소리냐?"

턱수염이 덥수룩한 사내가 오강우에게 소리를 질렀다.

"옷을 갈아입었다고 내가 모를 줄 아느냐? 너는 주막집 주모가 아니냐?"

오강우가 삼십 대의 여자를 가리켰다.

"주모인 것은 맞지만 자객은 아닙니다. 소년 협사는 오해하지 마세요."

삼십대의 여자가 냉막한 표정으로 대답했다.

"일개 주모가 칼을 가지고 다니는 것을 믿으란 말이냐?"

오강우가 다시 칼을 겨누었다.

"잘생긴 소년 협사님, 우리를 핍박하면 우리도 참지 않겠어요. 소년 협사님은 상관없는 일이잖아요?"

여자가 오강우를 비웃었다.

"흥! 그렇다면 염라대왕을 만나보아라. 나는 결코 허언을 하지 않는다."

오강우가 자객들을 공격하기 시작했다. 그러자 자객들도 일제히 오강우를 공격했다. 장내는 매서운 칼바람이 휘몰아쳤다. 그때 나루 쪽에서 북촌 항아 이진이 말을 타고 달려왔다.

"부마, 내가 돕겠어요."

이진은 빠르게 달려와 장내로 날아들었다.

'쳇, 저 계집애는 왜 또 나타난 거야?'

이요환은 이진이 나타나자 불쾌했다. 장내에는 치열한 혈투가 벌어지고 있었다. 이진과 오강우도 뛰어난 무예를 갖고 있었으나 자객들도 무예 솜씨가 출중했다. 장내로 날아든 이진은 맹렬하게 검을 휘둘렀다. 그녀의 검세는 전보다 더욱 위맹해져 있었다. 자객들은 그녀의 검을 막아내느라고 쩔쩔매고 있었다.

'이진이 며칠 만에 무예가 늘었어.'

이요환은 이진이 자객들과 싸우는 것을 보고 놀랐다. 이진이 가담하자 자객들이 순식간에 밀리기 시작했다.

"배후가 누구인지만 말하면 살려주겠다."

오강우가 자객들을 노려보면서 말했다.

"죽어도 말할 수가 없다."

"그렇다면 죽어라."

"과연 그렇게 될 것으로 생각하느냐?"

그때 오강우의 등 뒤에서 나직한 목소리가 들려왔다. 소름이 끼칠 듯이 음산한 목소리였다. 오강우는 깜짝 놀라서 뒤를 돌아보았다. 이진과 이요환은 목소리가 들린 방향을 돌아보고는 깜짝 놀랐다. 그는 눈이 하나뿐인 검객 일목검 김재수였다.

"너…… 너는……?"

오강우가 경악하여 소리를 질렀다.

"일목검 김재수."

김재수가 어느 사이에 그림자처럼 다가와 그의 등 뒤에 서 있었다,

'몇 년 동안 소문만 무성하더니 저 자가 여기에 왜 나타난 거지?'

이요환은 김재수에게서 범상치 않은 기도가 풍기는 것을 보고 바짝 긴장했다.

"그대도 자객들과 한 패인가?"

"아니라고 말하지는 않겠다. 그러니 저들을 그냥 돌려보내라."

"돌려보낼 수 없다. 살인자를 어찌 용서한다는 말이냐?"

"내가 나섰으니 돌려보내야 하는 것이다."

김재수가 무심한 눈빛으로 장내를 쓸어보면서 내뱉었다. 김재수의 안광은 얼음처럼 차가웠다. 그러나 태산과 같은 위압감

을 풍기고 있었다.

"조선제일검이라는 소문은 들었다. 오늘 그 솜씨가 어떤지 보자."

"핫핫핫!"

김재수가 앙천광소를 터트렸다. 그는 오강우를 음침한 눈빛으로 쏘아보았다.

"그대는 물러서시오."

오강우가 이진에게 말했다. 이진이 김재수를 힐끗 쏘아보고 뒤로 물러섰다. 오강우와 김재수는 팽팽하게 대치했다.

"여기는 웬일이야?"

이요환이 이진을 노려보면서 물었다.

"부마를 만나러 왔어. 그러는 넌 웬일이야?"

"나야 일이 있었어. 내가 부탁한 것은 어떻게 되었어?"

이진은 정명수를 처리해달라고 이요환에게 말했었다. 이미 정명수의 험한 꼴을 보았으나 일부러 따지듯이 물어본 것이다.

"처리했어. 내가 부탁한 것은?"

이요환은 민 상궁의 행방을 찾아달라고 이진에게 부탁했었다. 이진은 그 일까지 처리하고 강화로 달려가다가 양화진에서 오강우와 이요환을 만난 것이다.

"안암동 개운사에 있는 절 옆의 민가에 숨었어. 김자성을 그곳에서 만나더군. 감나무가 있는 집이야."

그때 오강우의 입에서 낭랑한 기합성이 터지면서 그의 신형
이 눈부신 백광 속에 묻혔다. 그와 함께 김재수가 짧은 기합성
을 터트리면서 달려왔다. 김재수의 검이 바람처럼 쇄도해왔다.

'앗!'

오강우는 김재수의 검이 목을 노리자 경악했다. 그의 검은 보
이지 않을 정도로 빨라 자신도 모르게 뒷걸음질을 쳤다. 오강우
는 가까스로 김재수의 일검을 피했다. 그러나 그것은 시작에 지
나지 않았다. 김재수가 허공을 유성처럼 날면서 잇달아 검세를
펼쳤다. 허공에 또다시 무수한 검광이 난무했다.

'소문보다 더 무서운 검법이구나.'

오강우의 등 뒤로 식은땀이 흘러내렸다.

"물러가라고 했거늘 어째서 내 말을 듣지 않느냐?"

허공에서 김재수의 쇳소리 같은 음침한 목소리가 들렸다. 그
와 함께 한줄기 날카로운 검기가 오강우의 어깨를 베었다.

"부마!"

그때 이진과 이요환이 일제히 김재수를 향해 날아가면서 검
세를 펼쳤다.

7장
욕망과 사랑

오강우는 한줄기 섬전 같은 검기가 자신을 향해 날아오자 대경실색하여 피했다. 그러나 그의 왼쪽 어깨 옷자락이 베어 나갔다.

'무서운 솜씨다.'

오강우는 등줄기가 서늘해 오는 듯한 기분이었다. 그러나 그가 자세를 바로잡을 새도 없이 김재수의 공세가 빠르게 이어졌다.

"참(斬)!"

김재수가 창노하게 외치며 허공으로 신형을 솟구쳤다. 그러자 그는 검은 태양을 양단하는 듯한 무시무시한 기세로 오강우를 향해 쇄도해왔다. 허공에서 산악과 같은 검기가 오강우를 향해 날아갔다. 오강우는 재빨리 신형을 움직여 김재수의 공세를 피한 뒤에 역으로 그의 허리를 노렸다. 그러나 김재수는 가볍게 몸을 흔들어 허리를 베려는 오강우의 검을 피한 뒤에 역공을 해왔다. 그러자 그의 검에서 찬란한 백광이 뿜어져 나왔다.

"앗!"

오강우는 김재수의 검기가 얼굴을 향해 매섭게 뻗쳐오자 황급히 피하려고 했다. 그때 이진과 이요환이 일제히 장내로 날아들었다.

창!

이진의 검과 김재수의 검이 부딪쳤다. 이진이 좀 더 빠르게 몸을 날린 것이다.

"또 엉덩이를 맞고 싶은 것이냐?"

김재수가 이진을 싸늘한 눈빛으로 노려보았다. 그때 이요환의 검이 김재수의 등을 향했다.

'위험하다.'

이진은 순간적으로 그렇게 생각했다. 이요환은 김재수가 어떤 인물인지 모르고 암습을 하는 것 같았다. 김재수는 이진과 대치하면서 손을 움직여 검을 뒤로 뻗었다. 이요환은 맹렬하게 김재수의 등을 공격하다가 깜짝 놀랐다. 그녀의 검이 박히려는 순간 그가 그림자처럼 빠르게 움직여 이요환을 공격한 것이다. 검날이 그녀의 목을 향해 날카롭게 뻗치고 있었다.

'늦었다.'

이요환은 순간적으로 그렇게 생각하면서 눈을 질끈 감았다. 미처 피할 시간이 없다고 생각했다. 김재수의 공격은 그처럼 빨랐다.

창!

그때 오강우의 검이 김재수의 검날을 쳐냈다. 그와 동시에 이진도 검을 휘둘렀다. 소리도 없고 남은 흔적도 없었다. 한 줄기 빛과 같은 검기가 김재수의 얼굴을 베어갔다. 김재수의 눈이 번쩍하고 빛을 뿌렸다. 김재수가 몸을 살짝 흔들어 피하자 이진의 검날이 삿갓을 베었다.

쩍!

삿갓이 반쪽으로 베어져 나갔다. 김재수는 놀란 눈빛으로 이진을 쏘아보았다. 이 계집아이의 검이 어찌 이리 빠른가. 김재수는 자신의 눈을 의심하듯 이진을 쏘아보았다. 이진이 검을 수직으로 뻗고 우뚝 서 있었다. 불과 며칠 전과는 완전히 달랐다.

그때 자객들이 틈을 노려 양화진 나루로 달려가 배에 올라탔다. 오강우가 자객들을 쫓아가려고 했다. 그러자 김재수의 검이

다시 허공에서 백광을 뿌렸다. 오강우가 깜짝 놀라 김재수의 검을 맞받아쳤다. 그러나 상대는 일목검이었다. 그의 검기는 오강우의 검세를 무위로 만들며 가슴으로 파고들었다.

'헉!'

오강우의 낯빛이 창백하게 변했다. 그는 재빨리 신형을 뒤집어 김재수의 검세를 피하려고 했다.

쐐애액!

그러나 김재수의 검기는 이미 그가 피하는 것을 예상이라도 했다는 듯이 옆으로 돌아 어깨에서부터 허리를 베었다. 오강우가 눈을 부릅떴다.

"윽!"

오강우가 짧은 기합을 터트렸다. 오강우의 어깨에서 피가 분수처럼 뿜어져 나오고 있었다.

'이…… 이럴 수가…….'

오강우는 자신의 눈을 믿을 수가 없었다. 그의 어깨에서 선혈이 쉴 새 없이 흘러내리고 있었다.

'내가 김재수의 무예를 너무 얕보았어.'

오광우는 어깨를 움켜쥐고 검을 떨어트렸다. 순식간에 벌어진 일이었다.

"죽어랏!"

그때 이요환이 김재수를 향해 검을 찔렀다.

"안 돼!"

이진이 날카롭게 소리를 질렀다. 그러나 그녀의 소리보다도 김재수의 검이 더욱 빨랐다. 그가 검을 휘두르자 백광이 허공에서 반원을 그리면서 이요환을 베었다.

'헉!'

이요환은 눈앞에서 한 줄기 빛이 번쩍이는 것을 보았다. 이어 등이 부서지는 것 같은 화끈한 충격을 느끼면서 땅에 떨어져 나뒹굴었다.

'역시 일목검이다.'

이진은 사색이 되어 몸을 부르르 떨었다.

김재수는 우뚝 서서 이진을 노려보고 있었다. 그의 눈에서 수시로 기광이 나타났다가 사라지곤 했다.

"다음에 만나면 목숨을 거두겠다."

김재수는 이진을 싸늘하게 노려보고 나루 쪽으로 몸의 신형을 날리며 사라졌다.

이진은 그때야 검을 거두고 오강우에게 달려갔다.

"나보다 남촌 항아를 먼저……."

오강우가 어깨를 움켜쥐고 말했다. 이진은 이요환에게 달려가 등을 살폈다. 이요환은 땅바닥에 주저앉아 얼굴을 잔뜩 일그러트리고 있었다. 그녀의 얼굴이 창백했다. 등을 살피자 옷자락이 베어 피가 흥건했다. 이요환은 고통을 참기 위해 이를 악물고 있었다.

"지혈을 할 테니 조금만 참아."

이진은 허리춤에서 금낭(錦囊. 비단주머니)을 꺼내 이요환의 등에 지혈제를 바르고 치마를 찢어 친친 묶었다.

"부마는 어때?"

이요환이 고통스러운 표정으로 물었다.

"괜찮아. 네가 더 많이 다쳤어."

이진은 이요환의 등을 치료한 뒤에 오갑우의 어깨에도 지혈제를 바르고 치마를 찢어 동여맸다.

*

바람도 없는데 등잔불이 일렁거리면서 벽에 생긴 그림자가 기괴한 모양으로 펄럭거렸다. 사방은 풀벌레 소리조차 들리지 않을 정도로 조용했다. 비가 오려는 것일까. 방 안에 눅눅한 습기가 감돌면서 몸에서 끈적거리는 열기가 솟아오르는 것 같았다. 몸이 더워지고 숨이 차올랐다. 그와 함께 서늘한 공포가 뒷덜미를 엄습해오고 있었다.

현숙공주의 귀신이 구천을 헤매다가 찾아온 것일까. 현숙공주는 죽은 뒤에도 눈을 부릅뜨고 있었다. 사람이 죽을 때 눈을 감지 못하는 것은 억울함 때문에 원한이 사무치기 때문이 아닌가. 현숙공주의 눈을 생각하자 민 상궁은 다시 공포가 엄습해왔다.

툭.

마당의 감나무에서 감이 떨어지는 소리가 들렸다. 민 상궁은 그 소리에 가슴이 철렁할 정도로 놀랐다. 감꽃이 핀 지가 엊그제 같은데 벌써 아기 주먹만 한 감이 주렁주렁 열려 있다가 밤마다 몇 개씩 떨어지곤 했다.

'신기하기도 하지.'

민 상궁은 아직 익지도 않은 파란 감이 떨어지는 것을 보고 그렇게 생각했다. 현숙공주를 살해하고 대궐을 나왔다. 어의 이형익의 딸 이요환이 타살이라고 주장했으나 김자성이 묻어버렸다. 이요환이 손톱에 할퀸 자국이 있는 사람이 범인일 것이라고 말하는 바람에 민 상궁은 숨이 멎을 것 같았다. 다행히 누가 조사를 하느냐는 문제가 불거지고 임금이 침전으로 돌아갈 때 재빨리 뒤를 따라가는 시늉을 하다가 대궐을 빠져나왔기에 망정이지 하마터면 현숙공주를 살해한 자리에서 체포될 뻔했다.

'공연히 나서지 않았으면 죽지 않았을 텐데……'

현숙공주를 생각하자 민 상궁은 괴로웠다. 이제는 대궐로 돌아갈 수 없다. 자신의 손으로 현숙공주를 죽일 것이라고는 생각하지 않았다. 이 모두가 김자성의 지시에 의한 것이다. 현숙공주는 지나치게 조소용과 김자성의 일을 방해했다. 김자성으로서는 현숙공주를 죽이라는 지시를 내리지 않을 수 없었을 터였다.

'조소용은 현숙공주를 죽이라는 명령을 내린 자가 김자성이라는 사실을 알고 있을까?'

민 상궁은 조소용이 모를 것으로 생각했다. 조소용은 그가 자기 딸을 죽일 것이라고는 생각하지 못했을 것이다. 그녀는 세자빈 강씨가 현숙공주를 죽였다고 생각하고 있었다. 김자성은 눈에 거슬리는 현숙공주를 죽이면서 그 죄를 강씨에게 덮어씌우고 있는 것이다. 그런데 왜 이렇게 불안한 것일까. 현숙공주의 목을 조르던 일이 떠올랐다. 현숙공주는 발버둥을 치면서 괴로워했다.

'나리께서 또 오시면 좋겠구나.'

민 상궁은 김자성이 그리웠다. 구중궁궐에 갇혀 늙어가던 그녀에게 처음으로 남자를 알게 해준 사내였다. 이제는 그가 없으면 하루도 견딜 수 없을 것 같았다. 그가 찾아왔다가 간 지 하루밖에 되지 않았는데도 그가 보고 싶었다.

'어제 왔는데…… 오늘은 오지 않겠지…….'

민 상궁이 불을 켜놓고 앉아 있는 것은 그 까닭이었다. 그러나 이경이 지나자 민 상궁은 옷을 벗고 자리에 누웠다. 흰 적삼과 흰 속치마 차림이었다.

이요환은 밤나무 위에 앉아서 아담한 기와집의 안방을 노려보고 있었다. 그 방에서는 아직도 불이 꺼지지 않고 있었다. 이진이 찾아낸 민 상궁은 누구를 기다리느라고 잠을 이루지 못하고 있는 것일까. 이요환은 민 상궁이 잠이 들면 몰래 침입하여 그녀의 몸을 살펴볼 작정이었다. 그녀의 몸에 손톱자국이 남아 있다면 분명하게 민 상궁이 현숙공주를 살해한 것이다.

'그나저나 일목검 김재수를 만나다니…….'

이요환은 김재수를 떠올리자 얼굴이 어두워졌다. 그의 이름을 희미하게 듣기는 했으나 자세히는 몰랐다. 그런데 그는 너무나 빠른 칼 솜씨를 가지고 있었다. 그가 죽이려고 했다면 그녀는 결코 살아 있지 못했을 것이다. 다행히 상처가 깊지 않았고 북촌 항아 이진이 가지고 있는 약이 좋아서 며칠 만에 상처가 아물었다.

마침내 민 상궁의 방에 불이 꺼졌다. 이요환은 바짝 긴장했다. 이제 이각(二刻. 30분) 정도만 지나면 민 상궁은 잠이 들 것이다.

'어?'

그때 민 상궁의 집 담장 위로 검은 그림자가 날아 올라왔다. 이요환이 누구인지 살피려고 나뭇가지에서 몸을 일으킬 때였다. 공기를 가르는 날카로운 파공성이 들리면서 이요환이 앉아 있던 나뭇가지가 툭 부러졌다. 이요환은 경악하여 다른 나뭇가지로 날아갔다.

'아얏!'

그때 묵직한 발길이 그녀의 엉덩이를 걷어찼다. 이요환은 엉덩이가 부서지는 것 같은 충격을 느끼면서 길바닥으로 처박혔다.

"어떤 놈이야?"

이요환은 엉덩이가 너무 아파 눈물이 비어져 나왔으나 소리를 버럭 질렀다. 그러나 엉덩이를 걷어찬 사람이 보이지 않았다.

"누구야? 어떤 놈이 감히……?"

이요환은 소리를 지르려다가 입을 다물었다. 회오리바람과 함께 감나무 잎사귀들이 자욱하게 날리더니 한 사내가 내려온 것이다. 검은 삿갓에 검은 옷을 입고 있었는데 피풍(皮風. 바람을 막는 옷)까지 걸치고 있었다. 고색창연한 검을 자신의 어깨에 척 얹어놓고 있었다.

"너…… 너는……."

이요환은 눈을 크게 떴다.

"목을 베지 않은 것을 다행으로 알아라."

소름 끼치게 냉막한 목소리였다. 이요환은 검을 뽑았다. 사내가 삿갓을 비스듬히 추켜올렸다.

"일목검 김재수⋯⋯."

이요환의 얼굴이 창백하게 변했다.

"엉덩이를 더 얻어맞기 전에 돌아가라."

"네가 무엇이건대 내 엉덩이를⋯⋯ 이런 음란한 놈⋯⋯!"

이요환은 분노하여 김재수를 향해 돌진했다.

양화진에서 일목검 김재수와 겨루었었다. 그때 오강우는 물론 자신도 부상을 당했다. 김재수는 자신이 상대하기에 버거운 검객이라는 것을 알고 있었다. 그러나 김재수의 말에 분노가 치솟았다. 장교출해세, 뱀이 바다에서 솟아오르듯이 허공으로 솟아올라 상골분익세로 내리쳤다. 일검에 김재수의 머리를 쪼개려는 무시무시한 검세였다.

'이, 이런⋯⋯.'

이요환의 얼굴이 창백하게 변했다. 김재수는 눈에 보이지 않을 정도로 빨랐다. 이요환의 공격을 무위로 만들고 칼집을 살짝 흔들었다.

'아야!'

이요환은 뒤통수에서 불이 일어나는 것 같았다. 김재수의 칼집이 뒤통수를 후려친 것이다.

"죽어랏!"

이요환은 더욱 분노가 치솟았다. 김재수를 향해 맹렬하게 칼을 휘둘렀다. 그녀의 검은 연화검, 홍낭자라는 별명을 붙여주었다. 칼날이 얇았으나 무쇠를 가를 정도로 날카로운 것이 특징이었다.

"네가 사람 백정이냐?"

김재수가 이요환을 비웃었다.

"사람 백정은 바로 너다, 사람들 목을 댕강댕강 잘랐다고 들었다. 오늘 그 사람들을 대신해 복수할 것이다."

이요환은 맹렬하게 검을 휘둘렀으나 김재수는 가볍게 막아냈다. 오히려 젖 먹던 힘까지 다 모아서 한 공격을 튕겨내기까지 했다. 이요환은 일각 동안 김재수를 맹렬하게 공격했다. 온몸이 땀으로 흥건하게 젖을 정도로 공격했으나 김재수의 옷자락 하나 건드릴 수 없었다.

'뭐 이렇게 빠른 놈이 있지? 그렇게 공격을 했는데도 옷자락 하나 건드리지 못하다니.'

이요환은 헐떡거리면서 김재수를 노려보았다. 김재수는 이요환의 상대가 아니었다. 그는 의연하게 서 있을 뿐이었다.

"귀신같은 놈……."

"입을 함부로 놀리면 엉덩이를 때려줄 것이다."

"뭣이 어째? 이 음탕한 놈아, 내 엉덩이가 네 엉덩이냐?"

이요환은 다시 김재수를 향해 맹렬하게 돌진했다. 김재수는 빙긋이 웃고 있을 뿐이었다.

창!

검과 검이 맹렬하게 부딪쳤으나 이요환은 반탄력에 의해 주르르 밀려났다.

"네가 정명수를 발가벗겨 홰나무에 매달았지? 오늘은 내가 너를 그렇게 매달 것이다. 흐흐…… 정명수는 하체를 벗겼으나 너는 상체를 벗겨 매달겠다."

김재수가 이요환을 향해 한 걸음씩 다가오기 시작했다. 이요환은 사색이 되어 뒷걸음질을 쳤다. 한순간 김재수가 그녀의 요해처 스물네 처를 맹렬하게 공격했다. 그의 검이 눈에 보이지 않을 정도로 빨랐다.

이요환은 사색이 되었다. 일목검 김재수를 만났을 때 덤비지 말았어야 했다.

쨍그랑!

이요환의 손에서 검이 떨어져 나갔다.

'제기랄!'

이요환은 황급히 뒤로 밀려났다. 그러나 김재수의 신형이 눈앞에서 번쩍이자 어느 사이에 김재수가 눈앞에서 이요환의 목에 칼을 들이대고 있었다.

"네가 남촌 항아냐? 내일 아침에 사람들이 남촌 항아가 감나무에 대롱대롱 매달려 있는 것을 보게 될 것이다."

"여자에게 어찌 이렇게 비겁한 수단을 쓰는 것이냐?"

"무엇이 비겁해?"

"여자를 묶어서 매다는 것이 무사가 할 짓이냐?"

"그렇다면 목을 베어주랴? 네 말대로 목을 댕강 잘라주면 되겠느냐?"

"나…… 난 아직 시집도 가지 않았다."

"핫핫핫!"

"왜 웃는 것이냐?"

"맹랑하구나. 북촌 항아 이진도 그런 소리를 하던데……."

"그럼 북촌 항아도 나무에 매달았다는 말이냐?"

"북촌 항아는 거름통에 던졌다."

"나도 거름통에 던지면 안 되겠느냐?"

"훗훗…… 여기는 거름통이 없다."

김재수가 빠르게 그녀를 묶었다.

'아아, 이게 무슨 망신인가?'

이요환은 눈을 질끈 감았다. 그러자 김재수가 그녀를 감나무에 매달았다.

'난 어떻게 해?'

이요환은 감나무에 매달려 발버둥을 쳤다. 그러자 김재수가 그녀에게 칼을 갖다댔다.

"무엇하려는 거냐?"

이요환은 가슴이 철렁했다. 김재수가 외눈으로 씨익 웃었다.

"목은 베지 마라."

"그래. 목을 베지는 않지."

김재수가 칼을 휘둘렀다. 그러자 이요환을 향해 맹렬한 검기가 날아왔다. 이요환은 목이 떨어져 나갈 것 같아 눈을 질끈 감았다. 허공에서 매서운 검광이 휘몰아치더니 그녀의 옷자락이 천 조각 만 조각으로 베어져 나갔다.

'이, 이럴 수가……'

이요환은 자신의 상의가 베어져 알몸이 드러나자 경악했다. 김재수는 벌써 칼을 거두고 저만치 걸어가고 있었다.

*

김자성은 바동거리는 민 상궁의 허벅지를 무릎으로 찍어 누르고 속적삼의 옷고름을 풀었다. 그러자 민 상궁의 희고 탐스러운 젖가슴이 어둠 속에서 뽀얗게 드러났다. 눈이 부시게 하얀 가슴이었다.

"흐흐……."

김자성은 두 손으로 민 상궁의 따뜻하고 물컹한 가슴을 움켜 쥐었다.

"나리."

민 상궁이 그때서야 잠에서 깨어나 육향을 물씬 풍기면서 김 자성의 가슴에 안겨왔다. 김자성은 육중한 몸으로 계집을 찍어 누른 뒤 속치마 안으로 한 손을 밀어넣었다. 민 상궁이 교태를 부리듯이 허리를 비틀면서 어쩔 줄을 몰라 했다. 김자성은 민 상궁의 위로 올라가 몸을 실었다. 다른 때보다 서둘렀다. 어차 피 죽을 계집이 아닌가. 사내의 품에 안겨서 죽는 것도 행복할 것이라고 생각했다. 민 상궁의 치마를 들치고 속바지를 벗겨 냈다.

"나리…… 제가 벗을게요."

민 상궁이 아양을 떨면서 속삭였다.

"괜찮다."

김자성은 그녀의 옷을 모두 벗기지도 않고 몸속으로 깊이 침 입했다. 민 상궁이 그에게 안겨 허우적거리기 시작했다. 늦게 배운 도둑질에 밤새는 줄 모른다고 민 상궁은 그의 손길이 닿기만 해도 입에서 단내를 풍겼다.

길고 긴 시간이었다. 그녀를 해치울 것으로 생각한 탓인지 쉽사리 절정을 향해 달리지 못했다. 금세 땀이 흥건하게 흘러내렸다. 민 상궁은 그의 밑에서 안달을 했다. 눈을 감은 채 그에게 매달려 몸부림을 쳤다.

'서둘러야 해.'

김자성은 허리질을 멈추고 민 상궁의 목을 두 손으로 움켜쥐었다. 굳이 절정에 이르지 않아도 상관이 없었다. 민 상궁이 깜짝 놀라서 눈을 부릅뜨고 발버둥을 치기 시작했다. 김자성은 이마에 힘줄이 돋아날 정도로 민 상궁의 목을 억세게 눌렀다. 격렬하게 발버둥을 치던 민 상궁의 몸부림이 마침내 서서히 잦아들었다.

'끝났다!'

김자성은 혼잣말로 뇌까렸다. 민 상궁은 숨이 끊어졌다. 이제는 대들보에 목을 맨 것처럼 위장만 하면 된다.

축 늘어진 여자를 대들보에 매다는 것은 버거운 일이었다. 그러나 도마뱀 꼬리를 자르듯이 민 상궁을 제거하지 않으면 안 되었다. 밖의 동정을 살핀 뒤에 그녀를 대들보에 매달았다. 이것으로 도마뱀 꼬리를 잘랐다. 김자성은 대들보에서 흔들리는 민 상궁을 보다가 눈을 지그시 감았다.

'그런데 왜 불안한 것일까?'

조정에 소현세자를 지지하는 세력 말고 다른 세력이 있다. 어쩌면 김재수가 배신을 했는지도 모른다.

'내가 죽어도 할 일은 다했다.'

김자성은 조소용을 생각하고 미소를 지었다. 그는 집을 나와 기린각으로 천천히 걸음을 떼어놓았다. 기린각에는 김자점이 먼저 와서 기다리고 있었다. 김자점이 자리에서 일어나 상석을 그에게 양보했다. 그는 묵묵히 술상에 있는 술을 따랐다. 민 상궁을 죽이던 일이 뇌리를 스치고 지나갔다.

"내가 안배한 대로 할 수 있겠느냐?"

김자성이 찌르듯이 날카로운 눈빛으로 김자점을 쏘아보았다.

"예."

김지점이 굳은 표정으로 대답했다.

"정명수가 청나라로 갔으니 그와 긴밀하게 협력해야 한다."

"예."

"봉림대군은 북벌을 원하고 있다. 북벌을 준비하다가 청나라로부터 쫓겨나게 될 것이다."

"안배한 대로 실수 없이 이행하겠습니다. 민 상궁은 어찌했습니까?"

"처리했다."

"미행자가 있지 않았습니까?"

"내가 감당할 것이다."

"형님."

김자점의 말에 김자성이 눈을 들어 쏘아보았다.

"나를 형님이라고 불렀느냐?"

"오래전부터 불러보고 싶었습니다."

"고맙다."

김자성의 눈에 눈물이 괴었다.

"먼저 돌아가라. 이목이 많다."

"그럼……."

김자점이 고개를 숙여 보이고 자리에서 일어났다. 그는 조용한 걸음으로 밖으로 나갔다. 김자성은 술잔을 들고 우두커니 허공을 바라보았다. 얼마나 긴 세월이었는가. 김자점이 마침내 그를 형님이라고 불렀다. 김자성의 어머니는 계집종이었다. 그녀가 열여덟 살이 되었을 때 주인 아들이 겁탈하여 김자성을 낳았다. 그 주인 아들이 김자점의 아버지였다. 김자성의 어머니는 주인에게 죽도록 얻어맞고 쫓겨났다. 그러나 어머니는 자신을 겁탈한 아버지를 잊지 못했다. 아버지가 혼례를 올리고 부인을 맞이했으나 그의 어머니는 그 집 주위를 맴돌았다. 아버지의 부인, 김자점의 어머니는 걸핏하면 어머니를 학대했다. 김자성은 계집종의 아들이었기 때문에 아버지의 집 종이 되었다. 아버지를 아버지라고 부르지 못하고 온갖 학대를 받았다. 그는 성인이 되자 군사에 뽑혀 나갔다. 때마침 후금(後金. 청나라)이 조선을 침략하여 포로가 되었다. 그는 20년을 청나라에서 살다가 돌아와 청나라 말을 잘했기 때문에 역관이 되었다.

'내가 대신들보다 못한 것이 무엇인가?'

김자성은 조소용을 수양딸로 삼아 궁으로 들여보냈다. 조소용이 총애를 받자 그는 천민에 지나지 않았으나 출세가도를 달렸다. 결국은 조정을 손아귀에 넣었다. 그러나 많은 대신들이 그가 계집종의 자식이라고 뒤에서 비난했다

'왕후장상의 씨가 따로 있는 것이 아니다. 내 아들이 장차 조선의 임금이 될 것이다.'

김자성은 술잔을 들어 한 모금을 마셨다. 여불위의 아들도 진시황이 되지 않았는가. 조소용은 성도 없는 천한 걸인 출신이었다. 김자성이 청나라에서 돌아오고 있을 때 안주 관아 근처의 길에서 굶어 죽어가고 있었다. 나이는 기껏해야 일고여덟 살밖에 되지 않았다. 주막까지 업고 가서 음식을 사주고 떠나는데 그녀가 종종거리고 따라왔다.

'불쌍한 것……'

김자성은 그녀에게서 동냥질하던 자신의 어릴 때 모습을 떠

올렸다. 그녀를 업고 한양으로 와서 키우기 시작했다. 이름이 필녀였는데 성도 몰랐다. 그녀를 안고 다니면서 동냥질을 하던 어미가 죽어 혼자 떠돌았다고 했다.

필녀는 열대여섯 살이 되자 뽀얗게 피어났다.

'아이가 갈수록 예뻐지는구나.'

김자성은 필녀가 점점 아름다워지는 것을 보고 놀랐다. 필녀는 열여덟 살이 되었을 때 그의 여자가 되었다.

"나리, 왜 저를 궁으로 들여보내십니까?"

김자성이 필녀를 궁으로 들여보내려고 하자 그녀는 가지 않겠다고 몸부림을 쳤다.

"네가 나를 사랑한다면 그리해다오. 우리의 자식을 조선의 왕으로 만들자."

김자성은 필녀를 꼭 안아주었다. 필녀는 울면서 궁으로 들어가 임금의 총애를 받았다. 필녀는 그 뒤에 아들을 낳았고, 그 아들이 영선군인 것이다.

*

조소용은 가슴이 먹먹했다. 부마도위 오강우가 인사를 드리러 온 것이다. 현숙공주를 조금만 더 일찍 오강우에게 시집보냈다면 죽지 않았을 수도 있었을 것이다. 조소용은 방으로 들어오는 오강우를 지그시 바라보았다. 그의 얼굴도 침통해보였다. 오강우가 조심스럽게 무릎을 꿇고 절을 올렸다. 조소용은 저절로 눈시울이 뜨거워져왔다.

"신, 차마 말씀을 올릴 수가 없습니다. 어찌 이런 망극한 변이……."

오강우의 목소리가 가늘게 떨렸다. 오강우도 슬픔을 참을 수 없었을 것이다.

"나는 밥조차 먹을 수가 없구나."

오강우가 절을 하는 것을 지그시 보고 있던 조소용의 눈에서 눈물이 두 뺨을 타고 흘러내렸다. 소소용은 소리를 죽여 울면서 소매로 눈물을 훔쳤다.

"마마께서는 마음을 굳게 가지십시오."

오강우가 조소용을 위로했다.

"고맙네. 차를 내오도록 하라."

조소용이 밖에 영을 내렸다.

"예."

궁녀들이 조심스럽게 대답하고 물러가는 기척이 들렸다. 방 안에 잠시 어색한 침묵이 흘렀다. 조소용은 오강우가 가족이 되었다가 남이 되었다고 생각했다. 이내 궁녀들이 작은 다과상을 들려와 오강우 앞에 놓았다. 오강우는 차만 한 모금 마셨다.

"간택했으나 길례는 치르지 않았다. 그러니 시간이 어느 정도 흐른 뒤에 훌륭한 규수를 부인으로 맞이하도록 하라."

조소용이 입술을 깨물면서 말했다.

"신은 그리할 수 없습니다. 비록 길례를 올리지 않았다고 하더라도 부마도위의 명을 받았습니다. 어찌 다른 규수를 부인으로 맞이하겠습니까?"

"평생 혼자 살겠다는 말이냐?"

"그러하옵니다. 또한 그것이 법도이옵니다."

조소용은 할 말을 잃고 오강우를 바라보았다. 오강우는 조용히 고개를 숙이고 있었다. 문득 오강우의 이야기를 할 때마다 얼굴을 붉히던 현숙공주의 얼굴이 떠올랐다. 조소용은 그 생각을 하자 다시 가슴이 찢어지는 것 같았다.

"신, 청이 하나 있습니다."

"무엇이냐?"

"신은 현숙공주의 묘를 알지 못합니다. 묘를 찾아 예를 올릴 수 있도록 허락하여 주십시오."

"현숙공주의 묘에 참배하겠다는 것이냐?"

"예."

"네 마음은 가상하나 그럴 수 없다. 이미 평장을 치렀고 왕가의 평장은 누구도 알아서는 안 된다."

"신은 외인이 아니라 현숙공주의 부마입니다. 부마가 아내의 묘를 찾아 참배하려고 하는 것입니다. 어찌 향도 피울 수 없게 하십니까?"

오강우의 눈에서 눈물이 흘러내렸다.

"법도가 그러니 나도 알지 못한다."

조소용이 무겁게 한숨을 내쉬었다.

"산릉관은 알고 있을 것입니다."

"산릉관은 예조판서다."

그것은 예조판서에게 물어보라는 말이었다. 산릉관은 왕기의 산소나 능을 담당한다.

"고맙습니다. 마마께서는 부디 강령하십시오. 신은 물러갑니다."

오강우가 다시 절을 올리고 일어섰다. 조소용은 오강우가 뒷걸음으로 물러가 방을 나가는 것을 넋을 잃은 표정으로 바라보았다. 그때 병풍 뒤에서 김자성이 걸어 나왔다.

"현숙공주가 자살하지 않고 살해된 것이 사실입니까?"

조소용이 눈물을 닦으면서 김자성에게 물었다.

"그렇습니다."

김자성이 음침한 눈빛으로 조소용을 살피다가 대답했다.

"그렇다면 살해한 자가 누구입니까?"

"민 상궁입니다."

"민 상궁이요? 민 상궁이 어찌 그런 짓을 합니까?"

"세자빈 강씨의 사주를 받았을 것입니다."

김자성의 말에 조소용이 몸을 부르르 떨었다. 그랬던가. 세자빈 강씨가 복수를 한 것인가. 하기야 세자빈 강씨가 아니면 누가 현숙공주를 살해하겠는가. 조소용은 피가 나도록 입술을 깨물었다.

"그래서 민 상궁이 대궐에서 사라진 것이군요. 참으로 요망한 계집입니다. 내가 그 계집을 용서하지 않을 것입니다."

"수하들에게 명을 내려 민 상궁을 찾아내어 죽이라고 하였습니다."

"그러한 계집은 사지 육신을 갈기갈기 찢어 죽여야 합니다."

"세자빈 또한 그냥 둘 수 없습니다."

"전하께 아뢰어 역모로 다스리게 하겠습니다."

"그리하십시오. 반드시 그리해야 현숙공주가 눈을 감을 것입니다. 마마, 밖을 물리십시오."

김자성이 음침한 목소리로 말했다.

"모두 물러가라."

조소용이 밖을 향해 소리를 질렀다. 밖에서 대기하고 있던 궁녀들이 분분히 물러갔다. 그들이 물러가는 기척을 듣고 있던 김자성이 조소용 옆에 바짝 다가앉았다.

"이제는 강씨 일가를 제거해야 합니다."

"소현세자가 죽은 것도 의심하고 있는데……."

"소현세자는 우리 관계를 눈치챘습니다. 강씨라고 모르겠습니까?"

"그럼 역강으로 몰아가야겠군요."

"당연히 그리해야지요. 과연 영특하십니다."

김자성이 유쾌하게 웃으며 조소용을 안아서 무릎에 앉혔다.

8장
칼끝에 흐르는 빗물

　오강우는 대궐을 나오자 하늘을 우두커니 바라보았다. 이제
는 대궐에 다시 들어가는 일이 없을 것이다. 그러자 가슴으로
찬바람이 불고 지나가는 기분이었다. 밤은 이미 깊어 있었다.
대궐에 들어가 임금에게 문안 인사를 드리고 조소용과 중전까
지 차례로 인사를 드리느라고 늦었던 것이다. 비가 오려는 것일
까. 하늘은 별빛 하나 없이 캄캄하게 어두웠고 물기에 젖은 바
람이 나뭇잎을 검푸르게 흔들고 있었다. 오강우는 집으로 걸음
을 떼어놓기 시작했다. 걸음이 몹시 무거운 것은 현숙공주가 죽
었기 때문이다. 그는 장례조차 참여하지 못했다. 왕가의 공주라

비밀리에 장례를 치러 대신들도 참여하지 못했고 백성들은 공주가 죽은 사실도 알 수 없었다. 모든 것을 비밀리에 처리한 것이다.

소현세자가 죽은 후에 현숙공주가 죽었다. 현숙공주는 자진을 한 것이라고 했다. 조만간 길례를 치를 예정이었는데 갑자기 죽은 것이다. 길례를 치르지 않았어도 현숙공주는 그의 아내였다. 아직 손도 한 번 잡지 않았는데 죽은 것이다. 오강우는 현숙공주의 죽음을 생각하자 슬픔을 억누를 수가 없었다.

얌전하고 아름다운 여자였다.

'무슨 곡절이 있어서 목숨을 끊은 것일까?'

왕가의 금지옥엽이 자진하는 것은 좀처럼 찾아보기 어려운 일이다. 오강우는 현숙공주의 죽음이 소현세자의 죽음과 관련이 있을지 모른다고 생각했다. 그녀의 죽음에도 흑막이 있을 것이다. 그는 느릿느릿 걸음을 떼어놓았다. 문득 수줍어하면서 해맑게 웃던 현숙공주의 얼굴이 떠올랐다. 처음이자 마지막으로 본 얼굴이었다. 내일은 예조판서를 찾아가 현숙공주가 묻힌 곳을 알아내야 한다.

'저 자들은 뭐지?'

한 무리의 사내들이 빠르게 골목을 지나가는 것이 보였다. 모두 손에 검을 들고 있었다. 한밤중에 검을 들고 돌아다니는 무리들이라 수상했다. 오강우는 뒤를 따라가려다가 그만두었다. 아직 일목검 김재수에게 부상을 당한 것이 낫지 않고 있었다.

'조선제일검이라고 하더니…….'

김재수의 검술은 입신의 경지에 이르렀다고 해도 과언이 아니었다. 강호에는 기인이사들이 많다고 하지만 한 번도 만난 일이 없는 강적이었다. 안국방을 지나 정동 쪽으로 향했다.

'어?'

오강우는 걸음을 떼어놓다가 하늘을 쳐다보았다. 어두운 하늘에서 성긴 빗방울이 떨어지기 시작했다.

'걸음을 재촉해야겠군.'

오강우는 걸음을 빨리하기 시작했다. 그러나 어두운 밤길이라 속도를 낼 수 없었다. 만호 한양 장안은 대부분의 집에 불이 꺼져 있었고 때때로 각대기를 치는 순라군들이 지나갔다. 그들이 지나갈 때 어느 집에선가 개가 요란하게 짖었다. 그것이 신호이기라도 하듯이 이 집 저 집에서 개들이 사납게 짖었다.

'소현세자의 독살은 반청파의 짓일 것이다.'

인조는 삼전도에서 청나라 황제에게 무릎을 꿇고 절을 했다. 그 치욕을 씻어야 한다고 생각하고 있었으나 소현세자는 북벌을 반대했다. 소현세자와 인조는 자식과 아버지의 관계였으나 은밀하게 대립했다. 이때 청나라에서는 반청파인 인조를 폐위시키고 소현세자를 신왕으로 책봉하려는 움직임이 일어났다.

'자식 놈이 아비를 몰아내려고 하다니.'

인조는 소현세자에게 분노했다. 왕의 자리를 놓고 아들과 아버지가 싸우고 그 과정에서 아들이 죽은 것이다. 반청파는 인조를 지지하는 무리들이고 친청파는 소현세자를 지지하는 세력이었다. 오강우는 그런 생각을 하면서 길을 가다가 이맛살을 찌푸렸다.

'저건 또 뭐야?'

골목길 옆의 어느 기와집 담장에 있는 감나무였다. 골목으로 뻗은 감나무의 굵은 가지에 무엇인가 매달려 대롱거리고 있었다.

'사람이구나.'

나무에 가까이 이르자 사람이라는 것을 확실하게 알 수 있었다. 그는 재빨리 몸을 솟구쳐 감나무 가지를 베었다. 그러자 감나무 가지와 함께 검은 물체가 쿵 하고 바닥에 떨어졌다.

"아야."

여자의 앙칼진 목소리였다. 오강우는 시체를 매달은 것으로 생각했는데 뜻밖에 살아 있는 여자였다. 손을 뒤로 묶은 밧줄을 풀려고 하는데 매끄러운 피부가 그의 손에 닿았다.

"이런……."

오강우는 경악했다. 여자의 상의가 너덜너덜하여 알몸이나 다를 바 없었다. 얼마나 오랫동안 매달려 있었는지 고통스러워하면서 끙끙거리고 있었다.

'누가 이런 못된 짓을 한 것이지?'

오강우는 서둘러 여자를 묶은 밧줄을 풀었다. 그리고 자신이 입고 있던 도포를 벗어 여자의 몸을 덮어주었다.

"이보시오."

오강우는 여자의 어깨를 흔들었다. 사방이 캄캄하게 어두웠기 때문에 여자의 얼굴을 알 수 없었다.

"음……."

여자는 몸을 가누지 못하고 축 늘어져 있었다.

"집이 어디요? 집이 어디인지 가르쳐주면 데려다 주겠소."

"건천동……."

"건천동 어디요?"

여자는 대답을 하지 않았다. 오강우는 부시를 꺼내 불을 켰다. 비상시를 대비하여 갖고 다니는 기름 막대에 불을 붙였다.

'남촌 항아?'

오강우는 어이가 없었다. 상의가 너덜너덜하여 감나무에 매달려 있던 여자는 뜻밖에 남촌 항아 이요환이었다. 이요환이 어쩌다가 이런 꼴이 된 것일까. 오강우의 시선이 이요환의 얼굴에서 가슴께로 내려갔다. 그의 도포로 감싸주었다고 하나 허연 가슴이 그대로 드러나 있었다. 그때 이요환이 눈을 번쩍 떴다.

"부마?"

이요환은 오강우와 시선이 부딪치자 낮게 부르짖었다. 오강우는 그때까지 이요환의 탐스러운 가슴을 훔쳐보고 있었다.

"음적……!"

이요환의 손이 오강우의 뺨을 후려쳤다.

*

재수가 없으면 뒤로 쓰러져도 코가 깨어진다더니 하필이면 이요환은 오강우에게 구원을 받게 되었다. 이요환은 처음에 쥐구멍이라도 들어가고 싶었다. 얼굴이 화끈거리고 수치스러웠다. 게다가 그의 뺨까지 때려버린 것이다. 아아, 천하에 음탕한 놈 같으니. 이요환은 김재수를 떠올리며 이를 갈았다. 그러나 이미 벌어진 일이었다. 그녀는 감나무에 매달려 발버둥을 쳤기 때문에 탈진한 상태였다. 오강우의 뺨을 때렸으나 풀썩 쓰러지고 말았다.

'물에 빠진 사람을 구해줬더니 보따리를 내놓으라는 격이군.'

오강우는 뺨이 얼얼했으나 이요환에게 화풀이를 할 수 없었다. 이요환은 긴장이 풀어졌는지 바닥에 쓰러져 있었다.

'이걸 어쩌지?'

이요환의 몸에 손을 대면 깨어나서 펄펄 뛸 것이다. 오강우는 우두커니 이요환을 내려다보았다. 그녀의 몸을 감싼 도포가 풀어져 다시 알몸이 드러나 있었다. 어둠 속에서 봉긋하게 솟아오른 양쪽 가슴이 도발적이었다.

'에이, 모르겠다.'

오강우는 이요환을 등에 업고 건천동을 향해 달리기 시작했다. 이요환의 집이 어디인지는 알고 있었다.

'창피해서 얼굴을 들 수가 없구나.'

이요환은 오강우의 등에 업혀 눈을 질끈 감았다. 한 시진은 족히 감나무에 매달려 있었다. 어떻게든 줄을 풀기 위해 발버둥을 쳤으나 기운만 빼고 말았다. 이요환은 탈진하여 축 늘어지고 말았다. 그런데 마침 오강우가 지나가다가 이요환을 구출한 것이다.

'그래도 오강우가 보아서 다행이다. 나는 어차피 오강우에게 시집갈 거니까.'

이요환은 기진맥진한 상태에서도 그렇게 생각했다. 그러자 기분이 점점 좋아지면서 정신이 맑아지기 시작했다.

"잠깐만요."

이요환이 등 뒤에서 소리를 질렀다.

"왜?"

오강우가 걸음을 멈추고 뒤를 돌아보았다.

"나를 내려주세요."

"기왕에 업었으니 집까지 데려다가 줄게."

"내려주세요."

이요환이 단호하게 말했다. 오강우는 이요환을 내려놓았다.

"왜 이러는 거야? 무엇을 하려고?"

"아까 그곳으로 다시 가야 해요."

"그 몸으로 어딜 가?"

"가야 해요."

"누구에게 당한 거야?"

"일목검 김재수……."

이요환의 말에 오강우의 얼굴이 굳어졌다.

"그럼 그 집에 가면 안 돼. 김재수가 아직도 있을지 모르잖아?"

"그는 떠났어요."

이요환은 도포의 저고리 고름을 묶고 끈을 맸다. 오강우의 등에 업혀 있는 동안 몸이 한결 좋아졌다.

"그 집에 무슨 일이 있어?"

오강우의 도포를 걸친 이요환의 모습은 우스꽝스러웠다.

"어쩌면 죽었을지 몰라요."

"누가?"

"민 상궁이요."

"조소용 처소의 민 상궁? 민 상궁이 왜 사가에 나와 있어?"

"가서 조사를 해봐야겠어요."

이요환은 비틀거리면서 민 상궁의 집으로 돌아가기 시작했다. 오강우는 어쩔 수 없다는 듯이 한숨을 내쉬고 이요환의 뒤를 따라갔다. 벌써 빗방울이 굵어지고 있었다. 민 상궁의 집은 불이 꺼진 채 조용했다. 오강우와 함께 담을 넘어 안으로 들어갔다.

'제기랄.'

이요환은 민 상궁이 대들보에 매달려 있는 것을 보고 경악했다. 검은 옷을 입은 자객이 민 상궁의 목을 조른 뒤에 대들보에 매단 것이다. 이요환은 넋을 잃고 민 상궁의 시체를 바라보았다. 하얀 속치마 차림으로 대들보에 매달려 있는 민 상궁의 모습은 기괴하기까지 했다.

"자진했군. 요즘 왜 목을 매서 자진하는 사람들이 많지?"

"자진한 것이 아니에요."

"대들보에 목을 매고 있잖아?"

"검은 옷을 입은 자가 침입했어요. 그자의 정체를 밝히려다가 일목검에게 당한 거예요."

"그럼 그자가 살인을 했다는 말이야?"

"시체를 좀 내려주세요."

이요환의 말에 오강우가 대들보에 매달려 있는 시체를 끌어내렸다. 이요환은 조심스럽게 민 상궁의 시신을 들여다보았다.

"불 좀 켜주세요."

이요환이 다시 말했다. 오강우가 부시를 쳐서 등잔에 불을 붙였다. 이요환은 조심스럽게 민 상궁을 살피기 시작했다.

'역시 민 상궁이 범인이구나.'

이요환은 민 상궁의 팔에 손톱자국이 선명하게 박혀 있는 것을 찾아냈다. 살해당한 현숙공주가 맹렬하게 저항한 흔적이었다.

'현숙공주를 살해한 자는 찾았으나 원흉은 따로 있다.'

이요환은 입술을 깨물었다.

쏴아.

비가 더욱 세차게 쏟아지고 있었다. 이요환은 시린 눈빛으로 비가 오는 하늘을 쳐다보았다. 아아, 이제 어떻게 해야 하는가. 시체가 있는 집에서 비가 그치기를 기다릴 수는 없다. 이요환은 오강우와 함께 민 상궁의 집을 나와 어둠 속으로 달리기 시작했다. 그러나 비가 더욱 세차게 쏟아지고 있었다. 둘은 추녀 밑에

쪼그리고 앉아서 비를 피했다. 비가 좀처럼 그치지를 않았다. 한기가 몰아치면서 몸이 떨리기 시작했다. 이를 물고 참으려고 해도 이빨이 딱딱 부딪쳤다.

"추워요."

이요환이 몸을 바짝 웅크리고 앉아서 오강우에게 말했다.

"추워요."

이요환의 말에 울음까지 섞여 있었다.

*

인조는 빗줄기가 장대질을 하듯이 세차게 쏟아지는 허공을 우두커니 응시했다. 자시가 가까워졌을 때부터 내린 비는 새벽이 되자 더욱 굵어져 있었다. 아들을 살해했으니 그 일가를 살려두어서는 안 된다. 소현세자의 빈 강씨는 며느리다. 며느리를 죽이는 것은 어려운 일이 아니나 그렇게 되면 손자들에게 해가 돌아간다. 아들이 죄를 지었다고 손자들까지 죽여야 하는 것일까.

인조는 가슴이 바늘로 찔리는 듯했다. 그러나 현숙공주를 생각하자 눈에서 불이 일어나는 것 같았다. 현숙공주는 인조가 유난히 귀여워하던 금지옥엽이다. 혼례를 올리면 대궐에서 내보내 시가에서 살게 해야 했다. 부마를 간택했으나 차마 대궐에서 내보내기가 아쉬워 길례를 차일피일 미루고 있었는데 살해된 것이다.

"민 상궁이 흉수인데 이미 달아났습니다."

감찰 상궁이 현숙공주의 죽음을 조사한 뒤에 인조에게 보고했다.

"민 상궁이 흉수라는 것을 어찌 아느냐?"

인조가 감찰 상궁을 노려보면서 물었다.

"사건이 일어난 날 남촌 항아 이진이 손톱에 할퀸 자국이 있는 자가 흉수라고 했습니다. 그 말을 듣고 민 상궁이 대궐을 빠져나갔습니다 차천닝에 섭근한 궁녀들을 모두 조사했는데 손톱에 할퀸 자국이 없었습니다."

"헌데 민 상궁이 어찌 강씨와 연관이 있다는 것이냐?"

"민 상궁이 평소에 강씨로부터 청국 비단을 선물로 받았다는 등 자랑을 하였고 그 방에서 청국 노리개며 석경 등이 나왔습니다."

"그것뿐이냐?"

"한번은 신이 법도를 지키지 않아 엄중하게 추궁을 하였는데 나를 함부로 대하지 마라, 나에게 함부로 하면 대신 갚아줄 사람이 있다고 하였습니다."

"속히 요망한 민 상궁을 잡아들이라."

인조가 눈에서 불을 뿜으면서 영을 내렸다. 감찰 상궁의 말에 의하면 민 상궁은 세자빈 강씨와 밀접한 관련이 있는 것이다. 사방은 칠흑처럼 어두웠다. 세자빈 강씨의 처소가 한눈에 보이는 수정전 툇마루였다. 김자성은 스스로 자진한 민 상궁의 시신을 가지고 대궐로 들어왔다. 인조가 시신을 살피자 틀림없는 민 상궁이었고 그녀의 팔뚝에 손톱에 할퀸 자국이 있었다.

"이 계집을 참하라. 사지를 잘라 산에 버려 날짐승과 산짐승이 먹게 하라."

인조가 몸을 떨면서 영을 내렸다. 현숙공주가 민 상궁에게 살해당할 때 얼마나 고통스러웠을까 생각하자 몸이 떨렸다.

"저기 나타났습니다."

김자성이 인조에게 낮게 말했다. 세자빈 강씨가 거처하는 처소의 지붕으로 검은 그림자가 날아오고 있었다. 그것은 커다란 새가 빗속에서 날아오는 것처럼 기이했다.

"어찌 자객이 대궐을 함부로 침입하는 것이냐?"

인조가 눈을 부릅떴다.

"무예를 하는 계집이라 군사들 몰래 숨어들어오곤 합니다."

"계집이라고?"

"이장길의 여식입니다."

234

"이장길?"

"세자빈 강씨의 여동생 남편입니다."

"누군지 안다. 사헌부 감찰을 지낸 이장길을 말하는 것이 아니냐?"

"그러하옵니다."

"이장길을 당장 잡아들이라. 내가 친히 추국을 할 것이다."

"전하, 안 됩니다. 추국을 하시면 소현세자의 죽음까지 다시 조사해야 합니다. 차라리 소리 없이 제거하소서."

"소리 없이?"

"도둑이 든 것처럼 위장하고 집안을 몰살시키면 가할 것입니다."

"음."

인조가 고개를 끄덕거렸다.

＊

이진의 몸에서 빗물이 주르르 떨어졌다. 세자빈 강씨는 깜짝 놀라 수건으로 이진의 얼굴을 훔쳤다.

"비가 이렇게 오는데 어찌 대궐에 들어온 것이냐?"

강씨가 놀라서 이진에게 물었다.

"현숙공주를 죽인 자를 찾았습니다."

이진이 몸을 부르르 떨면서 대답했다.

"그게 누구냐?"

"민 상궁입니다. 현숙공주가 죽을 때 손톱으로 할퀸 자국이 팔에 있었습니다."

"그럼 민 상궁을 잡아서 족쳐야 하겠구나."

"민 상궁은 이미 죽었습니다."

"죽다니? 누가 민 상궁을 죽였다는 말이냐?"

"어의 이형익입니다."

"이형익?"

"신이 민 상궁의 집에 갔을 때 이미 자객이 침입해 민 상궁의 목을 조른 뒤였습니다. 자객은 민 상궁의 시신을 대들보에 매달아 놓고 떠났습니다. 신은 민 상궁의 팔을 조사한 뒤에 즉시 자객의 뒤를 밟아 그가 어의 이형익이라는 것을 알게 되었습니다. 그리하여 마마께 알리기 위해 대궐에 잠입한 것입니다."

"아아, 어찌 이럴 수가 있느냐?"

"국면이 마마에게 불리한 것 같습니다."

"불리하다니?"

"마마는 물론 친정 일가와 원손을 비롯하여 조카들의 목숨이 위태롭습니다."

"무슨 소리냐? 세자 저하가 독살을 당한 것도 억울한데 우리가 무슨 죄가 있어서 죽어야 한다는 말이냐?"

"원손이라도 살리시려면 제가 데리고 달아나야 합니다. 아버지도 아무도 찾아오지 못하는 곳으로 낙향할 준비를 마쳤습니다."

"우리를 죽이려고 하는 것은 전하시겠지?"

"감히 전하를 거론할 수는 없습니다."

"전하가 우리를 죽이려고 하신다면 죽을 것이다."

"마마……."

"우리는 전하의 손에 죽을 것이나 전하는 자식을 죽인 군부로 천추에 이름이 남을 것이다."

강씨가 눈에서 불을 뿜으면서 절규했다.

'아아, 이분은 너무나 강하구나.'

이진은 몸을 부르르 떨었다.

번쩍.

푸른 섬광이 하늘을 가르고 뇌성벽력이 고막을 때렸다.

*

밤이 깊어가고 있었다. 건천동의 냇가에 있는 허름한 초가집이었다. 밖에는 비 내리는 소리가 쉬지 않고 들렸다. 어둠은 삼

237

단 같은 머리를 풀어헤치고 검은 상포(喪布)처럼 펄럭거리고 있었다. 집이 비어 있었으나 헛간에 짚이 잔뜩 쌓여 있었다. 그 짚더미 위에서 두 남녀가 사랑을 불태우고 있었다.

번쩍!

때때로 푸른 섬광이 하늘을 가르고 우레가 바로 옆에서 작렬했다. 모든 것을 파괴해버릴 듯한 뇌성벽력이 몰아쳤다. 이요환의 몸은 불덩어리처럼 뜨거웠다. 찬비를 맞으며 감나무에 한 시진이나 대롱대롱 매달려 있어 오한이 왔던 모양이었다. 추녀 밑에서 비를 피하던 이요환이 춥다면서 울기 시작했다. 오강우는 갑자기 이요환이 울자 난감했다. 그녀를 위로했으나 그녀는 더욱 큰 소리를 내며 울었다. 이빨이 딱딱 부딪치는 것 같았다. 오강우는 이요환이 몸을 바짝 웅크리고 울자 그녀를 안아줄 수밖에 없었다. 그러자 이요환이 그의 품속으로 바짝 파고들었다.

"추워요. 추워서 죽겠어요."

오강우는 이요환을 힘껏 껴안았다. 맹렬한 한기에 고통스러워하는 이요환을 도와주고 싶었다.

우르르.

하늘에서는 뇌성이 울고 빗줄기가 장대질을 하듯이 세차게 쏟아졌다. 그것은 무의식 속에서 일어난 일이었다. 이요환이 갑자기 오강우에게 미친 듯이 입술을 부딪쳐왔다. 그녀의 몸은 알 수 없는 열기로 까맣게 타버릴 것처럼 뜨거웠다. 오강우도 처음에는 당황했다. 무엇인가 잘못되었다고 생각했다. 그러나 차츰 그녀의 입술을 받아들이게 되었다. 꽃잎처럼 부드럽고 달콤한 입술이었다.

어둠 속이었으나 이요환의 얼굴이 하얗게 솟아오르고 있었다. 오강우와 이요환은 약속이나 한 듯이 서로의 몸을 격렬하게 밀착시켰다. 입술과 입술이 부딪치고 가슴이 닿았다.

쏴아.

장대질을 하는 소나기 사이사이로 천둥 번개가 몰아쳤다. 오강우는 이요환을 안아서 초가집으로 들어갔다. 그들이 추녀 밑에서 쉬던 집은 빈집이었다.

때내로 푸른 섬광이 천지 사방을 환하게 밝혔다.

이요환이 머리에 꽂은 비녀를 뽑아 치렁치렁한 머리로 운발(雲髮)을 만들었다. 푸른 섬광이 번쩍일 때마다 이요환의 머리가 칠윤(漆潤)의 빛을 뿌렸다. 오강우는 요기까지 보이는 이요환의 긴 머리에 자신도 모르게 마른침을 꿀꺽 삼켰다.

아름다웠다.

푸른 섬광에 드러난 여인의 자태는 고혹적이다 못해 가슴이 울렁거릴 정도로 뇌쇄적이었다.

이요환이 도포에서 섬섬옥수를 꺼내어 옷고름을 풀기 시작했다. 오강우는 이요환의 동작을 하나도 놓치지 않으려는 듯이 뚫어져라 응시하고 있었다. 이요환의 어깨에서 도포가 벗겨지고 어깨에 걸쳐 있던 치마끈이 풀어졌다. 그러자 이요환의 몸에서 옷가지 하나가 스르르 흘러 내려갔다.

이요환은 매미 날개 같은 속옷을 걸치고 있었다.

'아!'

오강우는 입속으로 탄성을 토했다. 한 겹의 얇은 비단 자락으로 가려져 있는 이요환의 몸, 마치 은어를 연상시키듯 매끄러운 몸이 어둠 속에서 하얗게 빛을 발했다.

쏴아.

빗줄기는 쉬지 않고 쏟아지고 있었다. 이요환은 수줍은 듯이 오강우에게 등을 돌렸다. 오강우는 마른침을 삼켰다. 이요환이 오강우를 돌아보면서 미소를 지었다. 부끄러우면서도 어떤 열망이 가득한 눈빛이다. 한편으로는 알 수 없는 염기가 뚝뚝 떨어지는 것 같기도 했다. 그것은 남자를 올가미로 친친 묶어버리는 것 같은 치명적인 아름다움이었다.

'아아.'

오강우는 몸을 부르르 떨었다. 너무나 아름다워 눈이 부셨다. 요괴가 환생했다고 해도 이렇게 아름답지는 않으리라. 오강우는 못이 박힌 듯 움직일 수 없었다.

이요환이 오강우에게 다가왔다. 그녀의 섬섬옥수가 오강우의 옷가지를 하나씩 풀기 시작했다. 오강우도 실오라기 하나 걸치지 않은 알몸이 되었다.

번쩍!

푸른 빛이 하늘을 가르고 우르르 뇌성이 울었다. 오강우는 이요환을 조심스럽게 안았다. 이요환의 입술에 그의 입술이 얹혀졌다. 이요환의 두 팔이 오강우의 등에 감겼다.

우르르.

다시 뇌성이 울고 빗소리가 들렸다.

오강우는 이요환을 바로 눕히고 자신의 몸을 실었다. 여인의 몸은 어둠 속에서도 인어처럼 하얗게 빛을 발하고 있었다. 둥글게 솟아오른 가슴은 잘 익은 수밀도(水蜜桃)를 연상시켰다. 그는 여인의 몸을 구석구석 탐험하기 시작했다. 여인은 그럴 때마다 몸을 뒤틀며 신음을 삼켰다. 오강우는 여인이 갈대숲, 그리고 자신을 바람이라고 생각했다. 바람은 갈대숲 곳곳을 누비고 있었다. 갈대숲은 그럴 때마다 몸부림치듯 비명을 질러댔고 신음을 토해냈다. 오강우는 이요환과의 사랑이 감동으로 휘몰아쳐왔다.

"아아."

이요환이 세차게 몸을 떨었다.

이요환도 오강우를 자신의 몸속 깊숙이 받아들이며 몸부림을 치고 있었다. 그는 갈대숲에 깊숙이 파묻혀 신음을 토해냈다.

이요환은 망망대해를 떠다니는 한 척의 돛단배였다. 그는 끝없이 노를 저어 대해로 나갔다.

이요환은 오강우가 거대한 불덩어리가 되어 자신의 내부를 가득 채우고 있는 것을 느낄 수 있었다. 그 불덩어리는 그녀의 내부에서 폭발할 준비를 하고 있었다.

여인이 다시 몸을 일으키며 치렁치렁한 머리칼을 흔들었다.

칠흑의 머리칼이 운발을 이루면서 휘날렸다.

여인의 신음과 울음소리가 격해질수록 그는 희뿌연 안개를 타고, 어릿거리는 아지랑이를 타고 날아올랐다. 그는 구름을 타고 승천하듯이 끝없이 날아오르다가 마침내 후드득 무너져 내렸다.

격류는 마침내 흐름을 멈추었다.

바다는 태고의 혼돈과 같은 어둠 속에 깊이 침잠해 있었다. 그러나 그것은 더없이 행복한 침잠이었다. 두 사람은 서로에게 깊은 애정과 감사함을 느끼면서 안온하고 달콤한 잠 속으로 빠져 들어갔다.

*

송이는 사랑 밖 마당에 피어 있는 색색의 작약(芍藥)을 무연히 내다보고 있었다. 어린 딸 이연은 옆에서 곤하게 잠들어 있었다. 이제 저 딸을 깨워 빗줄기가 억세게 쏟아지는 밤길을 달려가야 한다고 생각하자 가슴이 타는 것 같았다. 이런 날이 올 것이라고 막연하게 생각하기는 했으나 막상 눈앞에 닥치자 앞이 캄캄했다. 작약은 화려하게 피었으나 억센 빗줄기를 맞아 가지가 부러지고 꽃잎이 떨어져 물에 둥둥 떠 있었다. 비가 지나치게 많이 와서 마당의 물이 미처 흘러가지 않아 발목이 빠질 정도로 물이 차 있었다.

'원손을 데리러 간 진이는 왜 오지 않는 것일까?'

김자성 일파는 세자빈 강씨를 역모로 몰아 죽이려고 하고 있었다. 강씨가 걸려들면 전처와 동모 형제이기 때문에 이장길도 살아날 수 없었다. 그래서 그는 원손을 데리고 깊은 산 속으로 들어가려고 이진에게 강씨를 찾아가 원손을 데리고 오라고 지시를 내렸던 것이다. 경계가 삼엄한 대궐에 잠입하여 원손을 데리고 나오는 일은 쉽지 않을 터였다. 그러나 시간이 너무 지체되어 불길한 예감이 엄습해왔다.

이장길의 시선이 다시 송이에게 향했다. 송이는 그린 듯이 앉아서 작약을 내다보고 있었다. 전처 강씨가 죽은 뒤 십 년이 지나 맞아들인 후처였다. 한성부 포도청에서 종사관으로 근무하고 있을 때 중부 관내에서 변사 사건이 발생하여 출동하자 양가의 아낙이 목을 매 자진해 있었다. 남편이 죽은 뒤 삯바느질로 연명하던 모녀가 생활이 매우 곤궁해 이웃 사람에게 고리채를 빌렸는데 갚을 길이 없자 자진을 한 것이다. 이장길은 사정이 딱하여 고리채를 갚아주고 모친의 장례도 치러주었다. 그러자 딸이 보따리 하나를 들고 그를 찾아왔다.

"규수가 어찌하여 나를 찾아왔소?"

이장길은 딸을 살피면서 물었다. 딸은 입성이 남루하고 굶주려서 얼굴이 창백했다.

"나리께서 은혜를 베풀어 어머니의 장례를 치를 수 있었습니다. 종으로 거두어주신다면 정성을 다해 모시겠습니다."

"양가의 규수를 어찌 종으로 거느리겠소? 나는 그리할 수 없소."

이장길은 얼굴을 찌푸리고 거절했다. 흉년이 들면 먹을 것이 없는 가난한 선비들이 스스로 종이 되기를 자처하는 경우가 더러 있기는 했다.

"소인은 갈 곳이 없는 몸입니다. 종이라도 마다할 수가 없습니다. 기왕에 남의 집에서 종노릇할 바에야 큰 은혜를 베풀어주신 나리 슬하에서 종노릇하고 싶습니다."

"정히 그러면 종으로 거두지는 않겠소. 그저 친척 집에 와 지낸다고 생각하고 내 집에서 머무시오."

이장길은 그렇게 하여 송이를 집으로 들였다. 송이는 천성이 부지런하고 양반가 규수의 품성을 그대로 간직하고 있었다. 예법이 뛰어날 뿐 아니라 살림도 잘했다. 제대로 음식을 먹으면서 살빛이 살아나자 드물게 보이는 미인이었다. 게다가 전처의 딸인 이진과도 자매처럼 친하게 지냈다. 이장길은 송이를 정실부인으로 맞이했다.

"비가 오는데 춥지 않소?"

이장길이 송이에게 물었다.

"괜찮습니다."

송이가 이장길을 돌아보고 꽃이 피어나듯 환하게 웃었다.

"배 속의 아이가 춥다 할 것이오. 이리 가까이 오시오."

"나리도……."

송이가 수줍게 웃으면서 이장길에게 가까이 다가왔다. 이장길은 송이를 안아 무릎에 앉혔다. 송이가 얼굴을 들고 이장길을 바라보았다. 이장길은 송이의 입술에 자신의 입술을 얹었다.

쿵!

그때 세차게 쏟아지는 빗줄기 사이로 검은 옷을 입은 사내들이 담장을 넘어왔다. 이장길은 경악하여 송이를 바짝 끌어안았다. 그들은 순식간에 사랑방으로 들이닥쳤다.

"나리."

송이가 얼굴이 하얗게 변해 이장길의 품속으로 파고들었다.

"누구냐?"

이장길은 송이를 안은 채 검은 옷을 입은 사내들을 노려보았다. 그들의 손에는 검이 들려 있었다.

"개인적인 원한은 없다."

검은 옷을 입은 사내가 검을 치켜들었다. 아아, 어떻게 이런 일이 일어나는가. 이장길은 눈을 질끈 감았다. 송이의 날카로운 비명과 동시에 피가 확 뿜어졌다. 이어 이장길의 등이 화끈했다. 이장길의 등을 검이 베고 지나간 것이다.

*

번쩍!

푸른 섬광이 하늘을 가르면서 사방이 대낮처럼 밝아졌다. 대궐의 담장을 넘어 날아 내린 이진은 몸을 움찔했다. 푸른 섬광에 이어 뇌성이 고막을 때렸다. 이진은 잠시 주춤한 뒤에 집을 향해 달리기 시작했다. 원손을 데려오려고 했으나 강씨의 반대로 뜻을 이룰 수가 없었다. 이제는 가족을 데리고 깊은 산속으로 도피하는 수밖에 없었다. 그러자 오강우의 얼굴이 떠오르면서 가슴이 저려왔다. 산속에 은거해 살면 오강우를 만날 수 없다.

'가족이 안전해지면 한양으로 돌아오면 된다.'

이진은 그렇게 생각했다. 그녀가 집 가까이 이르렀을 때였다. 검은 옷을 입은 한 무리의 사내들이 달려오는 것이 보였다. 이진은 삿갓을 비스듬히 올려 썼다. 그들의 손에는 검이 들려 있었다.

'살주계!'

이진은 바짝 긴장하여 허리의 검을 잡았다. 그러나 그들은 이진을 아랑곳하지 않고 그대로 스쳐 지나갔다.

'살주계 무리들이 웬일이지?'

이진은 불길한 예감이 뒤통수를 엄습해오는 것을 느꼈다. 그녀는 빠르게 집으로 달려갔다.

'아!'

이진은 사랑방에 이르자 넋을 잃고 우뚝 서 있었다. 방 안에는 아버지를 비롯하여 일가족이 처참하게 도륙되어 있었다.

"아버지."

이진의 눈에서 뜨거운 눈물이 흘러내렸다.

우르르 쾅!

푸른 섬광이 하늘을 가르고 가까운 곳에 벼락이 떨어졌다.

나는 미쳤다. 나는 제정신이 아니다. 이요환은 짚더미 위에 누워 그렇게 생각했다. 밖에는 아직도 비가 내리고 있었다. 쏴아. 소리를 내면서 굵은 빗줄기가 장대질을 하고 있었다. 그런데도 춥지 않았다. 오강우의 품속에 바짝 안겨 있기 때문인가. 가슴과 가슴이 밀착되고 얼굴이 맞닿을 정도였다. 오강우는 잠결에도 간간이 그녀의 등과 엉덩이를 쓰다듬었다. 그럴 때마다 말할 수 없는 쾌감이 물결 치듯이 혈관을 타고 전신으로 밀려갔다.

　'아아, 이제 어떻게 하지?'

　이요환은 오강우에게 안긴 채 그렇게 생각했다. 혼례도 올리지 않고 오강우의 여자가 되었다. 제정신이라면 이런 일이 일어나지 않았을 터였다. 색주가의 작부라도 이와 같이 음탕하지는 않을 것이다. 그러나 그녀는 한순간의 망설임도 없이 오강우에게 자신의 몸을 바쳤다. 아아, 나는 어쩌다가 이런 짓을 한 것인가.

　자신이 한 일을 후회하지는 않았다. 그것은 이빨이 딱딱 부딪칠 듯한 오한 때문이었다. 일목검 김재수에게 당하고 찬비를 맞은 탓인지 갑자기 오한이 엄습해왔다. 오한은 너무나 맹렬했다. 온몸이 쑤시고 이빨이 딱딱 부딪쳐 자신도 모르게 눈물이 흐르고 울음이 터져 나왔다.

　그때 오강우가 그녀를 안아주었다. 이요환은 오강우의 따뜻한 품에 안기자 오한이 진정되기 시작했으나 갑자기 알 수 없는 열기가 몸에서 솟구치기 시작했다. 그것은 그녀가 감당할 수 없을 정도로 맹렬했다.

눈이 마주치자 이요환은 오강우를 쳐다보았다. 오강우가 근심스러운 표정으로 그녀를 살피고 있었다. 가슴이 뛰고 얼굴이 화끈거렸다.

'아아, 갖고 싶다.'

이요환은 자신도 모르게 입술을 오강우의 입술에 부딪치면서 온몸을 밀착시켰다. 그의 입술은 비 때문에 차가웠고 몸도 비에 젖어 한기가 느껴졌다. 그러나 맹렬한 열기에 의해 곧 몸이 뜨거워졌다.

이요환은 스스로 옷을 벗었다. 몸에서 일어나는 열기로 인해 한기가 사라졌다.

'나는 오강우의 여자가 될 거야.'

이요환은 오강우를 받아 안으면서 그렇게 생각했다. 둘이서 하나가 되었을 때 아련한 통증이 따랐으나 더없이 행복했다.

'내 사랑하는 사람…….'

이요환은 눈을 뜨고 오강우의 잠든 얼굴을 들여다보았다. 날이 번하게 밝아오고 있었으나 빗줄기가 아직도 세차게 쏟아지고 있었다. 이제는 날이 더 밝기 전에 집으로 돌아가야 했다.

문득 북촌 항아 이진의 얼굴이 떠올랐다. 이진도 오강우를 사랑하고 있는 것이 분명했다.

'오강우는 이제 내 남자야.'

이요환은 입언저리에 흥건하게 미소를 매달았다. 이요환이 오강우와 사랑을 나눈 것도 이진과의 경쟁 심리가 작용한 탓인지도 몰랐다.

'그런데 나는 정말 음탕한 여자인가?'

이요환의 안색이 어두워졌다. 오강우에게 몸을 허락한 사실이 여전히 부끄러웠다.

'어쩔 수 없었어.'

강화부 안시현의 집 앞에 있는 콩밭에서 술에 취한 오강우는 다짜고짜 그녀를 껴안고 입술을 포갰다. 이요환은 숨이 멎을 것처럼 놀랐다. 그녀가 눈을 동그랗게 뜨고 있는데 그의 손이 가슴과 엉덩이를 마구 만졌다.

'에구머니.'

이요환은 경악했다. 그의 손이 가슴을 만지고 둔부를 애무하자 갑자기 하체에서 맹렬한 열기가 솟구쳤다. 얼굴이 화끈거리고 온몸이 나른해지고 있었다. 자신도 모르게 오강우의 목에 두 팔을 감았다.

'안 돼.'

오강우가 그녀의 옷을 벗기려고 하자 이요환은 정신이 비로소 돌아왔다. 재빨리 오강우의 품속에서 빠져나왔으나 숨이 차고 가슴이 세차게 뛰었다.

'이런 나쁜 놈.'

이요환은 오강우를 발로 찼다. 그러나 그날 이후 오강우를 만나면 자신도 모르게 그 일이 떠올랐다. 그의 입술, 그녀의 몸을 만지던 손, 그의 체취……. 온몸을 전율하게 하던 열기 때문에 몸이 무거웠다. 무예를 연마한 이요환에게 오한이 엄습한 것은 찬비를 맞았기 때문이 아니라 그 열기를 주체하지 못했기 때문일 것이다.

이요환은 오강우의 품속에서 살며시 빠져나오기 시작했다. 이제는 집으로 돌아가야 했다. 그때 오강우가 이요환을 와락 잡아당겨 안았다.

"날이 밝았어요."

이요환이 속삭이듯이 말했다. 이요환의 가슴이 오강우의 얼굴에 밀착되어 있었다. 오강우의 입술이 그녀의 가슴에 닿았다.

"집에 돌아가야 해요."

"보내고 싶지 않아."

"옷을 입을 거예요. 눈 감고 있어요."

"당신을 보고 싶어."

"아잉."

이요환이 콧소리를 내면서 오강우를 주먹으로 때리는 시늉을 했다. 자신도 모르게 콧소리가 흘러나왔다.

"알았어."

오강우가 눈을 감았다. 이요환은 재빨리 오강우의 품속에서 빠져나와 옷을 입었다. 오강우도 자리에서 일어나 주섬주섬 옷을 입기 시작했다.

"먼저 갈게요."

이요환은 초가집의 헛간에서 나와 비가 쏟아지는 골목으로 달리기 시작했다. 몸이 날아갈 것처럼 가벼웠다. 그러나 빗줄기는 여전히 쉬지 않고 쏟아지고 있었다.

*

세자빈 강씨는 영중추부사와 우의정을 역임한 강석기(姜碩期)의 딸이다. 강석기는 위인이 온화하고 행검이 맑고 검소하였다. 일찍이 광해군 때에는 금천(金川)의 시골집에 물러가 살면서 벼슬을 하지 않다가 반정 이후에 선비들의 추대를 받아 대각(臺閣)을 역임한 대쪽 같은 인물이었다. 이조 판서를 거쳐 마침내 소현세자의 장인이 되었으나 세자빈의 아버지인데도 가택이 평소와 다름없이 검소하고 권세를 내세우며 사람들에게 행세하지 않았다. 사람들마다 강석기가 훌륭한 인품을 가진 선비라고 칭송했다.

강석기는 소현세자가 청나라에서 돌아오기 전에 죽었다. 세자빈 강씨는 청나라에 있었기 때문에 강석기의 장례에 참여할 수 없었다.

인조는 8월 26일 특명으로 강석기의 네 아들을 먼 고을에 유배하라는 영을 내렸다. 강문성, 강문명, 강문두, 강문벽은 임금의 영에 따라 유배를 가게 되었다. 강석기는 청백하여 선비들의 존경을 받았으나 그 아들인 강문성과 강문명은 어리석어 세자빈의 오라비라는 위세를 등에 업고 함부로 행세했다. 소현세자가 죽었을 때 강문명은 장사 지낼 날짜가 불길하다고 함부로 말하고 지관(地官) 최남(崔楠)을 찾아가 협박하여 인조가 크게 노했다.

"강문성 등은 사람됨이 무식하고 처신하는 것이 분수에 넘치니, 몇 해 동안 먼 고을에 정배해서 안과 밖을 다 보전하는 뒷받침으로 삼으라."

인조가 내린 영이었다. 강석기의 네 아들은 제주도, 진도, 흡곡(歙谷), 평해(平海)로 나누어 유배되었다. 그들이 유배를 가자 사람들은 세자빈 강씨에게도 위험이 닥칠 것으로 생각했다.

해가 바뀌었다. 설날 이후 불과 이틀밖에 지나지 않았을 때 대궐이 발칵 뒤집히는 사건이 발생했다.

인조 24년 1월 3일의 일이었다. 인조가 여느 날과 다름없이 기침하자 수라간에서 어주나인(御廚內人. 수라간 상궁)들이 수라상을 올렸다. 인조가 수라상 앞에 앉아 젓가락을 들었다. 임금이 수라를 들면 시종하던 궁녀들은 독이 있는지 살피기 위해 은채로 먼저 음식을 조심스럽게 찔러본다. 그날도 시종 상궁들이 은채로 음식을 찔렀다. 국이며 여러 가지 찬을 살피는데 전복구이를 찌른 상궁의 얼굴이 하얗게 변했다. 전복구이를 찌른 은채가 검게 변한 것이다.

"어찌 그러느냐?"

인조가 눈살을 찌푸리면서 상궁에게 물었다.

"전하, 전복구이에 독이 있습니다."

상궁이 몸을 부들부들 떨면서 대답했다. 인조와 시종 상궁들의 눈이 크게 떠졌다.

"독이 있다고? 이는 분명히 역적 강씨의 짓일 것이다."

인조는 대노하여 강씨 처소의 궁녀 정렬, 계일, 애향, 난옥, 향이를 잡아들이라고 영을 내리고 어주나인인 천이, 일녀, 해미 등도 내사옥에서 국문하라는 영을 내렸다. 청천벽력이었다. 내시들이 내금위 위사들을 끌고 가 궁녀들을 잡아왔다. 영문도 모르고 내사옥으로 끌려온 궁녀들은 얼굴이 사색이 되어 어쩔 줄을 몰라 했다.

"누가 수라상에 독을 넣었느냐?"

내시부의 상선 안중생을 비롯하여 고위 내시들이 궁녀들을 삼엄하게 신문했다. 안중생은 대궐에서 오십 년 동안 내시를 지낸 인물이다. 어릴 때 궁에 들어와 온갖 파란을 겪고 이제는 내시의 수장이 되어 있었다. 그는 강씨 사건을 잘못 처리하면 자신도 살아남을 수 없다는 사실을 잘 알고 있었다. 그는 자신의 목숨을 부지하기 위해 가혹한 신문을 했다.

"상선 어른, 수라상에 독이라니 어찌 그런 변이 있을 수 있겠습니까?"

궁녀들은 믿을 수 없었다.

"닥쳐라. 수라상의 전복구이에서 독이 검출되었는데 너희들이 모르면 누가 안다는 말이냐?"

"소인들은 모르옵니다."

궁녀들은 벌벌 떨면서 대답했다. 임금의 수라상에 독을 넣는 것은 상상도 할 수 없는 일이다. 그러나 내사옥에는 수십 명의 내금위 갑사가 삼엄하게 배치되어 있고 궁녀와 내시들이 도열하여 그녀들을 노려보고 있었다.

"너희들이 모른다는 것이 말이 되느냐? 저것들에게 형장을 가하라."

안중생이 영을 내리자 위사들이 궁녀들을 형틀에 묶고 가혹하게 곤장을 때리기 시작했다. 임금의 수라상에 독을 넣은 사건이다. 이는 대역 사건이기 때문에 잔인하고 끔찍한 신문이 이어졌다. 궁녀들은 형틀에 묶여 초죽음이 되도록 곤장을 맞았다. 엉덩이에서 피가 흘러내려 형틀 아래 낭자하게 괴었다.

"누구의 지시로 독을 넣었는지 고하라."

안중생은 눈을 치뜨고 물었다. 그러나 궁녀들은 자백하지 않았다. 궁녀들은 매일같이 처절한 고문을 당했다. 하루가 지나고 이틀이 지나고 열흘이 되었다. 고문은 점점 가혹해졌다. 주리를 틀어 정강이가 부서지고 낙형을 가해 살이 타들어갔다. 고문을 견디지 못해 죽어가는 궁녀들이 나타났다.

"궁녀 해미가 장사(杖死)했습니다."

내시부에서 인조에게 아뢰었다.

"조사를 늦출 수 없다."

인조는 조사를 계속하라는 영을 내렸다. 한 달이 지나자 궁녀 두 명이 내사옥에서 죽었다. 나머지도 시름시름 앓다가 죽어갔다. 궁녀들로서는 억울한 죽음이 아닐 수 없었다. 그러나 독을 탄 궁녀도, 이를 지시한 배후 인물도 밝혀지지 않았다.

'참으로 잔인한 군부다.'

강씨는 하헌당에서 피눈물을 흘렸다. 인조의 수라상에 있는 전복구이에서 독이 검출되었다는 것은 그녀를 제거하기 위한 음모다. 그녀는 사실상 유폐되어 있었다. 아들과 딸을 만날 수도 없고 궁녀들은 그녀와 이야기를 할 수도 없었다. 그런데 수라상에 독을 탔다고 그녀의 궁녀들을 가혹하게 고문하여 죽이고 있는 것이다.

'고문을 견디다 못해 누군가는 허위 자백을 하겠지.'

강씨는 손등으로 눈물을 닦았다. 이제는 죽음이 목전에 닥쳐온 것이다. 그러나 죽음이 가까워졌다고 생각해도 두렵지 않았다. 이런 날이 닥쳐올 것이라고는 이미 예상하고 있었다. 다만 가슴이 찢어질 듯이 아픈 까닭은 여섯 자식과 배 속에 있는 아이 때문이다. 임금은 배 속에 있는 아이까지 죽이려 하고 있었다. 짐승도 배 속에 새끼가 있으면 죽이지 않는데 인조는 너무나 잔인하다. 그러나 지금은 승리할 수 없어도 역사가 그를 심판할 것이라고 생각했다.

"강씨를 후원의 창고에 가두라."

인조는 증거가 드러나지 않았는데도 영을 내렸다. 세자빈 강씨는 내시와 궁녀들에게 끌려가 후원에 있는 창고에 갇혔다. 문에는 못을 박고 구멍만을 뚫어 음식과 물을 넣어주게 했다.

"강씨가 비록 불측한 죄를 짊어졌다 하더라도 간호하는 사람이 있어야 할 것입니다. 더구나 지금 죄지은 흔적이 분명하지도 않은데, 성급하게 이런 조치를 내리고 또 한 사람도 따라가지 못하게 해서는 안 됩니다."

소현세자에 이어 세자에 책봉된 봉림대군이 아뢰었다. 그러나 인조는 들은 체도 하지 않았다. 봉림대군은 절망감을 느끼면서 대전에서 물러 나왔다.

바람이 세차게 불고 있었다. 봉림대군은 동궁전으로 향하다가 멀리 하헌당을 바라보았다. 저 멀리 하헌당으로 조복을 입은 사내가 걸어가는 것이 보였다.

'저자는 김자성……'

봉림대군은 하헌당을 향해 걸음을 떼어놓기 시작했다.

날씨가 차가웠다. 삭풍이 나뭇가지 끝에서 목을 매달며 비명을 질렀다. 문풍지가 울고 등불이 일렁거렸다.

"강씨를 죽이면 그 손자들은 어찌 됩니까?"

조소용이 바람 소리에 귀를 기울이다가 김자성에게 물었다.

"손자들 또한 죽어야 하지 않겠습니까?"

김자성이 빙긋이 웃었다.

"자기 손자인데 죽일 수 있겠습니까?"

"아들을 죽인 사람이 손자라고 죽이지 못하겠습니까?"

"대신들이 반대를 하는 것 같습니다."

"그들이 반대하는 것은 훗날이 두렵기 때문입니다."

"대신들이 반대를 하면……."

"김자점에게 지시했습니다. 강씨는 결코 살아남을 수 없습니다."

김자성이 조소용의 어깨를 잡아당겨 안았다. 조소용은 김자성의 품에 안겨서 눈알을 번들거렸다. 소현세자를 죽음으로 몰아간 것은 그가 김자성과 조소용의 관계를 눈치챘기 때문이다. 소현세자는 김자성과 조소용을 죽이고 싶었으나 그들의 음란한 죄상을 폭로하면 아버지 인조의 수치가 드러날까 봐 주저하고 있었다. 그러자 김지성과 조소용이 선수를 쳐서 살해하고 왕위를 찬탈하려고 했다는 누명을 씌운 것이다.

휘이잉.

밤이 깊어가면서 바람이 더욱 음산해지고 있었다. 바람이 세차게 불면서 나뭇잎이 쓸려다녔다. 봉림대군은 하헌당의 방에서 들리는 소리에 귀를 기울였다.

"나리……."

여인의 교태로운 목소리가 문밖으로 흘러나왔다. 조소용의 목소리였다.

"오냐."

사내의 목소리도 잔뜩 거칠어져 있었다. 사내는 김자성이 분명했다.

'추악한 자들이구나.'

봉림대군은 전신을 부르르 떨었다.

"내 아들을 왕으로 세울 수 없습니까?"

"내가 약속하지 않았느냐? 네 아들을 반드시 왕으로 세워주마. 내가 처음부터 말했지. 너는 한낱 계집종에 지나지 않았으나 후궁으로 만들어주겠다고 약속했어. 그리고 그 약속을 지키지 않았느냐? 그러니 너의 아들을 왕으로 만들어주는 것을 의심하지 마라. 네 아들이 내 아들이 아니냐?"

사내가 음흉하게 웃는 소리가 들렸다.

*

인조는 봉림대군이 나가자 허공을 가만히 쏘아보았다. 대궐의 숲을 지나가는 바람 소리가 음산했다. 어전에 무거운 침묵이 감돌았다. 어차피 강씨를 죽이려고 작정했었다. 그런데 인정을 베풀어야 하는가. 쓸데없는 짓을 한다고 생각했으나 새로 책봉된 세자의 청이니 들어주어야 한다.

'악명은 내가 뒤집어쓰고 좋은 평판은 네가 가지려고 하는구나.'

인조는 속으로 그렇게 생각했다.

"대전 상궁 있느냐? 강씨 처소에 궁녀 하나를 보내 시중을 들게 하라."

인조는 봉림대군의 청을 받아들여 궁녀 한 명을 강씨에게 보냈다. 그러나 강씨에 대한 증오는 더욱 커졌다.

"감히 강씨와 말하는 자는 엄벌에 처하겠다."

인조는 궁녀들에게 삼엄한 영을 내렸다. 강씨는 소현세자와의 사이에서 아들 셋, 딸 셋을 두고 있다. 부부 사이가 좋아 아이들을 여섯이나 낳고 배 속에 또 아기가 있었다. 강씨를 죽이면 배 속의 아기도 죽게 된다. 인조는 그 사실이 자꾸 마음에 걸렸다. 창고에 갇혀 있는 강씨는 음식을 들지 않았다. 그들이 사형을 시키기 전에 스스로 죽어야 복수가 된다고 생각했는지 모른다.

"궁녀들은 어찌 자백을 하지 않는가?"

인조가 내시 상선 안중생을 불러 하문했다.

"여러 차례 형신을 가했으나 자백을 하지 않고 있습니다."

안중생이 인조의 눈치를 살피면서 대답했다.

"속히 자백을 받으라. 자백을 받지 않으면 네가 죽으리라."

인조가 무시무시한 영을 내렸다. 안중생은 얼굴이 하얗게 변해 내사옥으로 돌아와 궁녀들을 고문했다. 그러나 그들을 한 달

동안이나 고문했으나 자백을 받을 수 없었다. 조정에는 흉흉한 소문이 돌기 시작했다.

인조는 대신들과 육조판서 판윤을 대궐의 빈청으로 불렀다. 이에 영의정 김류, 우의정 이경석, 완성 부원군 최명길, 낙흥 부원군 김자점, 판중추 이경여, 병조 판서 구인후, 이조 판서 김자성, 예조 판서 김육, 공조 판서 이시백, 판윤 민성휘 등이 빈청으로 나왔다.

"내간의 변이 오늘에 이르러 극도에 달하였다. 경들은 어찌 입을 다물고 있는가?"

인조가 대신들을 쏘아보면서 말했다.

"내간의 변이라는 것은 무엇을 말씀하시는 것입니까?"

영의정 김류가 물었다. 대궐에서 일어난 일이 흉흉한 소문이 되어 민간에 퍼지고 있었다.

"역강의 변이다. 영적 강씨가 전복구이에 독을 넣어 과인을 시해하려고 했다. 이는 불충불효의 대역죄가 아닌가?"

인조의 말에 대신들의 얼굴이 사색이 되었다. 대궐에서 일어난 사건을 소문으로 듣고 있었으나 인조의 입을 통해 들은 것은 처음이었다.

"그러하면 유사에 내려 조사하게 하소서."

"의금부에서 조사하라."

인조가 영을 내렸다. 강씨를 처형하려면 조정을 움직여야 했다. 인조 독살 미수 사건은 의금부에서 본격적으로 조사하기 시작했다. 의금부는 궁녀들을 넘겨받아 철저하게 신문했으나 자백을 받을 수 없었다. 오히려 죄 없는 궁녀들이 잇달아 고문을 받다가 죽었다.

"예로부터 흉역(兇逆)의 변이 어느 시대인들 없었겠습니까마는 오늘날처럼 망극한 일은 있지 않았습니다. 위로는 조정으로부터 아래로는 여염에 이르기까지 모두가 팔뚝을 걷어붙이고 이를 갈면서 그의 살을 씹어 먹고 가죽을 깔고 앉으려고 하는데, 더구나 신들이 마음이겠습니까. 밤낮으로 절치부심하고 있으나 끝내 자백을 받아내지 못하였으니, 신들의 죄가 진실로 큽니다. 이것이 얼마나 큰 변고인데 입을 다물고 말하지 않은 채 세월만 보내겠습니까. 금중(禁中)은 더없이 엄중한 곳이어서 다른 사람이 출입할 수 있는 곳이 아니고 독을 넣는 일 또한 갑자기 할 수 있는 것이 아니므로 반드시 주방에서 일하는 무리하고 있을 터인데, 시종 곤장을 참아내고 입을 다문 채 죽어가고 있으니, 통분한 마음을 금할 수 없습니다. 의심쩍은 무리들이 다 곤장 아래 쓰러져 죽어 추적할 단서가 끊어져 끝내 규명할 수 없게 되었습니다."

영의정 김류가 아뢰었다. 궁녀들이 고문을 당해 죽는 바람에 진범을 잡을 수 없다는 말이었다.

"강빈이 심양에 있을 때 은밀히 왕위를 바꾸려고 도모하고 청나라에서 돌아왔다. 그때 내간에서 소문이 나기를 '강빈이 은밀히 청나라 사람과 도모하여 장차 왕위를 교체하는 조처가 있을 것이다.' 하였다. 나는 이를 듣고 매우 미워하였다. 강씨는 홍금적의(紅錦翟衣, 왕비들이 입은 옷)를 만들어놓고 내전(內殿, 중전)의 칭호를 외람되이 사용했다. 지난해 가을에 매우 가까운 곳에 와서 분한 마음으로 인해 시끄럽게 성을 내었다."

인조의 말은 무엇을 뜻하는가. 대신들은 궁금했으나 차마 물어볼 수 없었다. 인조는 그때 일을 생각할 때마다 이를 갈았다. 눈에서 불이 일어났다.

"전하, 세상에 자식을 죽이는 부모가 어디에 있습니까? 이는 흉악한 역적들의 음모이니 그들의 말에 귀를 기울이시면 안 됩니다."

강씨는 인조에게 음모에 빠지면 안 된다고 울부짖었다.

"아들을 죽인 것도 모자라 며느리와 손자까지 죽이려고 하십니까?"

인조는 그때 강씨를 반드시 죽여야겠다고 이를 갈았던 것이다. 그런데 전복구이에서 독이 나오고 대궐 곳곳에서 사람의 뼈와 저주를 하는 짚 인형 등이 나왔다. 짚 인형은 임금의 형상으로 만들어져 있었다. 임금이 죽기를 바라는 저주를 한 것이다.

"강씨는 사람을 보내 문안하는 예까지도 폐한 지가 이미 여러 날이 되었다. 이런 짓도 하는데 무슨 짓인들 못 하겠는가. 이것으로 미루어 헤아려 본다면 흉한 물건을 파묻고 독을 넣은 것은 모두 다른 사람이 한 것이 아니다. 예로부터 난신적자(亂臣賊子)가 어느 시대나 없었겠는가마는 그 흉악함이 이 역적처럼 극심한 자는 없었다. 군부(君父)를 해치고자 하는 자는 천지의 사이에서 하루도 목숨을 부지하게 할 수 없으니, 해당 부서로 하여금 율문을 상고해 품의하여 처리하게 하라."

인조가 엿을 내렸다. 대신들의 얼굴이 흙빛으로 변해 웅성거렸다. 인조는 강씨가 임금을 저주하는 물건을 대궐에 파묻고 독을 사용했다고 말한 것이다.

"홍금적의의 일은 부인의 성품이 비단에 탐이 나 그런 것입니다. 시역이야말로 이를 데 없이 큰 죄인데 짐작으로 단정 지을 수 있겠습니까."

이시백이 아뢰었다. 이시백은 강씨가 왕비의 옷을 입은 것은 비단 때문이지 임금을 시해할 생각은 아니라고 주장했다. 그러나 인조는 강경하게 강씨를 처벌할 율문을 찾아 올리라고 형조에 지시했다. 강씨의 죄를 인정하고 처벌하는 법조문을 보고하라는 것이다.

"삼가 성상의 하교를 받고 자신도 모르는 사이에 머리털이 곤두서고 마음이 떨렸습니다. 신자(臣子)는 이러한 죄가 하나만 있어도 오히려 천지의 사이에 목숨을 부지하기가 어려운데, 더구나 겸하여 있는 자이겠습니까. 진실로 성상의 하교에 따라 품의해 처리하기에 겨를이 없어야 할 것입니다. 예전의 제왕들이 인륜의 변을 처리하면서 은혜보다 의리를 앞세운 것이 비록 떳떳한 법이긴 하나, 의리보다 은혜를 앞세우는 방도도 있습니다. 삼가 바라건대 성상께서는 공평한 마음으로 살피시어 잠시 해당 부서로 하여금 율문을 상고하도록 한 분부를 정지하소서."

김류와 이경석이 물러 나와 계사를 초안했다. 강씨의 일을 법대로 처리하지 말고 더 논의하자는 뜻이다. 최명길이 두 사람의 계사를 보고 고쳤다.

"신들이 삼가 성상의 하교를 받아 머리를 맞대고 서로 읽어 보면서 자신도 모르게 머리털이 곤두서고 마음이 떨렸습니다. 다만 생각건대, 예전의 제왕이 인륜의 변을 처리하는 도리는 하나뿐만이 아니었으며, 아버지와 자식 간의 타고난 자애심은 진실로 어디에나 존재했습니다."

최명길이 계사를 고쳐 올렸다. 대신들이 이와 같은 계사를 올렸으나 인조는 거들떠보지도 않았다. 시간은 이미 일경(一更)이었다.

"내관 조방벽이 심양에 있을 때 말할 때마다 반드시 내전이라고 불렀다는데, 법을 무시하고 아첨한 정상이 매우 가증스럽다. 의금부로 하여금 붙잡아다 국문하여 정죄하게 하라."

인조가 영을 내렸다. 인조는 강씨의 주변 인물도 닥치는 대로 잡아들이게 했다. 강씨는 심양에서 돌아올 때 진귀한 물건을 잔뜩 가지고 돌아왔다. 소문에는 그녀가 가지고 온 물건이 수백 바리에 이른다고 했다. 인조가 그 말을 듣고 내관 김관에게 물었다.

"수백 바리가 아니라 여든 바리입니다."

김관이 대답했다. 인조가 노하여 심관을 파직하고 강씨가 가지고 온 물품을 모조리 압수했다.

9장

임금이 임금 같지 않다

검을 일직선으로 뻗었다. 미동도 하지 않고 허공을 응시했다. 무념의 상태에서 오로지 정신을 집중했다. 바람은 차가웠다. 살을 엘 듯이 시린 바람이 얼굴을 할퀴고 지나갔다. 겨울이 되었으나 여전히 푸른 대나무 잎이 우수수 떨어져 바람에 날렸.

대나무 잎사귀는 겨울에도 푸르다. 그래서 선비들이 사군자라고 부르면서 사랑하지 않았는가. 간간이 하늘을 찌를 듯이 우뚝 솟아 있는 나무에서 잎이 떨어질 뿐이었다.

이진은 숨을 멈추었다. 귀를 열고 소리에 집중했다. 펄럭, 그때 대나무 잎사귀 하나가 떨어지기 시작했다.

팟!

이진의 입에서 짧은 기합성이 터져 나오고 검이 허공을 갈랐다. 매서운 바람이 일면서 백광이 허공에서 번쩍였다.

이진의 눈에서 실망스러운 빛이 스치고 지나갔다. 검이 쇄도하자 나뭇잎이 공기를 타고 하늘거리면서 움직였다. 이번에도 대나무 잎사귀를 베지 못한 것이다. 공기의 파장에 의해 나뭇잎이 미끄러지듯이 검에서 비껴가고 말았다.

'반드시, 반드시 복수를 할 것이다.'

이진은 이를 악물었다. 아버지와 계모, 그리고 비록 이복동생이지만 그녀의 동생이 살해되었다. 어린 계모의 태중에는 새 생명이 자라고 있었는데 그마저 무참하게 죽임을 당했다.

이진은 넋을 잃었다. 대궐의 하헌당에서 세자빈 강씨를 만나고 돌아오자 그들은 피투성이가 되어 죽어 있었다. 이진은 너무나 놀라서 눈물조차 나오지 않았다. 가슴이 컥 하고 막혀서 몇 번이나 주먹으로 가슴을 두드려야 했다.

"아버지."

이진의 눈에서 뜨거운 눈물이 흘러내린 것은 한참이 지나고 나서의 일이었다. 이진은 통곡했다. 피를 토하듯이 절규했다. 아버지를 살해한 인물은 김자성과 김자점 일파가 분명할 것이라고 생각했다. 그들에게 처절한 복수를 해야 한다고 생각했다.

그러나 문득 김재수의 얼굴이 떠올랐다. 일목검 김재수가 지키고 있다면 상대가 되지 않는다.

이진은 아버지와 어린 계모의 장례를 치렀다. 이요환과 오강우가 찾아와 위로를 했다. 그러나 그들의 말이 귀에 들어오지 않았다.

이장길이 살해되자 조정은 뒤숭숭했다.

"도성에서 강도가 활개를 치니 치안을 어찌하였는가. 포도대장을 파직하라."

인조가 영을 내렸다. 인조는 이장길의 죽음을 강도 살인으로 몰고갔다. 새로 임명된 포도대장은 삼엄하게 기찰했다. 곳곳에서 한량과 왈짜를 잡아들여 곤장을 때렸다. 한양 도성에 피바람이 불었다. 한량과 왈짜 중에는 곤장을 맞고 죽어 나가는 이도 있었다. 이장길의 죽음으로 소현세자 독살사건을 조사하던 선비들은 숨을 죽였다. 그들도 언제 죽임을 당할지 알 수 없었기 때문이었다.

*

이진은 장례를 마치자 전라도 담양으로 내려왔다. 아버지가 피신하려고 담양의 대나무 숲에 아담한 초가 한 칸을 마련해

270

두었다. 그러나 아버지는 와보지도 못하고 죽임을 당한 것이다.

이진은 오로지 무예 연마에 열중했다. 벌써 넉 달째였다. 이진이 처음 담양에 내려올 때는 여름이었으나 가을이 가고, 어느새 눈발이 날리는 겨울이 왔다.

이진의 초가는 울창한 죽림에 있었다. 죽림의 대나무는 하늘을 찌를 듯이 장대했다. 이요환은 이진의 초가를 향해 걸음을 떼어놓다가 하늘을 쳐다보았다.

'아.'

하늘에서 하얀 눈송이가 내리고 있났나. 겨울이 와도 잎이 변하지 않는 숲, 온통 시퍼런 바다가 펼쳐져 있는 것 같은 대나무 숲에 흰 눈송이가 꽃잎처럼 떨어지는 모습은 지극히 아름다웠다.

'이진은 부모님을 모두 여의었으니 얼마나 마음이 아플까?'

이요환은 이진을 생각하자 가슴이 타는 것 같았다.

"아버지, 이장길을 살해한 자들이 누구예요?"

이장길이 죽었을 때 이요환은 아버지 이형익에게 물었다.

"내가 그걸 어떻게 알겠느냐? 강도 살인을 당했다고 하더라."

이형익이 헛기침을 하면서 대답했다.

"아버지는 아실 거 아니에요?"

"내가? 아니다. 나는 절대 모른다."

"아버지, 딸에게도 거짓말을 하실 거예요?"

"알아도 말할 수 없다."

"아버지가 말을 하지 않으면 이진이 아버지를 죽이러 올 거예요."

"소현세자가 죽었을 때도 나를 추궁하더니 또 나냐?"

"이진이 죽이러 오면 어떻게 할 거예요?"

"그 계집을 죽여야겠구나."

이형익의 말에 이요환의 얼굴이 흙빛이 되었다. 이형익은 자신이 아니라고 했으나 이요환은 믿을 수 없었다.

"아버지, 진실을 말씀해주세요."

"나는 모른다."

이형익은 절레절레 고개를 흔들었다. 그것이 이장길이 죽었을 때 이요환이 물었던 말이었다.

이요환은 다시 걸음을 떼어놓기 시작했다. 그때 대나무 숲이 흔들리는 것이 보였다. 마치 빛처럼 하얀 물체가 대나무 숲을 누비고 있었다. 그 빛이 어찌나 빠른지 지나가고 난 뒤에야 무성한 잎사귀가 흔들렸다.

'아.'

이요환은 자신도 모르게 탄성을 내뱉었다. 그것은 빛처럼 빠른 이진이었다. 이요환이 경악하여 사방을 둘러보자 어느 틈에 이진이 대나무 숲에서 그녀를 바라보고 있었다. 이요환은 아무 말도 할 수 없었다. 아아, 어쩌다가 우리는 이런 사이가 된 것인가. 이진의 눈에서 파랗게 불길이 쏘아지는 것 같았다.

번쩍!

그때 이진이 갑자기 몸을 솟구쳤다. 그녀의 몸이 팽그르르 회전을 하면서 네댓 자 높이로 치솟더니 사방에서 백광이 번쩍였다. 이진의 종적은 그림자도 볼 수 없었다. 잠시 후 사방의 공기가 싸늘하게 얼어붙더니 이진이 옷자락을 표표히 날리면서 내려섰다. 이어 나뭇잎이 우수수 떨어졌다.

천지만화세(天地滿花勢).

하늘과 땅에 온통 꽃이 가득한 검세였다.

쩍!

그와 함께 여기저기서 거대한 대나무가 요란한 소리를 내면서 베이고 갈라졌다.

'나를 죽일 수 있었는데도 죽이지 않았구나.'

바로 뒤에 있던 대나무가 베여 쓰러지는 것을 보면서 이요환은 등줄기가 서늘해졌다.

조정은 뒤숭숭했다. 인조가 강씨를 사형에 처하려고 했다.

"강씨가 은밀히 왕위를 바꾸려고 도모했다는 이야기가 여염에 전파되었으니, 왕법으로 논한다면 진실로 처형을 면할 수 없습니다. 다만 성상께서 측은한 마음으로 관대한 은전을 베풀어 그 목숨만은 살려주는 것 또한 한 가지 방도일 수 있습니다. 대신을 성문 밖으로 축출하고 훈련대장을 금중(禁中)에 입직시킨 것에 있어서는 내외와 원근으로 하여금 의혹을 일으키고 놀라게 했습니다. 삼가 바라건대, 성상께서는 조속히 노여움을 거두시고 조용히 처리하시어 아랫사람으로 하여금 의심하는 우환이 없게 하소서."

부제학 유백증이 질병으로 쉬고 있다가 아뢰었다.

"강씨가 재물이 많아 사람을 잘 유인하며, 자식이 있는 사람이고 행실을 좋지 않게 하는 여자이므로 사람마다 두려워하고 있다. 유백증은 강씨가 두려워서 끝내 정론을 제기하지 못하고 있으니 강씨의 권세가 크다는 것을 알 수 있을 것이다. 유백증은 강씨와 같은 무리다."

인조는 유백증을 파직했다. 김자점과 구인후는 대궐에서 숙직을 하고 홍진도도 도총관(都摠管)으로서 총부(摠府)에서 숙직했다. 인조는 이날 밤에 양화당(養和堂)에 나아가 김자점 등을 불렀다.

"국가가 불행하여 예전에 없던 변이 지친한테서 발생했으니 요사이 전하의 심회가 어떠하겠습니까. 신료들은 이런 망극한 일을 보고 죽고자 하나 못하고 있습니다."

김자점이 아뢰었다.

"저주의 변괴가 비빈들의 집에서 나온 것은 내가 집안을 잘 다스리지 못한 소치였는데, 오늘날에 이르러서 이처럼 큰 변이 일어나니 실로 다시 경들을 대할 면목이 없다."

인조가 퉁명스럽게 내뱉었다.

"독을 넣은 일은 차마 말할 수도 없습니다. 비록 어떤 사람의 손에서 나온 것인지는 알 수 없지만 비상한 변이 잠깐 사이에 일어났으니 신하의 마음이 어떠하겠습니까?"

"강씨의 일에 대해 경의 생각은 어떠한가?"

"신이 대궐에 나아가 대죄한 뒤에 첫 번째 계사에 같이 참여했으니, 황공한 마음을 금할 수 없습니다. 대개 부모에게 불순한 자에 대해서는 조종조(祖宗朝)에서도 이미 벌을 시행한 일이 있습니다. 신의 생각에는 이 일은 상께서 독단하는 것이 옳다고 여깁니다."

김자점은 인조에게 결단을 내리라고 촉구했다.

"강씨가 소시에는 별로 불순한 일이 없었는데, 심양을 왕래한 뒤로부터 갑자기 전과 달라졌다. 지난해 가을에 그의 여종 몇 사람이 죄를 지어 축출을 당하자 지극히 가까운 곳에 와서 큰 소리로 울부짖으면서 통곡하기까지 하였다. 그리고 그날 저녁부터 문안을 드리지 않았으니, 며느리가 되어서 어찌 감히 이와 같이 할 수 있겠는가. 이것은 반드시 후원하는 당이 너무나 성하여 마음에 믿는 바가 있는 데서 연유한 것이다."

인조는 강씨의 죄를 낱낱이 말하기 시작했다.

"이 사람이 귀국할 때 금백(金帛)을 많이 싣고 왔으니, 이것을 뿌린다면 무슨 일인들 못 하겠는가. 대신과 육경은 내가 본디 의심하지 않으나, 용렬 비루하고 무식하여 재물에 탐이 나서 의리를 망각한 자들은 꾐을 당할 염려도 없지 않다. 예전에 진(秦)나라가 육국(六國)을 멸망시킬 적에 제후들에게 수많은 돈을 뿌려 정권을 잡은 자가 결국은 대업(大業)을 성취하였으니, 어찌이 일과 다르겠는가. 그러나 국문할 때 별로 자복한 사람이 없었고 저주한 변도 분명히 드러난 자취가 없었으니, 어찌 이것만가지고 그의 죄를 단정 짓고자 하겠는가. 다만 이 사람이 이처럼 착하지 않으니 후일에 반드시 걱정거리가 될 것이기 때문에기필코 제거하고자 하는 것이다."

인조는 반드시 강씨를 제거해야 한다고 말했다. 증거가 없지만 착하지 않기 때문에 죽여야 한다는 해괴한 논리였다.

"신이 지난번에 심양에 갔을 때 들으니, 세자가 간혹 사냥하러 나가는 때가 있으면 강씨가 반드시 강원(講院)의 장계(狀啓)를 가져다가 임의로 써넣기도 하고 삭제하기도 했다 합니다. 어찌 부인으로서 바깥일을 이런 데까지 간여할 수 있단 말입니까. 대개 강씨의 소행은 착하지 못한 일이 많이 있으나 사람들이 감히 말하지 못합니다. 이제 과부(寡婦)가 되어 또 종사(宗社)에 죄를 지었는데, 조정에 있는 신하들이 어찌 이 사람을 위해서 두둔할 수가 있겠습니까?"

김자점이 마침내 속내를 드러냈다.

"경의 말이 좋다."

"강씨가 은밀히 왕위를 바꾸려고 도모했다는 것에 대해서는 비록 알 수 없으나 적의를 미리 만들었다는 것은 실로 거짓말이 아니니, 이것이 바로 역적 행위입니다. 독을 넣은 일은 비록 단서가 없기는 하지만, 두세 가지 죄목만 하더라도 모두 큰 죄입니다. 신하들의 의사는 갑자기 극형을 가하는 것이 부당하지 않을까 의심한 것에 지나지 않을 뿐입니다."

"아버지가 불효한 자식을 죽이려고 하는데 신하들이 그 죄는 따지지 않고 도리어 구원하려는 마음이 있으니, 이는 야만인이나 짐승만도 못한 것이다."

인조는 강씨를 맹렬하게 비난했다.

"성종 때 그 일에 대해 말한 사람은 연산조(燕山朝)에 이르러

다 뼈를 가루로 만들어 바람에 날리는 화를 당하였다. 강씨에게
세 명의 자식이 있으니 사람들이 크게 두려워하는 바가 바로 여
기에 있다."

인조는 자신의 손자들에 대해서도 이야기를 했다. 이는 손자
들도 제거하겠다는 의중을 내비친 것이다.

인조는 김자점과 상의한 뒤에 승정원에 영을 내렸다.

"강씨의 죄가 극에 달했는데도 사람들이 다 두려워하고 애석
하게 여긴다. 만에 하나 소홀한 틈을 타서 변이 발생하여 일이
예측할 수 없는 지경에 이른다면 비록 후회한다 하더라도 소
용이 없을 것이다. 폐출하고 사사(賜死)하라는 뜻을 양사에 전
하라."

인조의 영이 내리자 승정원은 깜짝 놀랐다.

"곧 하교하신 뜻으로 양사를 패초(牌招)하여 말하겠습니다만
국가의 막중한 조치를 대신이 미리 알지 않을 수 없으니, 대신
을 먼저 명초하소서."

승정원에서 아뢰었다. 인조는 대신들을 부르라고 지시했다. 이
경석, 최명길, 김자점 등이 명을 받고 빈청(賓廳)으로 들어왔다.

"전하의 하교가 이와 같으니 어길 수가 없습니다."

김자점이 가장 먼저 아뢰었다. 김자점은 인조의 뜻대로 강씨
를 죽이겠다고 말한 것이다.

"강씨의 죄악을 조정의 신하들이 모르지 않습니다. 이제 성상께서 은혜와 의리를 참작하시어 결정해 명을 내리셨으니, 정원으로 하여금 해사(該司)에 분부하여 거행하게 하소서."

이경석과 최명길도 마지못해 따라서 대답했다.

"강씨를 사사하라는 분부를 도로 거두소서."

헌납 장응일이 아뢰었다. 사헌부의 관리들은 강씨의 사사를 일제히 반대했다. 승정원에서 헌부에 새로 제수된 관원을 불러 강씨를 사사하라는 하교를 내릴 것을 청했다. 지평 이재는 밖에 있었고, 지평 최후현은 최명길의 조카인데 최명길이 이미 강씨를 죽이는 의논을 따랐기 때문에 부름에 나오지 않아 파직되었다, 장령 유심만 사헌부에 나와 전교를 받들었다.

"범인(凡人)에 있어서도 죄목을 억지로 정할 수 없는 것인데, 더구나 같은 피붙이의 지친에게 어떻게 억측으로 할 수가 있겠습니까. 신이 오늘 말하면 내일 죽게 된다는 것을 모르지는 않지만 분부대로 받들어 결국은 우리 임금을 저버리는 일은 차마 못하겠습니다. 조금 위엄을 거두시고 그 분부를 도로 거두소서."

헌납 장응일이 다시 아뢰었다. 이때 강씨의 일을 논하는 자들은 감히 '억측'이란 말을 쓰지 못하였으나 장응일은 홀로 서서 대항해 말하는 어조가 늠연(凜然)했기 때문에 사람들이 지조가 있는 선비라고 칭송했다. 인조는 대노해 김자점을 불러 상

279

의했다.

"근래에 벼슬자리를 잃을까 걱정하는 무리들은 오직 시세에 달라붙을 줄만 안다. 진실로 자신이 한 말이 시행되지 않는 것을 수치스럽게 여긴다면 어찌하여 벼슬을 버리고 떠나지 않는단 말인가. 장응일은 임금을 사랑한다고 스스로 말하면서 '죄목을 억지로 정하고 죄 없는 사람을 죽이려 한다.'라고 말했으니, 이른바 임금을 사랑한다는 것이 무엇인가."

"이것은 소견이 미치지 못해서 그런 것입니다. 장응일은 영남 사람으로서 사람됨이 자못 질박하고 정직합니다."

"시골 사람도 이와 같으니 더욱 놀라운 일이다. 우상이 말하기를 '강문명(姜文明)을 추국하면 무함의 폐단이 이로부터 일어날 것이다.'라고 했는데, 그렇다면 내가 무함의 우두머리가 될 것이다. 말을 이와 같이 하는 것은 뒷날 뼈를 가루로 만들어 바람에 날리는 화를 당할까 두려워하는 것에 지나지 않는 것이니, 이해에 동요되어 염치를 모두 상실한 것이다. 경은 시험 삼아 오늘날 정부와 대각이 하는 것을 보라. 옳은가, 그른가?"

"이것이 어찌 뼈를 가루로 만드는 화를 두려워해서 그런 것이겠습니까. 사람들의 논의에 동요된 데 지나지 않습니다."

"가령 강씨가 죄를 범한 바가 없다 하더라도 위아래 인심이 이와 같이 돌아가니, 또한 죽을 만하다. 그리고 이는 외부의 죄인이 아니므로 내가 곧바로 대궐 안에서 사사하고자 하는데 경의 생각은 어떤가?"

"신의 생각에는 옳지 않다고 여깁니다. 서서히 그 죄를 정확히 밝혀 처치해야 할 것입니다. 대궐 안에서 할 것이 뭐가 있겠습니까. 본가(本家)로 내쫓았다가 처치하는 것이 타당할 듯합니다."

"지연하다가 장차 큰 화가 있을까 염려된다."

"신이 목숨을 걸고 그렇지 않으리라는 것을 밝히겠습니다. 혹시 큰 화가 있게 된다면 마땅히 신을 먼저 처단하소서."

"단지 경이 모를까 염려한 것이다."

"신은 결단코 그렇지 않을 것입니다."

"혹시 뜻밖의 변이 발생한다면 경이 지금 이와 같이 하고서 뒤에는 장차 어떻게 하려고 그러는가?"

"만일에 변이 발생한다면 신을 죽이소서."

"나라가 망한 뒤에 비록 처벌하고 싶어도 어떻게 할 수 있겠는가."

"일이 만일 그런 지경까지 이른다면 전하께서 비록 신을 죽이지 않는다 하더라도 신이 자살할 것입니다."

"경이 이와 같이 말하니 내 깊이 믿겠다. 근년에 늙고 병이 많은데 심장병까지 갈수록 심하여 말이 두서가 없고 선후가 뒤바뀐다. 그러나 경에게야 또한 무슨 말인들 못하겠는가. 대간이 이미 독을 넣은 일을 말했으면 약방(藥房)은 당연히 문안해야 함에도 끝내 아무런 말도 하지 않았고 추국이 이미 끝난 뒤에도 보통 일처럼 보아 넘기고 역시 와서 그 연유를 묻지 않았다. 신료들은 나더러 박대한다고 말하지만 신료들이 나를 얼마나 박대했는가. 임금을 저처럼 성의가 없이 섬기고도 임금이 우대하기를 바라는 것이 옳은 일인가. 맹자가 말하기를 '임금이 신하를 초개처럼 보면 신하가 임금을 원수와 같이 본다.'라고 했다. 지금 신하가 임금을 이와 같이 보고 있으니, 임금이 신하를 장차 어떻게 보아야 할 것인가. 그러나 이것은 내가 덕이 박한 소치이니 누구를 원망하고 누구를 탓하겠는가. 강씨를 즉시 사사하라."

인조가 영을 내렸다.

*

정국은 긴박하게 움직이고 있었다. 오강우는 오윤겸을 따라 동궁으로 들어갔다. 세자인 봉림대군에게 문안을 드리자 그가 시종들을 따라오지 못하게 하고 묵묵히 대궐 뒷산으로 걸어 올라갔다. 오윤겸이 그 뒤를 따라 걷고 오강우도 뒤를 따라갔다. 이내 대궐이 한눈에 내려다보이는 부용정 뒷산에 이르렀다.

"무슨 할 말이 있어서 나를 찾아왔는가?"

봉림대군이 무거운 목소리로 물었다. 강씨의 죽음이 임박하자 봉림대군의 표정도 침통해보였다. 오강우는 그들의 이야기를 듣지 않으려는 듯이 멀리 떨어져 있는 여러 전각을 지그시 응시했다. 전각과 전각 사이로 궁녀와 내시들이 바쁘게 오가는 모습이 보였다.

"저하께서 어찌 생각하는지 사람들이 궁금해하고 있습니다."

오윤겸이 머리를 조아렸다. 밑도 끝도 없는 말이다. 그러나 작금의 정국을 대입하면 무슨 말인지 알 수 있다.

"내가 무슨 할 말이 있는가?"

"강씨가 죄가 있다고 생각하십니까?"

"하늘이 그리 말씀하시지 않는가?"

봉림대군이 떨리는 목소리로 말했다. 하늘은 임금을 말하는 것이다. 임금이 죄가 있다고 하니 나설 수 없다는 말이다.

"하늘을 속이는 자들이 있습니다."

"손바닥으로 하늘을 가린들 무슨 소용이 있는가?"

봉림대군이 쓸쓸한 표정으로 웃었다. 오윤겸은 봉림대군의 등을 가만히 쏘아보았다.

"저하께서는 이 일을 바로 잡으실 생각이 있습니까?"

오윤겸의 말에 봉림대군이 등을 돌렸다. 그의 눈에서 무시무시한 살기가 뿜어졌다. 그러나 오윤겸은 꼼짝도 하지 않고 태산처럼 버티고 서 있었다. 평소의 오윤겸이 아니다. 봉림대군이 빠르게 주위를 살폈다.

"사사로이는 나에게 형수가 된다. 반드시 억울함이 밝혀져야 하지 않겠는가? 허나 지금은 아니다."

봉림대군이 날카로운 눈빛을 감추고 낮은 목소리로 말했다.

"보위에 오르시면 역적을 처단하시겠습니까?"

"약속한다. 내 반드시 그리할 것이다. 너희들이 원하는 것이 그것이냐?"

봉림대군이 다시 오윤겸을 쏘아보았다.

"신들이 원하는 것은 북벌(北伐)입니다."

"북벌?"

봉림대군이 눈을 크게 떴다. 오강우는 가슴이 철렁할 정도로 놀랐다. 북벌이라니. 그 소리가 천둥을 치는 것처럼 오강우의 귓전을 때렸다. 아아, 아버지가 청나라를 치는 북벌을 계획하고 있다는 말인가. 오강우는 가슴이 세차게 뛰었다. 그와 함께 아버지의 뒤에 또 다른 사람이 있다는 것이 느껴졌다.

"그러하옵니다. 북벌을 약속해주십시오."

"약속한다."

봉림대군이 잠시 생각에 잠겨 있다가 고개를 끄덕였다.

"그럼 신들은 이번 사건에 나서지 않겠습니다."

오윤겸이 머리를 깊숙이 조아렸다.

오강우는 아버지의 말에 놀랐다. 아버지가 세자인 봉림대군과 밀약을 맺고 있었다.

"그리하라."

"신은 물러가겠습니다."

"자중하라. 사방에 적이 있다."

"예."

오윤겸이 머리를 조아리고 물러가기 시작했다. 오강우는 엉거주춤 오윤겸의 뒤를 따르기 시작했다.

봉림대군은 나뭇잎이 모두 떨어진 앙상한 나뭇가지를 오랫동안 바라보았다. 눈이 오려는 것인가. 하늘이 낮고 찌뿌둥했다.

"부디 오씨를 죽이고 그 손자들을 죽이는 일에 관여하지 마십시오."

김자성의 말이 이명처럼 귓전을 울렸다.

"하늘이 지시하는 일인데 내가 어찌 관여하겠는가?"

봉림대군은 김자성에게 쓸쓸하게 말했다. 세자빈 강씨는 죽음을 맞이할 것이다. 조정을 손아귀에 쥐고 김자성이 그에게 경고를 하고 있었다.

'북벌이 나의 숙명이 되겠구나.'

봉림대군은 그렇게 생각했다. 김자성, 김자점 패거리와 오윤 겸 패거리가 맞붙고 있었다. 소현세자의 죽음에 이어 강씨마저 죽음을 맞이하게 된 것은 김자성 패거리가 조소용과 손을 잡고 있기 때문이다.

소현세자가 죽으면서 봉림대군은 세자가 되었다. 세자의 자 리는 원손에게 돌아가야 했으나 봉림대군이 세자가 된 것은 김 자성이 아직 때가 되지 않았다고 판단했기 때문이었다.

'아아, 장차 이 나라가 어찌 될 것인가?'

봉림대군은 하늘을 우러러보며 탄식했다.

강씨의 죽음이 시시각각 다가오고 있었다.

"강씨를 사사할 때 예조에서 거행할 절목이 많이 있을 것이 니, 본조의 당상을 부르는 것이 어떻겠습니까?"

좌부승지 여이재가 아뢰었다.

"본조에서 자연 참작하여 품처할 것이니 굳이 명초할 필요는 없다."

"빈(嬪)으로 책봉할 때 내렸던 교명책(敎命冊), 인(印), 장복(章 服) 등의 물품을 마땅히 도로 거두어 처리하는 일이 있어야 하 겠습니다. 대내(大內)에서 거두어 정원에 내려 불사르고 부숴 버리게 하는 것이 마땅할 듯합니다. 대신들의 생각도 이와 같 습니다."

예조판서 정태화가 먼저 대궐에 나와 아뢰었다.

"알았다."

인조는 간단하게 비답을 내렸다.

"마땅히 종묘에도 이 일을 고해야 하는데, 종묘에 고하는 일과 사사하는 일의 선후에 대해서는 신이 마음대로 결정할 수 없습니다. 대신에게 물어보소서."

정태화가 다시 아뢰었다. 인조가 김자점에게 물었다.

"사사한 뒤에 종묘에 고하는 것이 마땅합니다. 그리고 강씨의 죄목은 외부에서 상세히 알지 못하고 있으니 교서를 반포하는 조처가 있어야 하겠습니다."

김자점이 아뢰었다.

"그리하라."

인조가 영을 내렸다. 세자빈이었기 때문에 강씨를 죽이는 일도 절차가 복잡했다.

대사간 민응형이 순천(順天)에서 동작진(銅雀津)에 도착하여, 양사가 이미 강씨의 논의를 정계하고 이날 사사한다는 소식을 듣고 크게 놀라 말을 몰아 달려왔다. 민응형은 대궐에 들어가 인조를 만나려고 했다.

"대간이 만나보려고 하는 뜻은 무슨 의도에서인가?"

인조가 내관을 시켜 물었다.

"신의 허다한 소회는 한 장의 계사로 다 말씀드릴 수 없습니다. 그리고 강씨를 처치하는 것은 실로 전하의 지나친 우려에서 나온 것입니다. 강씨는 의심할 만한 일이 전혀 없습니다. 신은 이 점을 아뢰고자 합니다."

민응형은 강씨가 죄가 없다고 강력하게 주장했다.

"하유한 뒤로 많은 날짜가 지났다. 공의가 이미 결정되었는데 이제야 시골에서 올라와 반대하는가, 이는 사대부답지 않은 태도다."

인조가 비답을 내리면서 만나지 않겠다고 말했다. 민응형은 궁중의 문을 밀치고 들어가려고 승지를 불렀으나 승지가 오지 않았다. 민응형이 대궐에 들어갈 수 없게 되자 계사의 초안을 승정원에 보냈다.

"지금 강씨의 숱한 죄악을 외부에서는 전혀 모르고 있는데, 만일 먼저 유시를 반포하지 않고 곧바로 죽인다면 멀리 외방에 있는 백성들이 반드시 전하더러 죄 없는 골육(骨肉)을 죽였다고 말할 것입니다. 잠시 사사하라는 분부를 정지하고 신을 불러 등대(登對)한 뒤에 처치하소서."

민응형이 합문(閤門) 밖에 엎드려 청했다. 인조는 강씨를 사사하라는 전지(傳旨)를 먼저 내렸다.

"말이 너무나 터무니없으니 물러가게 하라."

인조는 강씨를 죽이라는 영을 내린 뒤에 민응형을 대궐에서 내쫓았다.

하늘은 아침부터 잿빛으로 낮게 내려앉아 있었다. 금부도사 오이규는 덮개가 있는 검은 가마를 하헌당 앞에 대령하고 하늘을 쳐다보았다. 금방이라도 눈이 쏟아질 것처럼 잿빛의 하늘이 우중충했다. 이내 하헌당에서 강씨가 나오기 시작했다. 원래는 춘당지 쪽의 음습한 창고에 유폐되어 있었으나 마지막으로 하헌당을 둘러보고 싶다고 하여 허락을 받은 것이다.

'아아, 내가 하필이면 강씨에게 사약을 집행해야 하다니. 장차 우리 가문이 멸분을 당하지 않겠는가?'

오이규는 강씨를 사사할 생각을 하자 가슴이 타는 것 같았다. 연산군은 보위에 오르자 어머니 폐비 윤씨를 사사한 금부도사뿐만 아니라 그와 관련된 모든 사람에게 가혹하게 복수했다. 죽은 자는 부관참시를 하고 살아 있는 자는 죽어서 뼈를 가루로 만들어 바람에 날렸다. 강씨의 세 아들도 살아 있으니 그들이 보위에 오르면 어머니를 죽게 만든 자들을 용서하지 않을 것이다.

궁녀들은 소리를 죽여 울고 있었다. 하헌당의 궁녀들은 이미 다섯 명이나 신문을 받다가 죽었다. 하헌당에 몇 남지 않은 궁녀들이 강씨가 죽기 위해 사가로 나가는 것을 눈물로 배웅하고 있는 것이다.

강씨는 작별하기가 아쉬운 듯 사방을 둘러보았다. 흰옷을 입고 머리는 단정하게 가르마를 타서 뒤로 묶은 뒤에 비녀를 꽂고 있었다. 도도하고 위엄이 있는 얼굴이었다. 흰옷 때문인가. 얼굴의 살빛이 더욱 창백해 보였다. 눈에서는 인수 없는 서슬이 뿜어졌다.

오이규는 강씨를 향해 머리를 조아렸다.

강씨가 오이규를 시린 눈빛으로 살피더니 가마를 향해 천천히 다가왔다. 죄인을 싣고 가는 가마라 검은 덮개가 씌워져 있었다. 궁녀들이 덮개를 벗기고 가마 문을 열었다. 강씨는 표정의 변화 없이 몸을 숙여 가마로 들어갔다. 궁녀들이 가마의 문을 닫고 덮개를 씌웠다.

"가자."

오이규가 영을 내렸다. 교군들이 가마를 들고 군사들의 삼엄한 감시를 받으면서 대궐을 나가기 시작했다. 오이규는 말에 올라타 행렬을 인도하기 시작했다.

'세자빈께서 죄 없으신 것을 백성들이 아는구나.'

대궐을 나오자 선인문(宣仁門) 앞에 백성들이 담장을 친 것처럼 둘러서서 웅성거리고 있었다.

"물러서라."

군관들이 백성들의 인파를 헤치고 앞으로 나가기 시작했다. 백성들 중에는 탄식을 하는 자도 있고 눈물을 흘리는 자도 있었다. 행렬이 강씨의 사가에 이른 것은 오시가 가까웠을 때였다. 강씨의 사가에서 친정 식구들이 나와 절을 올리고 마당에 가마니를 폈다. 강씨는 가마에서 내리자 늙은 어머니에게 절을 했다.

"아가, 대체 이게 무슨 일이냐?"

강씨의 어머니가 통곡하기 시작했다.

"어머니."

강씨의 눈에서도 눈물이 비 오듯이 흘러내렸다. 강씨 사가의 남녀 하인들도 울음을 터트렸다. 이윽고 강씨가 가마니 위에 단정하게 앉았다. 어의가 가마니 위에 소반을 놓았다.

"하실 말씀이 있소?"

오이규가 교지를 읽고 강씨에게 물었다.

"군불군(君不君)…… 부불부(父不父)……."

강씨가 중얼거리듯이 낮게 말했다. 입가에 조소를 띠듯이 미소가 스치고 지나갔다. 군불군…… 임금은 임금 같지가 않고, 부불부…… 아비는 아비 같지 않다는 말이다. 인조는 임금도 아니고 아비도 아니라는 말이다. 오이규는 소름이 끼치는 듯한 기분이 들었다.

"죄인은 사약을 받으시오."

오이규가 영을 내리자 뒤에 있던 어의가 사약 그릇을 상 위에 놓았다. 강씨가 천천히 사약 그릇을 들어서 입으로 가져갔다.

까아악.

그때 강씨 사가의 지붕에서 까마귀가 요란하게 울었다. 오이규가 흠칫하며 까마귀를 쳐다보고 시선을 아래로 떨어트렸다. 강씨는 사약을 벌컥벌컥 마시고 있었다.

까악. 까아악.

까마귀가 다시 울었다. 저런 불길한 놈, 오이규는 지붕의 용마루에 앉아 흉측한 소리를 내뱉는 까마귀를 노려보았다. 군사들이 손을 휘저어 까마귀를 쫓았다. 사약을 마신 강씨가 이를 악물었다. 격렬한 통증이 엄습하는 듯 눈이 커지고 몸을 떨었다. 입에서는 피가 흘러내리고 있었다.

오이규는 눈을 감았다.

사약을 마신 강씨가 죽어가는 모습을 차마 지켜볼 수 없었다. 강씨의 숨이 완전히 끊어진 것은 일각이나 걸렸다.

"다 되었소이다."

어의가 강씨의 죽음을 확인했다.

"유언을 하였느냐?"

오이규가 대궐로 돌아오자 인조가 물었다.

"성상의 은혜에 감읍한다고 하였습니다."

오이규는 거짓말을 했다.

"오늘의 일은 윤리를 밝히고 후환을 막는 데 의도가 있다. 만일 몹시 부득이한 경우가 아니라면 어찌 차마 결연하게 법을 집행해 여러 아이로 하여금 날마다 울부짖으며 의탁할 곳이 없게 하겠는가. 그 죄는 비록 무겁지만 은혜를 완전히 거두어들일 수는 없다. 해조로 하여금 참작해 예에 따라 장사 지내게 하고 삼년 동안의 제물도 적당량을 헤아려 지급하게 하라."

인조가 영을 내렸다.

10장
조선 여 검객

　이요환은 뒷덜미가 간지러운 듯한 기분을 느끼고 걸음을 멈췄다. 누군가 자신의 뒤를 밟고 있는 것 같았다. 대체 누가 내 뒤를 밟고 있는 것일까. 내가 남장을 하고 수염까지 붙였는데 알아보는 자가 있다는 말인가. 이요환은 등줄기로 서늘한 기운이 엄습해오는 것을 느꼈다. 신경을 바짝 곤두세웠으나 주위에서 인적을 발견할 수 없었다.

　아버지는 일단 피신시켰다. 한양 장안에 있으면 언제 이진이 습격을 할지 알 수 없었다. 이진은 아버지를 의심하고 있었다. 이요환도 아버지가 이장길의 죽음과 연관이 있다는 것을 알고 있었다. 아버지는 김자성의 당파였다. 이진은 김자성의 존재까지 눈치채고 있었다. 아버지를 피신시킨 것은 오로지 이진 때문이었다. 세검정 골짜기에 초가집을 마련해 아버지를 거처하게 하고 두문불출하라고 일러놓았다. 그러니 아버지가 위험하지는 않을 것이다.

조정에는 피바람이 몰아쳤다. 인조는 세자빈 강씨를 사사한 뒤에 그녀의 아들 셋을 제주도로 유배 보냈다. 대궐에서만 수십 명이 죽었고, 강씨의 인척이나 종들도 셀 수 없이 죽임을 당했다. 그녀의 아들들은 모두 어렸으나 역강의 자식이라고 하여 유배를 보내고 딸 셋을 대궐에 유폐시켰다. 강씨의 진척들도 대부분 유배를 가고 그녀의 사가 종들도 죽임을 당했다.

'이진이 불쌍하다.'

이요환은 이진을 생각할 때마다 가슴이 아팠다. 이장길 일가를 몰살한 범인은 끝내 검거되지 않았다. 애초에 포도청에서는 범인을 검거할 수 없었을 터였다. 게다가 이장길과 친밀한 관계에 있던 사람들이 모두 파직되거나 이유 없이 유배를 갔다.

오윤겸은 밤중에 떠났다. 오강우는 그의 부친을 강원도의 깊은 골짜기로 피신시켰다. 새도 들어가면 나오지 못한다는 험한 골짜기였다. 조린협이라는 이름을 가지고 있었다.

이요환은 오강우를 따라 조린협을 다녀왔다. 오강우를 조린

협에 남겨 두고 돌아올 때 그렇게 서운할 수가 없었다. 그의 부친 오윤겸의 목숨을 노리는 자들이 있었다. 오강우는 두 달 만에 거지로 변장하고 한양으로 돌아왔다.

'아아, 세상이 어떻게 돌아가고 있는 것일까?'

이요환은 다시 걸음을 떼어놓기 시작했다. 잿빛 하늘에서 눈발이 날리기 시작했다. 눈발은 금세 함박눈이 되어 펑펑 쏟아졌다. 문득 싱그럽게 웃는 오강우의 얼굴이 떠올라왔다. 아름다운 남자, 신비스럽게 반짝이는 오강우의 눈을 생각하자 가슴이 저렸다. 아니 그를 품에 안고, 그를 자신의 몸속 깊이 받아들이던 생각이 떠올라 얼굴이 붉어지고 가슴이 뛰었다.

마른 내를 건너 붓골로 향했다. 붓골을 지나 오솔길을 일각쯤 올라가면 아담한 초가집이 있다. 오강우는 그곳에 머물고 있었다. 날이 이미 어둑어둑해지고 있었다. 승식(僧食. 승려들의 저녁 시간 · 오후 4시)을 겨우 지났을 뿐인데 벌써 어둠이 찾아온 것이다. 붓골 사람들이 저녁을 짓고 있었다. 눈발이 자욱하게 날리는 저녁 하늘로 집집에서 푸른 연기가 피어올랐다.

고샅을 돌고 오솔길을 따라 올라가기 시작했다. 눈발이 굵어지면서 길바닥에 쌓여 길이 미끄러워졌다. 신발 바닥에 한 움큼씩 눈이 묻어났다.

'제기랄.'

이요환은 눈이 내리는 하늘을 바라보고 걷다가 돌부리에 걸려서 넘어질 뻔했다. 공연히 화가 나서 눈에 덮인 돌멩이를 힘껏 걷어차는데 헛발질을 하면서 미끄덩하고 넘어지고 말았다.

'아이쿠.'

이요환은 콰당 하고 엉덩방아를 찧었다. 엉덩이가 부서질 것처럼 아팠다. 눈 때문에 방심을 한 탓이다. 엉덩이를 움켜쥐고 뒤뚱뒤뚱 걸었다. 어찌나 아픈지 눈물이 찔끔 나왔다.

오강우는 문을 열어놓은 채로 그림을 그리고 있었다. 한가한 사람이구나. 설경에 취해 그림이나 그리다니. 그녀가 오는 것도 모르고 그림을 그리고 있는 오강우가 얄미웠다. 눈을 뭉쳐 오강우의 머리에 던졌다. 오강우가 깜짝 놀란 듯이 그녀를 바라보다가 눈을 털면서 웃었다.

"무엇을 하고 있습니까?"

이요환은 신경질적으로 내쏘았다. 오강우가 그녀를 바라보다가 피식 웃었다.

"어찌 웃습니까?"

"뒤뚱뒤뚱 오리처럼 걸으니 우습지 않느냐?"

"내가 오는 것을 봤습니까?"

"넘어지는 것도 봤다."

에그, 망신스러워라. 내가 넘어졌는데도 모른 체하고 있었다는 말인가. 이요환은 도끼눈을 하고 오강우를 쏘아보았다.

"남촌 항아가 남장을 하니 어울리지 않는구나."

"북촌 항아는 남장을 하지 않습니까?"

이요환은 수염을 떼어내고 방으로 들어가서 털썩 앉았다. 오강우의 얼굴이 갑자기 어두워졌다. 북촌 항아 이진, 불쌍해서 어떻게 하니. 일가족이 몰살을 당했으니 얼마나 가슴이 아프겠니. 내가 꼭 안아서 위로해주고 싶구나. 오강우는 그런 표정을 짓고 있었다.

"북촌 항아는 태가 있었지."

"태가 있다니요?"

"남장을 해도 잘 어울렸어. 미소년이라고나 할까?"

"북촌 항아가 예뻐요?"

"예쁘지."

"나보다 더 예뻐요?"

"더 예쁘지."

"그럼 오늘 밤 북촌 항아하고 주무세요."

이요환은 화가 나서 오강우의 옆구리를 주먹으로 내질렀다.

"아이쿠."

오강우가 엄살을 떨면서 벌렁 나뒹굴었다. 이요환은 재빨리 오강우를 깔고 앉았다.

"그래. 여자가 넘어졌는데 모른 체하고 있어요?"

"아녀자가 어디 남정네 위로 올라오니?"

"아녀자는 올라가면 안 돼요? 그런 법이 있어요?《경국대전》에 있어요?《대명률》에 있어요? 아니면《속대전》에 있어요?"

그때 오강우가 이요환을 와락 끌어안고 입술을 부딪쳤다. 이요환은 눈앞이 몽롱해지면서 오강우를 향해 쓰러졌다.

*

눈물이 흘러내렸다. 눈물 때문에 눈앞이 뿌옇게 흐렸다. 눈에 둘러싸인 목멱산 초가에서는 불빛이 아슴하게 흘러나오고 있었다. 이진은 숲에서 몸을 부르르 떨었다. 자욱하게 내리던 눈이 그쳤으나 차가운 냉기가 전신으로 엄습하고 있었다. 초가에서는 간간이 이요환의 웃음소리가 들렸다. 오강우와 함께 있는 것이 저렇게 행복한가. 이요환의 해맑은 웃음소리가 들리자 이진은 가슴을 칼로 베어내는 것 같았다.

"가자."

이진은 소매로 눈물을 훔치면서 몸을 돌렸다. 초가를 한없이 바라보고 있으려니 눈물이 저절로 흘러내렸다. 오랫동안 초가를 지켜보고 있었기 때문에 냉기로 인해 몸이 뻣뻣하게 굳어지는 기분이었다.

만호 한양 장안은 눈에 뒤덮여 하얗게 변해 있었다. 이진은
천천히 걸음을 떼어놓았다. 나무 밑을 지날 때 머리 위로 차가
운 눈가루가 날리고 발밑에서 뿌드득하고 눈이 밟히는 소리가
들렸다.

휘익!

이진은 심호흡을 한 뒤에 허공으로 몸을 솟구쳤다. 그녀의 몸
이 허공으로 아득하게 솟아올랐다. 그녀는 마치 새처럼 허공을
날아 호선을 그리면서 마른 내를 향해 달려갔다. 중인들이 많이
살고 있는 붓골이었다. 초가가 옹기종기 모여 있었으나 어둠에
잠겨 조용했다. 이진은 어둠 속을 날다가 수표교의 마른 내로
내려섰다.

수표교 아래에 움막이 몇 채 있었다. 움막의 거지들은 모두
잠이 들었는지 조용했다. 이진은 기침을 한 뒤에 움막의 거적을
열고 들어갔다. 그러자 싸늘한 냉기가 얼굴로 뻗쳐왔다. 춘삼이
그녀를 향해 칼을 뻗은 것이다.

"나 북촌 항아요."

이진이 낮은 목소리로 말했다.

"이 밤중에 무슨 일이야? 잠도 자지 않는 거야?"

춘삼이 그제야 칼을 거두고 촛불을 밝혔다. 춘삼은 거지들의

패두(牌頭. 왕초)였다. 이진은 며칠 전 춘삼에게 일목검의 행방을 추적해달라고 부탁해놓았던 것이다.

"일목검의 집은 찾았어요?"

이진이 춘삼을 노려보면서 물었다. 춘삼은 얼추 오순이 가까워 보였으나 정확한 나이는 알지 못했다.

"일목검은 신비로워서 좀처럼 행적을 남기지 않아."

춘삼이 하품을 하면서 말했다. 춘삼의 옆에는 거지들이 거적을 깔고 자고 있었다. 그들은 추위 때문에 몸을 바짝 웅크린 채 잠들어 있었다.

"일목검을 본 사람이 전혀 없단 말이에요?"

"어쩌다가 남대문 밖 용산 삼거리에 나타난다는 이야기가 있기는 해."

"삼거리에요? 거기에 누가 있어요?"

"일목검의 여자가 있대."

"여자요?"

이진은 가슴이 저려왔다.

"일목검이 몇 년 전 문경새재를 지날 때 만난 여자라더군. 여자는 새재에 살고 있었는데 같이 사는 남자가 도적이었대. 일목검이 새재를 지나다가 날이 저물어 하룻밤 묵기를 청했다는 거야. 그런데 여자가 아주 미인이었대. 일목검이 마음이 움직여

301

품고 싶어 했나 봐. 그러자 여자가 자기 남정네의 복수를 해달라고 부탁했대. 알고 보니 여자는 남정네가 도적에게 죽고 겁탈을 당한 뒤에 강제로 끌려와 살고 있었대. 도적에게 원한이 있었던 거지. 일목검이 도적을 죽여 남정네의 복수를 하자 그때부터 신세를 갚는다면서 일목검을 따라다닌다는 거야."

일목검 김재수에게도 피치 못할 과거가 있는 모양이었다.

"그럼 그 여자가 살고 있는 곳을 알고 있습니까?"

"그 여자가 살고 있는 곳이 용산 나루 근처의 삼거리야."

"내가 찾아갈 수 있습니까?"

"누구든지 찾을 수 있어. 삼거리에 주막이 하나 있는데 주막에서 오른쪽으로 담이 붙어 있는 집이야. 담 안에 커다란 대추나무가 있어."

"알겠습니다. 고맙습니다."

이진은 소매에서 엽전 한 꾸러미를 꺼내 춘삼에게 주었다. 마른 내에서 남대문으로 가자 이미 문이 닫혀 있었다.

팟!

이진은 새처럼 날아 남대문의 성루로 올라섰다. 파수병들은 불을 피워 놓고 성루에서 자고 있었다. 이진은 남대문 밖으로 날아내렸다.

용산나루 삼거리는 쉽게 찾을 수 있었다. 이미 이경이 지난

시간이라 삼거리는 인적이 전혀 없었다. 주막에는 술 주(酒)가 씌어 있는 장명등이 켜져 있어 새벽바람에 쓸쓸하게 흔들리고 있었다. 멀리서 개들이 짖는 소리가 들렸다.

주막 옆을 살폈다. 일목검 김재수가 출몰한다는 주막 옆집은 작은 기와집이었고 담이 높았다. 그러나 춘삼이 말했던 대로 잎사귀가 모두 떨어진 대추나무가 높게 솟아 있었다.

'일단 몸을 좀 녹이자.'

이진은 주막으로 들어가 잠을 잘 수 있는지 물었다. 삼십 대의 젊은 아낙이 술 냄새를 풍기면서 문을 열어주었다. 이진을 본 주모의 눈이 크게 떠졌다.

"방이 있습니까?"

"없소."

"봉놋방도 없습니까?"

"방이 꽉 차서 발들일 곳도 없소."

"그럼 헛간이나 부엌에서 재워줄 수 없겠소?"

"골방이 있기는 한데…… 나하고 같이 자야 할 거요."

"그래도 상관이 없소."

이진은 여자니 주모와 같이 자도 상관이 없다고 생각했다. 그러자 주모가 아래위를 훑어보더니 손을 내밀었다.

"뭐요?"

"행하를 내시오."

"원, 방에 들어가지도 않고 돈부터 달라는군."

이진은 소매에서 엽전 다섯 닢을 꺼내주었다.

"다섯 닢을 더 내시오."

"어찌 이리 비싼 것이오?"

이진은 몸을 부르르 떠는 주모에게 다섯 닢을 더 주었다.

"돈 가치는 다 하게 마련이오."

주모가 날름 돈을 챙겨 속주머니에 넣고 알 수 없는 미소를
짓더니 먼저 방으로 들어갔다.

*

이진은 며칠 동안 대추나무집을 살폈다. 그러나 좀처럼 일목
검 김재수는 나타나지 않고 있었다. 일목검의 여자는 삼십 대
초반의 아낙이었다. 한때 도적의 여자 노릇을 했으나 행동이 얌
전했다. 옷차림은 검소하면서도 단정했다. 때때로 마당을 쓸거
나 빨래를 하고, 다듬이질하는 모습을 볼 수 있었다. 그 집에 출
입하는 사람은 선비 한 사람뿐이었다. 선비는 여인에게 공손했
고 여인 또한 선비에게 공손했다.

'선비와 여자는 무슨 관계일까?'

이진은 선비의 정체가 궁금했다. 한번은 그의 뒤를 밟아 여주까지 간 적도 있었다. 그러나 그는 선비들을 만나 한담을 나눌 뿐 특별히 하는 일이 없었다. 이진은 그가 만난 선비도 조사해 보았다. 그가 만난 선비는 윤휴라는 인물로 병자호란이 일어나기 전에 인조에게 만언소를 지어 올린 인물이었다. 그러나 병자호란이 일어나 인조가 삼전도에서 청나라에 굴욕적으로 항복하자 치욕을 씻기 전에는 절대로 벼슬에 나서지 않겠다고 맹세한 강직한 인물이었다.

'윤휴는 특별한 인물이 아닌데…….'

이진은 대추나무집의 선비가 윤휴를 만나는 것을 이해할 수 없었다.

'한겨울에 왜 때아닌 비가 오는 거야?'

이진이 골방에 누워 있을 때 가지런히 빗소리가 들리기 시작했다. 이진은 추적대는 빗소리를 들으면서 잠을 청했다. 그러나 좀처럼 잠이 오지 않고 오강우의 얼굴만 떠올랐다. 오강우와 이요환이 발가벗고 뒹구는 모습을 생각하자 가슴이 타는 것 같았다.

'어의 이형익을 죽여야 해.'

지난밤 이요환을 미행하여 이형익이 살고 있는 곳을 알아보았다. 이형익은 세검정의 한 초가에 몸을 숨기고 있었다. 어젯

밤에 기습을 할까 하다가 이요환 때문에 참았다. 딸 앞에서 아버지를 죽이고 싶지 않았다.

'아버지.'

이진은 아버지를 생각하자 눈시울이 뜨거워졌다.

"선비님."

그때 문밖에서 주모의 간드러진 목소리가 들렸다. 이진은 재빨리 소매로 눈물을 훔쳤다.

"선비님, 주무시지 않는 것 같아 전을 좀 부쳤습니다."

주모가 눈웃음을 치면서 술상을 들고 들어왔다. 오종종한 얼굴이지만 밉상은 아니었다.

"고맙소."

이진은 양반 다리를 하고 앉았다.

"겨울에 비가 오니 따뜻한 아랫목이 그립지요? 전 좀 드셔 보세요."

주모가 술을 따르고 전을 집어서 이진의 입에 넣어주었다. 이진은 주모가 주는 전을 마지못해 받아먹었다. 주모가 이진에게 친절을 베푸는 것은 그녀가 남장을 한 탓에 홍안의 소년 선비로 알고 있기 때문이었다.

"술도 드셔요."

주모가 술잔을 들어 권했다. 염기가 뚝뚝 흘러내렸다.

"고맙소. 주모도 한 잔 드시오."

"선비님께서 따라주셔야지요."

주모가 수줍은 듯이 허리를 비틀었다. 이진은 술잔을 비우고 주모에게 술을 따라주었다. 주모가 수줍은 듯이 몸을 돌려 술을 마셨다. 이진은 주모와 대작하는 것이 난감했다. 주모는 술을 마실수록 취기가 올라 추파를 던졌다. 공연히 눈웃음을 치는가 하면 얼굴을 바짝 들이대고는 했다. 첫날 주모와 함께 골방에 들어왔을 때도 주모는 다짜고짜 옷부터 벗고 누웠다. 이진이 깜짝 놀라 왜 그러느냐고 하자 해웃값을 냈으니 어서 일을 치르라고 독촉을 했다. 이진은 얼굴이 붉게 물들었다.

"집안에 상을 당했으니 여자를 가까이할 수 없소."

이진은 손을 내저었다.

"그래도 돈은 안 돌려줍니다."

"좋도록 하시오."

"그럼 주무세요."

주모는 아쉬울 것 없다는 듯이 벽을 향해 돌아누웠다. 이튿날 아침이 되자 이진을 본 주모는 눈이 휘둥그레졌다.

"어쩜 이렇게 인물이 훤할까? 간밤에는 몰랐는데 임풍옥수일세. 아유, 우리 선비님 장가는 드셨나? 선비님 품에 안기는 색시는 얼마나 좋을까?"

주모가 한바탕 너스레를 떨었다. 이진은 주모가 염치도 없다고 생각했다.

"공부하는 선비를 희롱해서는 안 되오."

이진은 엄중하게 꾸짖었다. 주모는 입을 샐쭉했다. 그러나 이진이 며칠 묵을 수 있느냐고 하자 반색을 하면서 환영했다.

"아유, 벌써 취기가 오르네. 왜 나만 자꾸 술을 먹이셔요?"

주모가 옷고름을 풀면서 말했다. 그 바람에 허연 젖가슴이 절반이나 드러났다.

"내 잠시 다녀올 곳이 있소."

이진은 더 이상 주모와 술을 마셔서는 안 된다고 생각해 도망치듯이 골방을 빠져나왔다. 사방은 이미 캄캄하게 어두워져 있었다. 처마 밑에 걸려 있던 삿갓을 깊숙이 눌러쓰고 세검정으로 달려갔다. 오늘 밤 이형익을 해치우리라. 이진은 입술을 깨물고 다짐을 하면서 세검정에 이르렀다.

빗발이 점점 굵어졌다. 이형익의 집에서는 불빛이 희미하게 흘러나오고 있었다. 이형익은 책을 읽고 있었다. 이요환은 보이지 않았다. 이요환이 오강우를 만나러 간 것이 분명했다. 이진은 심호흡을 한 뒤에 이형익의 초가집 문을 박차고 들어갔다.

"누, 누구냐?"

이형익이 깜짝 놀라 이진을 쏘아보았다. 대답할 필요도 없는 질문이었다. 그는 이진을 알고 있었다.

"너, 너는 북촌 항아……."

이형익의 얼굴이 사색으로 변했다. 이진은 재빨리 칼을 뽑아 들었다.

"그렇다. 아버지를 살해한 원수를 갚으러 왔다."

"부모를 살해한 원수는 불구대천의 원수…… 죽여라."

이형익이 눈을 질끈 감았다. 이진은 칼을 높이 치켜들었다. 그녀가 이형익을 향해 칼을 내리칠 때였다.

"안 돼!"

날카로운 외침이 들리면서 병풍 뒤에서 흰 물체가 튀어나왔다. 그것은 뜻밖에 이요환이었다. 이진은 칼을 거두려고 했다. 그러나 늦고 말았다. 이요환의 오른쪽 어깨에서 왼쪽 가슴께까지 붉은 선이 그어지고 핏줄기가 확 솟구쳤다. 순식간에 벌어진 일이었다.

"북촌 항아."

이요환이 가슴을 움켜쥐고 쓰러졌다.

"너, 너는……."

이진의 눈이 커졌다.

"아버지는 진범이 아니야. 교사한 자는 김자성이야."

이요환이 고통스러운 표정으로 말했다. 그녀의 가슴에서 피가 왈칵 쏟아져 흥건하게 흘러내렸다.

"요환아."

이형익이 울부짖으면서 이요환을 끌어안았다.

이요환은 몇 번이나 의식을 잃었다가 되찾았다. 그녀의 귓전으로 통곡하는 이진의 울음소리가 들렸다. 그것은 구천을 헤매면서 울부짖는 것처럼 처절했다. 상처 입은 짐승이 울고 있는 것 같았다. 이진이 세검정 뒷산으로 달려나가 통곡을 하면서 울고 있었다. 이요환은 이진을 이해했다. 자신이 이진이었어도 가문의 복수를 하려고 달려들었을 것이다.

"김자성 대감에게 알려야 한다."

이형익이 이요환의 상처를 지혈한 뒤에 말했다.

"아버지, 알리지 마세요."

이요환은 이형익의 손을 잡고 놓지 않았다.

"그럼 김자성이 죽는다."

"그는 죽어야 해요."

"요환아."

"아버지가 김자성에게 알리면 제가 죽겠어요."

"요환아."

이형익이 흐느껴 울었다. 이요환은 눈을 감았다. 김자성은 죽어야 한다. 나는 어떻게 된 것일까. 나는 살아날 수 있을까. 이요환은 자신이 죽어도 어쩔 수 없다고 생각했다. 내 목숨으로 아버지를 구했으니까. 이진의 통곡은 더 이상 들리지 않았다. 이진은 김자성을 죽이러 떠났다.

*

창덕궁의 뒤 북악산 기슭에는 송림에 둘러싸인 아름다운 와가 (瓦家)가 한 채 있었다. 뒤로는 맑은 옥류가 흘러 더욱 운치가 돋보이는 와가의 현판에는 천향정(天香亭)이라는 이름이 씌어 있었다.

천향정에도 빗줄기가 세차게 쏟아지고 있었으나 안에서 흘러나오는 아늑한 불빛에는 인간의 온기처럼 따스한 정감이 흐르고 있었다.

쏴아…….

빗줄기는 여전히 퍼붓듯이 세차게 쏟아지고 있었다.

천향정의 한 방 안.

서너 평 남짓 되는 방이었다. 사방의 벽에는 낡은 책이 잔뜩 꽂혀 있어 마치 세상의 명리를 버리고 은둔한 학자의 서재처럼 은은한 묵향이 풍기고 있었다. 방 가운데에는 호롱불 하나가 켜져 있고, 그 호롱불 아래서 취의(翠衣) 여인이 금(琴) 타고 있었다. 김자성은 병풍 앞에 앉아 무릎을 치면서 여인이 금을 타는 모습을 감상하고 있었다.

쏴아…….

빗줄기는 뒤꼍의 송림을 흔들면서 세차게 몰아치고 있었다. 그러나 여인은 한 치의 흔들림도 없이 섬섬옥수로 금을 타고 있었다.

우르르 쾅!

빗소리에 섞여 천둥 번개가 몰아치는 소리도 들렸다. 가까운 곳에서 벼락이 떨어진 듯 집이 부르르 흔들렸다.

"왔느냐?"

김자성의 눈빛이 흔들렸다. 그와 함께 문을 박차고 백의인영이 뛰어들어왔다.

"김자성, 네 목숨을 거두러 왔다."

이진이 김자성을 향해 칼을 일직선으로 뻗었다. 그 순간 금을 타고 있던 여인이 허공으로 솟아오르면서 연환검을 뻗어왔다. 김자성을 향하던 이진의 검이 허공에서 백광을 뿌렸다.

"윽!"

금을 타던 여인이 외마디 비명을 질렀다. 그녀의 얼굴에서 피가 흘러내렸다. 이진의 검에서 또다시 백광이 뿌려졌다. 그러자 금을 타던 여인이 처절한 비명을 지르면서 나뒹굴었다. 김자성은 그 틈을 이용해 재빨리 마루로 뛰어나갔다. 금을 타던 여인은 무림지화 백운영, 그녀가 단일검에 피를 뿌리고 죽을 것이라고는 생각하지 못했다.

"자객이다!"

그때 사내들이 소리를 지르면서 대청으로 올라왔다. 김자성이 항상 매복시켜 놓고 있는 무사들이었다.

"계집을 죽여라!"

김자성의 명령이 떨어지자 뒤에 있던 무사들이 일제히 신형을 날렸다. 그 순간 방문이 덜컹 열리고 안에서 섬뜩한 검기와 함께 한줄기 백의인영이 달려왔다.

'앗!'

김자성은 자신도 모르게 낮은 신음을 삼켰다. 그의 눈앞으로 인영이 빛살처럼 쏘아지고 있었다. 그는 쾌속하게 신법을 운용하여 황황히 몸을 피했다.

"크읔!"

처절한 비명이 들리며 허공에서 그의 수하들이 일제히 피화살을 뿜으며 후드득 떨어졌다. 단일검이었다. 그들은 이진의 일검에 제대로 출수하지 못하고 시체가 되어 나뒹군 것이다.

'아!'

김자성의 안색이 돌변했다. 그러나 시간이 흐를수록 김자성의 수하들이 더욱 많아졌다. 이진은 김자성의 수하들을 닥치는 대로 베었다. 담양의 대나무 숲에서 연마를 한 그녀의 무예가 달라져 있었다. 김자성은 수하들이 낙엽처럼 쓰러져 뒹굴자 얼굴이 창백하게 변했다.

비는 더욱 세차게 쏟아지고 있었다. 한겨울에 내리는 비였다. 김자성은 잔뜩 긴장을 했는데도 몸이 떨렸다. 김자성의 얼굴에도 빗물이 줄지어 흘러내렸다.

"네 부모를 죽인 것은 내가 아니다. 범인은 이형익이다."

김자성이 뒷걸음을 치면서 말했다. 이진의 백의는 어느 사이에 피투성이로 변해 있었다.

"너는 교사를 했지. 교사를 한 자의 죄가 더욱 무겁다."

"교사를 한 자는 내가 아니다."

"그럼 누구냐?"

"말, 말할 수 없다."

"그렇다면 죽어라!"

이진이 다시 칼을 높이 치켜들고 달려오기 시작했다. 김자성도 재빨리 검을 뽑았다.

스르릉!

그의 검에서 무시무시한 살기가 뿜어졌다. 이진은 허공으로 솟아오르면서 검을 높이 치켜들었다. 순간 그녀의 검에서 찬란한 백광이 뿜어졌다.

"상골분익세!"

314

이진이 낮게 외치며 그의 머리를 향해 검을 내리쳤다. 상골분익세는 위에서 내리쳐 두개골을 가르는 검세였다. 김자성의 눈이 커졌다. 재빨리 뒤로 피하는데 그 틈을 노리고 그의 수하들이 등 뒤에서 이진을 공격했다. 이진의 눈에서 번쩍하고 광채가 뿌려졌다. 그녀의 신형이 허공으로 솟아올랐다.

"악!"

김자성의 수하들이 피를 뿌리면서 나뒹굴었다. 김자성은 재빨리 대청에서 마당으로 피했다. 차가운 빗줄기가 얼굴을 때렸다. 이진의 신형이 김자성을 향해 빠르게 날아왔다.

'전력을 다해야 한다. 북촌 항아의 무예가 이미 입신의 경지에 이르고 있다.'

김자성은 바짝 긴장했다. 그러나 김자성도 평생을 무인으로 살아온 사람이었다.

"낙일양단(落日兩斷)!"

그는 낭랑하게 외치며 허공으로 신형을 솟구쳤다. 그러자 그의 검이 태양을 양단하는 듯한 기세로 무시무시하게 이진을 향해 쇄도해갔다. 허공에서 산악과 같은 검기가 이진을 향해 날아갔다. 그러나 이진은 허공에서 몸을 비틀어 김자성의 공세를 피한 뒤에 현란한 초식을 펼쳤다. 그녀의 검기가 김자성의 스물네 곳의 요해처를 노리고 쇄도해왔다.

"앗!"

김자성은 이진의 검기가 매섭게 뻗쳐오자 황급히 피하려고 했다. 그러나 이진의 검기는 그의 검세를 무위로 만들며 가슴으로 파고들었다.

"헉!"

김자성은 대경실색했다. 그는 간신히 신형을 뒤집어 이진의 검세를 피했다.

쐐애액!

그러나 이진의 검기는 이미 그가 피하는 것을 예상이라도 했다는 듯이 옆으로 돌아 어깨에서부터 허리를 베었다. 김자성은 눈을 부릅떴다.

"크악!"

김자성의 입에서 단말마의 처절한 비명이 터져 나오며 허공에서 뚝 떨어졌다. 그의 가슴에서는 피가 분수처럼 뿜어져 나오고 있었다.

"이…… 이럴 수가……."

김자성은 자신의 눈을 믿을 수가 없었다. 그의 가슴에서 선혈이 쉴 새 없이 흘러내렸다.

"내가 북촌 항아의 무예를 너무 얕보았어."

김자성이 풀썩 쓰러졌다.

316

장내는 처참했다. 안방과 대청, 마당에 온통 시체가 가득했다. 김자성은 눈을 부릅뜬 채 죽어 있었다. 오강우는 김자성과 그의 수하들이 모조리 죽어 있는 것을 보고 넋을 잃었다. 이진이 가문의 복수를 한 것이다. 그런데 이진은 어디로 간 것일까. 오강우는 이진이 보이지 않자 걱정이 되었다.

"참혹하다."

봉림대군이 탄식을 했다. 봉림대군의 뒤에 수행하는 무사들이 늘어서 있었다.

"이 자는 죽어 마땅한 자입니다."

오강우는 김자성의 시체에 침을 뱉었다. 김자성은 수수께끼 같은 인물이었다. 현숙공주가 오강우에게 보낸 서찰, 그 서찰에는 김자성과 조소용의 관계까지 씌어 있었다. 오강우는 현숙공주의 서찰에 있는 내용을 믿을 수 없었다. 그러나 현숙공주가 죽었을 때 진실을 눈치챘다.

'내 손으로 김자성을 죽일 것이다.'

오강우는 현숙공주의 복수를 해야 한다고 생각했다. 그것이 부마도위의 책임이라고 생각했다. 사건은 복잡하게 뒤얽혀 있었다. 김자성은 김자점과 어떤 연관이 있는지 알 수 없으나 장막 뒤에서 조정을 쥐고 흔들었다.

"북촌 항아가 혹시 대궐로 간 것이 아닐까요?"

오강우가 봉림대군을 쳐다보았다. 봉림대군의 얼굴이 흙빛이 되었다. 대궐로 갔다면 임금을 시해하러 간 것이다.

"대궐에?"

"대궐로 달려가야겠습니다. 자칫하면 큰일이 벌어집니다."

오강우가 다급하게 말했다.

"가자."

봉림대군이 수행하는 무사들에게 지시했다. 무사들이 일제히 머리를 숙이며 대답하고 길을 열었다.

'제발 임금을 시해해서는 안 된다.'

오강우는 대궐을 향해 빗속으로 달리면서 간절하게 기구했다. 하늘은 아직도 캄캄하게 어두웠고 빗줄기가 그치지 않고 있었다.

*

숨이 차올랐다. 역시 일목검 김재수는 절대고수였다. 그와 한 식경이나 대결을 했는데도 승패를 가릴 수가 없었다. 일목검 김 재수가 대궐에 있을 것이라고는 생각하지 못했다. 그가 김자성 의 일파인 줄 알았는데 아니라는 말인가. 임금은 방구석에서 부 들부들 떨고 있었다. 이상한 소리를 흥얼거리는 것으로 보아 이 미 제정신이 아닌 것 같았다.

318

그의 앞에는 궁녀들이 피투성이가 되어 죽어 있었다. 이진의 칼에 죽은 궁녀들이었다. 이진이 임금을 죽이려고 하자 궁녀들이 그를 부둥켜안았다. 몸으로 임금을 보호한 것이다.

김재수가 나타나지 않았다면 임금은 싸늘한 시체가 되어 있었을 것이다.

"임금 앞에서 칼을 들고 있는 것도 대역죄이거늘 감히 시해하려고 하느냐? 네가 역사의 죄인이 되고자 하느냐?"

김재수가 이진을 꾸짖었다.

"너는 긴자성의 일당이 아니냐?"

이진은 김재수를 향해 칼을 겨누고 소리를 질렀다.

"흥! 나는 대내시위다. 김자성의 일당이었다면 너를 살려두었겠느냐?"

이진의 눈빛이 흔들렸다. 그렇다면 이 자의 정체는 무엇인가. 일목검 김재수가 아직도 대내시위라는 말인가. 그렇다고 해도 용서할 수는 없었다.

"군불군……."

이진이 낮게 뇌까렸다. 임금이 임금 같지 않다는 말이다. 김재수의 낯빛이 흐려졌다.

"맹자의 〈진심〉편에도 이런 말이 있지. 맹자가 제선왕에게 말하기를 '인(仁)을 해친 자를 적(賊)이라 하고, 의(義)를 해친 자를 잔(殘)이라 하며, 잔과 적을 일삼는 자를 일부(一夫)라고 합니다. 나는 일개 필부에 지나지 않는 걸(桀)과 주(紂)를 죽였다는 말은 들었어도 임금을 죽였다는 말은 들어보지 못했습니다.'라고 하였다. 인과 의를 지키지 않은 자는 임금이 아니라 일개 필부라는 말이다."

이진이 날카롭게 말했다. 임금이 아니라 일개 필부라면 죽여도 상관이 없다는 말이다. 김재수가 눈을 가리고 있던 안대를 풀었다.

'아!'

이진은 깜짝 놀랐다. 그는 뜻밖에 외눈 검객 일목검이 아니라 두 눈이 멀쩡한 사내였다.

"너는 누구냐?"

이진이 놀라서 물었다. 그는 용산 삼거리 주막집 옆의 대추나무집에 드나들던 선비였다.

"이완(李浣)."

그가 냉막하게 말했다.

"이완?"

이진은 비로소 그가 평안도 병마절도사와 형조판서를 지낸 강직한 무신 이수일의 아들이라는 것을 알았다. 이수일은 아버지 이장길과도 친밀하게 지냈었다. 그 이수일의 아들 이완이 그

동안 일목검 김재수로 활약하고 다닌 것이다. 이완은 효종과 함께 북벌을 준비하다가 뜻을 이루지 못한 비운의 무장이었다. 물론 이것은 훗날의 이야기다.

*

오강우는 창덕궁의 대조전에 이르자 가슴이 철렁했다. 대조전 앞에 시체가 즐비하고 붉은 피가 내를 이루고 빗물에 섞여 흘러가고 있었다. 처참한 살육전이 벌어진 것이다. 조선 여 검객 이진의 복수가 대궐을 피로 물들였다. 봉림대군이 무사들을 거느리고 인조에게 다가갔다. 다행히 인조는 시해되지 않아 대조전 병풍 뒤에서 부들부들 떨고 있었다.

그때 밖에서 날카로운 고함소리가 들렸다. 오강우가 밖으로 나오자 쏟아지는 빗줄기 사이로 지붕 위에서 이진과 낯선 사내가 공전절후의 대결을 벌이고 있었다. 사내의 무술은 그가 지금껏 한 번도 본 일이 없는 절정의 무예였고 이진 또한 그에 못지않았다.

"대결이 어떠하냐?"

봉림대군이 대조전에서 나와 오강우에게 물었다.

"용호상박입니다. 북촌 항아가 싸우고 있는 자가 누구인지 아시겠습니까?"

"이완 장군이다."

"이완?"

오강우는 쇠망치로 머리를 얻어맞은 듯한 기분이었다.

"이완 장군이 대궐에는 왜?"

"그는 일목검 김재수다."

"예?"

"그동안 변장을 하고 활약을 했다. 그는 나의 수하다."

오강우는 눈을 질끈 감았다. 일목검 김재수가 이완 장군이고, 그가 봉림대군의 수하라면 소현세자의 죽음은 어떻게 되는 것인가. 그는 정국이 안개에 둘러싸여 있다고 생각했다.

"장군은 북촌 항아를 살려 보내라."

봉림대군이 이완 장군에게 영을 내렸다.

"낭자, 싸움을 멈추시오."

오강우도 이진에게 소리를 질렀다.

장내에 팽팽한 긴장감이 감돌았다. 이완 장군과 북촌 항아 이진, 두 사람이 대결을 멈추고 서로를 노려보고 있었다.

쏴아.

비가 더욱 세차게 쏟아졌다. 일각이 지나고 이각이 지났다. 이완과 이진은 여전히 서로를 노려보면서 대치하고 있었다.

봉림대군이 대조전 동침으로 달려 들어가고 무사들이 삼엄하게 호위를 했다. 오강우는 이진과 이완을 쳐다보았다. 그들은 지붕 위에서 대결을 벌이고 있었다. 그때 대궐을 호위하는 내금위 위사들이 달려와 지붕을 향해 활을 겨누었다.

"멈춰라."

봉림대군이 대조전에서 나오면서 소리를 질렀다.

"가라!"

이완이 칼을 거두면서 이진을 향해 말했다. 이진이 멈칫했다. 그녀의 눈에도 내금위 위사들이 빽빽하게 몰려오는 것이 보였다.

"가지 않으면 엉덩이를 때려줄 것이다."

이완이 빙그레 웃었다. 그때 이진의 검이 허공에서 무수한 검영을 그렸다. 천지 사방에 꽃이 피어난 듯 검영이 가득해졌다.

'천지만화세!'

오강우의 눈이 휘둥그레졌다. 천지만화세는 검술이 입신의 경지에 이르러야 펼칠 수 있다는 무예였다. 그러자 이완이 검영 안으로 빠르게 몸을 날렸다.

"헉!"

두 개의 인영이 짧은 탄성과 함께 허공에서 부딪쳤다가 떨어졌다. 땅으로 떨어진 것은 이완이었고 지붕 위로 솟아오른 인영은 이진이었다. 이완의 팔에서 피가 주르르 흘러내렸다.

'이완 장군이 양보를 했구나.'

오강우는 그렇게 생각했다. 잠시 기이한 대치가 벌어졌다. 지붕과 땅에서 두 사람은 서로를 매섭게 노려보았다.

팟!

그때 이진이 허공으로 몸을 날려 대궐 밖으로 날아가기 시작했다. 그녀는 한 마리 새처럼 어둠 속으로 날아가다가 사라졌다.

쏴아.

비가 내리고 있었다. 비는 좀처럼 그칠 기색이 아니었다. 봉림대군
은 대궐에서 일어난 일을 발설하는 자들은 삼족을 멸하겠다고 선언했
다. 봉림대군의 명령을 들은 위사들의 얼굴이 하얗게 변했다.

'군왕의 위엄을 가지고 있구나.'

오강우는 유약해 보이는 봉림대군이 위엄이 가득한 모습으로 위사
들에게 지시하자 고개를 끄덕거렸다. 봉림대군은 위사들에게 시체를
처리하라고 지시하고 인조와 독대했다.

오강우는 그들의 말을 들을 수 없었다. 봉림대군이 인조에게 무슨
말을 했는지 알 수 없었다. 간간이 봉림대군의 고함소리가 들리고 인조
가 울부짖는 것 같은 소리도 들렸다. 대전에서 무슨 말이 오갔는지 역
사는 그날 밤의 일을 기록하지 않았다.

오강우는 한동안 이진을 다시 만날 수 없었다. 이진은 어디로 사라
졌는지 종적을 알 수 없었다. 인조는 때때로 실성한 사람처럼 히죽히죽
웃었다. 조회를 할 때는 말에 앞뒤가 맞지 않아 대신들이 웅성거렸다.

"정명수가 내 목을 움켜쥐고 있다."

봉림대군이 동궁전으로 이완과 오강우를 불러 탄식했다. 오강우는

봉림대군의 말을 알아들을 수 없었다.

"조소용을 죽이면 청나라 황제를 움직여 조선을 침략하겠다고 하는구나."

봉림대군의 눈에 핏발이 섰다. 오강우는 청나라가 전쟁을 일으키려고 한다고 하자 가슴이 철렁했다.

"그게 무슨 말씀입니까?"

오강우가 의아하여 물었다.

"정명수와 김자점, 조소용은 한 패다."

"그, 그러면 어찌합니까?"

"청나라에 가서 정명수를 암살할 준비를 하라."

봉림대군이 이완에게 영을 내렸다.

"명을 받들겠습니다."

이완이 낮고 단호한 목소리로 대답했다. 이완은 그때부터 정명수 암살을 준비하기 시작했다.

조정은 한동안 조용했다. 인조는 대궐 깊숙한 곳에서 두문불출하더니 얼마 되지 않아 승하했다. 인조가 죽자 봉림대군이 즉위하여 조선의 제17대 국왕 효종이 되었다. 효종은 이완 장군을 발탁하여 북벌을 맡겼다.

'소현세자 독살사건은 이렇게 끝난 거야.'

오강우는 때때로 푸른 하늘을 바라보면서 이렇게 생각했다. 인조는 이진이 대궐을 침범한 뒤에 정신이 이상해졌다. 《조선왕조실록》의 사관이 그 이야기를 기록했다.

상이 토목 공사를 일삼아 대나무로 정자를 짓고 기둥을 조각했는데 몹시 기묘했다. 그리하여 내간에 나무와 돌의 토목공사가 거의 쉬는 날이 없었으나 외부 사람은 아는 이가 적었고 비록 아는 이가 있더라도 또한 정사에 관련된 일이 아니기 때문에 감히 말을 하지 못했다.

사관의 기록은 완벽하지 않다. 임금의 비정상적인 상태를 기록하려다 보니 조심스러웠을 것이다. 인조는 왜 대나무로 집을 짓고 기둥에 조각을 한 것일까. 이는 악귀가 침입하는 것을 두려워했기 때문일 가능성이 높다. 아들과 며느리, 손자까지 살해한 비정한 임금이니 그들의 원귀가 찾아올 것을 두려워하지 않았을까. 어찌 되었든 인조는 말년에 정신적인 문제가 있었던 것으로 보인다.

이야기는 이제 정명수 암살사건으로 넘어간다.

이수광

1983년 중앙일보 신춘문예에 단편소설 《바람이여 넋이여》가 당선되어 등단했다. 제14회 삼성문학상 소설 부문(도의문화저작상) 수상을 시작으로 그 후 영화진흥공사의 시나리오상 당선, 미스터리클럽 제2회 독자상, 제10회 한국추리문학 대상을 수상했다. 대표 작품으로 단편 《바람이여 넋이여》《어떤 얼굴》《그 밤은 길었다》《버섯구름》, 그리고 장편 《나는 조선의 국모다》《유유한 푸른 하늘아》《초원의 제국》《소설 미아리》《왕을 움직인 소녀 차랑》《천년의 향기》《신의 이제마》《왕의 여자 개시》《그 밤은 길었다》《실미도》《조선 명탐정 정약용》《무사 백동수》등이 있다.

소현세자 독살사건

개정판 1쇄 펴낸 날 2022년 12월 12일
개정판 2쇄 펴낸 날 2023년 1월 31일

지 은 이   이수광
펴 낸 이   장영재
펴 낸 곳   (주)미르북컴퍼니
자 회 사   더스토리
전   화   02)3141-4421
팩   스   0505-333-4428
등   록   2012년 3월 16일(제313-2012-81호)
주   소   서울시 마포구 성미산로32길 12, 2층 (우 03983)
E - mail   sanhonjinju@naver.com
카   페   cafe.naver.com/mirbookcompany
S N S   www.instagram.com/mirbooks

* (주)미르북컴퍼니는 독자 여러분의 의견에 항상 귀 기울이고 있습니다.
* 파본은 책을 구입하신 서점에서 교환해 드립니다.
* 책값은 뒤표지에 있습니다.